古人的百科全书

# 博物志
BO WU ZHI

（西晋）张华 著

夏汇丰 译注

巴蜀书社

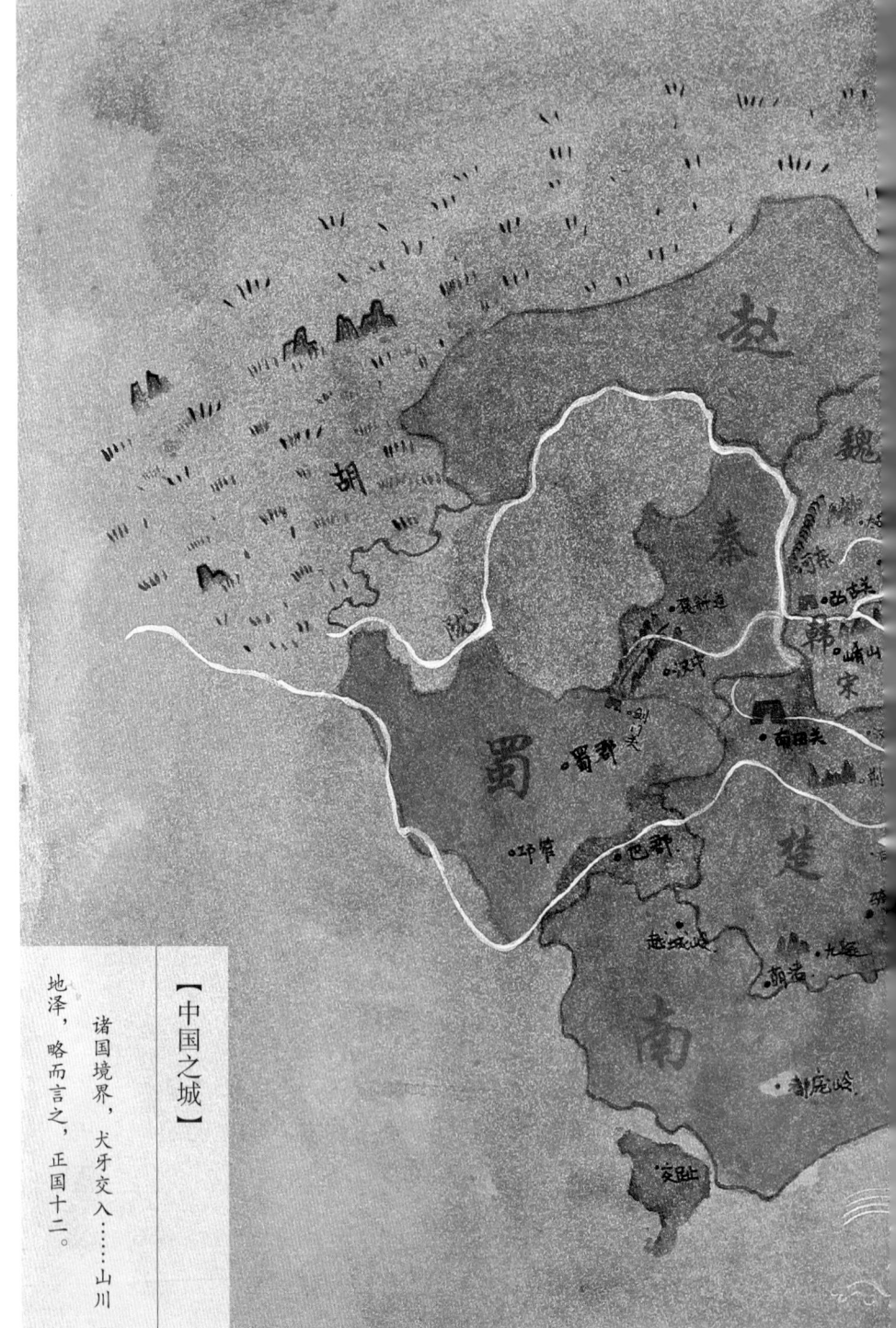

【中国之城】

诸国境界，犬牙交入……山川地泽，略而言之，正国十二。

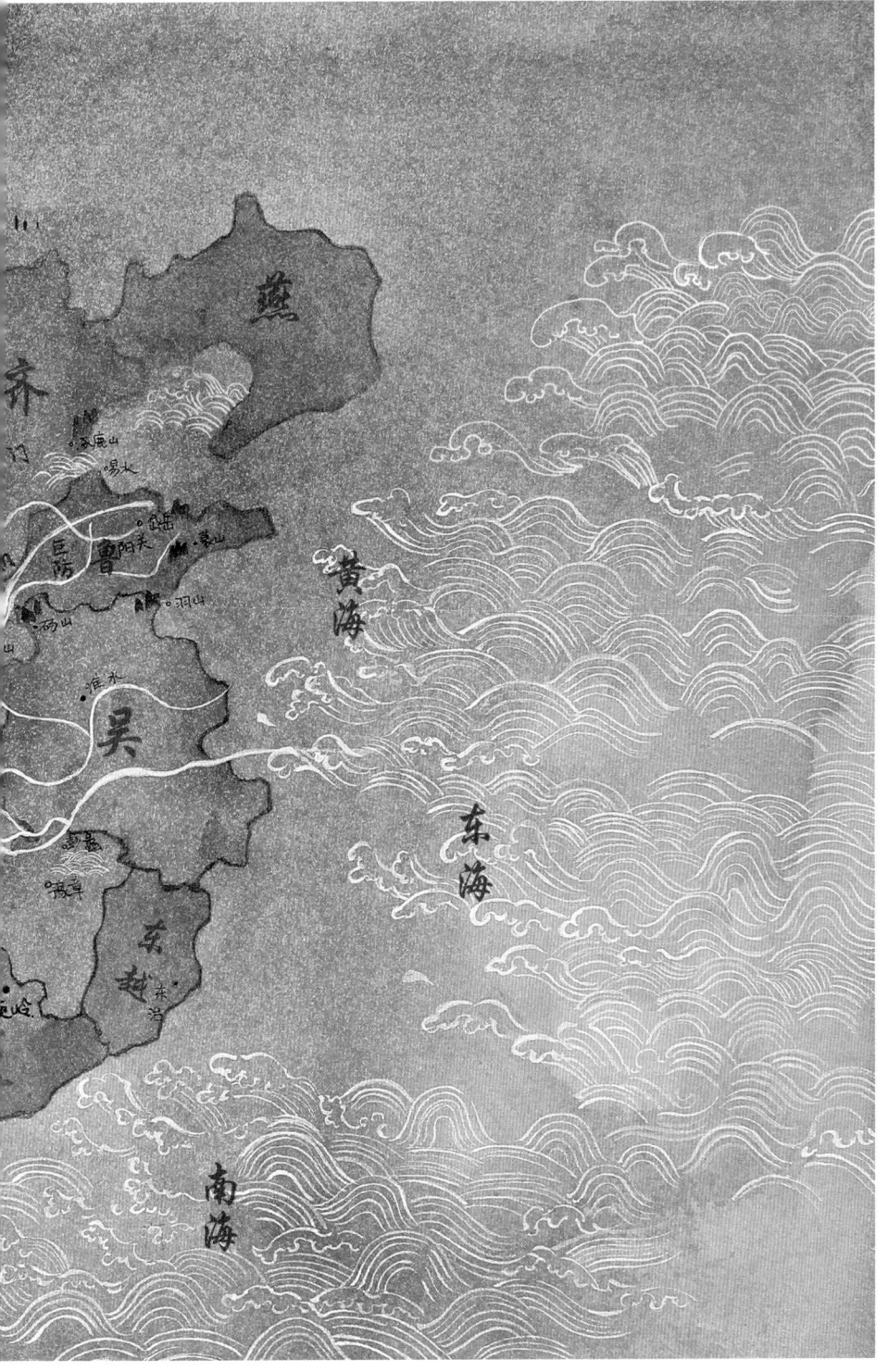

【五方之民】

东方少阳,其人佼好;西方少阴,其人高鼻、深目、多毛;南方太阳,其人大口多傲;北方太阴,其人广面缩颈;中央四析,其人端正。

【月宫】

【乘黄兽】

白民国,有乘黄,状如狐,背上有角,乘之寿三千岁。

【轩辕国民】

轩辕之国,在穷山之际。人面蛇身,尾交首上。

【君子国民】

君子国,人衣冠带剑,使两虎。

## 【驩兜国民】

驩兜民,常捕海岛中,人面鸟口,尽似仙人也。

【大人国民】

大人国,其人孕三十六年,生白头,其儿则长大,能乘云而不能走,盖龙类。

【猕猴抢亲】

蜀山南高山上，有物如猕猴，长七尺。同行道妇女有好者，辄盗之以去，人不得知。

【牛郎织女】

遥望宫中多织妇,见一丈夫牵牛渚次饮之。牵牛人乃惊问曰:「何由至此?」

【东方朔窥探西王母】

时东方朔窃从殿南厢朱鸟牖中窥母,母顾之谓帝曰:「此窥牖小儿,尝三来盗此桃。」帝乃大怪之。由此世人谓东方朔神仙也。

# 目录

## 卷一·山川地理

- 中国之域 …… 〇〇一
- 土地山川 …… 〇一七
- 五方之民 …… 〇三〇
- 物产 …… 〇三六

## 卷二·神话志怪

- 异国 …… 〇四四
- 异人 …… 〇六三
- 异俗 …… 〇七六
- 异产 …… 〇八四
- 异兽 …… 〇九三
- 异草木 …… 一二七
- 神话传说 …… 一三一

物性物理……一四四

药物药性……一七〇

养生食忌……一八二

戏术戏法……一八九

民间传闻……一九六

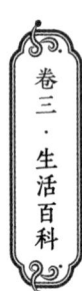
卷三·生活百科

卷四·神仙方士

方士……二一一

服食……二二〇

器乐典籍⋯⋯⋯⋯⋯⋯⋯二三五

礼制服饰⋯⋯⋯⋯⋯⋯⋯二四九

名马良犬⋯⋯⋯⋯⋯⋯⋯二五五

卷五·文化百科

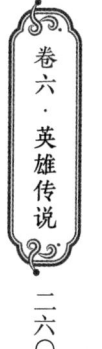
卷六·英雄传说⋯⋯⋯⋯⋯⋯⋯⋯⋯⋯⋯⋯二六〇

卷七·历史百科

帝王名士⋯⋯⋯⋯⋯⋯⋯三〇一

名人记事⋯⋯⋯⋯⋯⋯⋯三一五

【卷一·山川地理】

· 中国之域 ·

❶ 余视《山海经》及《禹贡》《尔雅》《说文》、地志,虽曰悉备,各有所不载者,作略说。出所不见,粗言远方,陈山川位象,吉凶有征。诸国境界,犬牙相入。春秋之后,并相侵伐。其土地不可具详,其山川地泽,略而言之,正国十二。博物之士,览而鉴焉。

❀译 文❀

我纵览《山海经》和《禹贡》《尔雅》《说文解字》以及其他地理志书,虽说它们关于地理方面的记载已经颇为详备了,但仍然有未记载全的内容,因此我才写了这篇《地理略》,补充以上几种书没有收录的内容,粗略地谈论一下远方的地理概况,陈述山河的方位状况,凸显它们的吉凶征兆。各国的边境线就像犬牙一样上下交错。加之春秋之后,国家之间相互侵略攻伐,因此各国的领土地域难以细说。国土上的山脉、土地、河流、湖泽的情况,在此也只能简略说说。这里主要分为十二个国家来讲述。博学之士,读了此文请明鉴指教。

《释 读》

小序交代了作者张华写作的缘起,他鉴于《山海经》《禹贡》《尔雅》《说文解字》以及其他地理志书对全国的地理概况记叙不够完备,所以在此略中作出补充。小序中的"正国十二"指的是:秦、蜀汉、魏、赵、燕、齐、鲁、宋、楚、南越、东越、卫。周是宗主国,所以不算入"正国十二"。至于吴国,《史记·十二诸侯年表》司马贞索隐记:"篇言十二,实叙十三者,贱夷狄不数吴,又霸在后故也。不数而叙之者,阖闾霸盟上国故也。"所以吴国也不算入"正国十二"。

《禹贡》是我国最早的地理学著作,相传是大禹所作。

《尔雅》是我国第一部词典,多记载鸟兽草木等。

《说文》即东汉许慎所撰写的《说文解字》,是我国第一部系统分析字形、考究字源的字典。

**❷** 地理略,自魏氏目已前,夏禹治四方而制之。

《译 文》

地理略,自"魏氏目"编定以前,夏禹治理天下的时候,就已经按照地理方位状况把天下划为九州了。

◆释 读◆

"魏氏目",指三国时期魏国秘书郎郑默编纂的书目《中经》,也称《魏中经簿》,是记录魏国官府藏书情况的一本目录,如今已佚。

❸ 《河图括地象》曰:地南北三亿三万五千五百里。地部之位起形高大者有昆仑山,广万里,高万一千里,神物之所生,圣人、仙人之所集也。出五色云气,五色流水,其白水东南流入中国,名曰河也。其山中应于天,最居中,八十城布绕之,中国东南隅,居其一分,是好城也。

◆译 文◆

《河图括地象》记载:"地的南北两端相距三亿三万五千五百里。地部众神所在的方位,有高大挺拔的昆仑山。这座山方圆万里,高达一万一千里,是神异生物生息的地方,也是圣人、仙人聚集之所。山中飘着五色的云气,流淌着五色的流水,其中向东南流入中原地区的白水就是黄河。昆仑山与天的正中间相对,矗立于大地的最中央,周围有八十个州分布环绕。中国位于昆仑山的东南方,属于其中的一个州,这是一块好地方。"

◆释 读◆

《河图括地象》是汉代纬书的一种,专门讲述地理方面的内容,记载了很多神话故事。纬书是谶纬思想学说的辑录,是封建迷信之作，通常借用儒家经典附会吉凶祸福，预言国家社会的兴盛衰败，大都是怪诞、不可信的无稽之谈。《河图》是儒家关于《周易》卦形来源的传说。相传伏羲时，有龙马从黄河中跃出，背负图形，伏羲根据龙马背上的图形画出了八卦图。

❹ 中国之城，左滨海，右通流沙，方而言之，万五千里。东至蓬莱，西至陇右，右跨京北，前及衡岳。尧舜土万里，时七千里，亦无常，随德劣优也。

❦译 文❦

中国的疆域，东临大海，西连沙漠。如果把中国的疆域看成是一个方形，那么周长有一万五千里。中国东到蓬莱，西到陇右，北跨荆山以北的地区，南达南岳衡山。尧舜时土地方圆一万里，到商汤时为七千里。这以后疆域没有一个固定的数，总是随着君王的德行优劣而改变。

❦释 读❦

古代以坐北朝南为尊位，所以对古人来说"前"是南面，"后"是北面，"左"是东面，"右"是西面，总结起来就是"前南后北，左东右西"和今日通常说的"上北下南，左西右东"正好相反。

古人认为君主的德行越高，所能福泽统帅的疆域就越广。

**❺** 尧别九州，舜为十二。

❖译 文❖

尧把天下分为九州，舜则分为十二州。

❖释 读❖

大禹治水成功以后，把天下分为兖、荆、冀、豫、梁、徐、扬、青和雍九个州。另有兖、荆、冀、豫、营、徐、扬、幽、雍；兖、荆、冀、豫、青、并、扬、幽、雍；兖、荆、冀、豫、幽、徐、扬、青、雍三种九州的说法。

《尚书·舜典》记载：舜从冀州分出幽州和并州，从青州分出营州，把九州变成了十二州。

**❻** 秦，前有蓝田之镇，后有胡苑之塞，左崤函，右陇蜀，西通流沙，险阻之国也。

❖译 文❖

秦国，南面有蓝田关这样的险要之地，北面有与胡地相接壤的边塞，东面是崤山、函谷关，西面是陇右和蜀地，向西通向沙漠地区，这是一个地形险要、重山险阻的国家。

❖释 读❖

秦国（前770—前207），秦人先祖嬴姓部族在殷商时期镇守西北地区，周孝王六年（前905），秦非子因养马有功被周天子分封于秦邑（今甘肃省天水市）号曰"秦嬴"。公元前821年，秦庄公击败西戎，被周宣王封为西陲大夫。公元前770年，秦襄公派兵护送周平王东迁,被封为诸侯。自此,秦国正式成为周朝的诸侯国。秦穆公时,秦国称霸西戎,位列"春秋五霸"。公元前325年秦惠文王称王。公元前316年,秦国兼并巴国和蜀国。公元前230年至公元前221年,秦王嬴政灭掉六国,建立了中国历史上第一个大一统王朝——秦朝。公元前207年,秦王子婴向刘邦投降,至此秦朝灭亡。

**❼** 蜀汉之土与秦同域,南跨邛筰,北阻褒斜,西即隈碍,隔以剑阁,穷险极峻,独守之国也。

**◆译 文◆**

蜀汉的疆土范围大致与秦国所在区域吻合,向南跨越邛都、筰都两个西南少数民族聚居区,向北有褒斜谷道阻隔,向西有险峻的剑阁,整个国家与外界隔绝开来,是个适合防守的国家。

**◆释 读◆**

秦惠文王时,秦国兼并巴国和蜀国,攻取楚国的汉中。秦朝时在这个地区设立了巴郡、蜀郡、汉中、陇西四个行政区划,以"蜀汉"代指蜀郡和汉中。秦末农民起义,各路起义军相约先攻入函谷关的人可以继承秦国关中的土地称王。刘邦最先攻入函谷关。项羽为了不让刘邦的势力得到加强,与谋士范增谋划,以蜀汉也位于关中的理由,把关中土地一分为三,分封刘邦为汉王,封地就在蜀国和汉中。邛筰是西南少数民族邛都和筰都的合称,治所分别在今四川西昌市和汉源县。褒斜即褒斜道,因取道褒水和斜水两河谷得名，是秦岭南北往来的重要通道之一。剑阁即剑阁道，在今四川剑阁县东北大剑山、小剑山之间，因其地形险要，有"一夫当关，万夫莫开"的称号。

❽ 周在中枢，西阻崤谷，东望荆山，南面少室，北有太岳。三河之分，雷风所起，四险之国也。

**❖译　文❖**

周位于天下中枢，西面有可作为险阻的崤山、函谷关，向东望去是荆山，南面是少室山，北面有太岳山。它位于河东、河内、河南三地的交界处，风雷雨水从这里兴起，是个四周险阻围绕的国家。

**❖释　读❖**

周朝（前1046—前256），是中国历史上继夏朝、商朝之后的第三个奴隶制王朝。周王朝一共传国君三十二代三十七王，享国共计七百九十年，分为西周、东周两个时期。周朝实行分封制，分封姬姓宗室子弟和功臣为列国诸侯，为公、侯、伯、子、男五等，由周天子统辖天下诸侯国。之后各诸侯国不断壮大，周天子势弱，逐渐失去威望和权力。公元前249年，秦灭东周各国。

❾ 魏，前枕黄河，背漳水，瞻王屋，望梁山，有蓝田之宝，浮池之渊。

**❀译　文❀**

魏国，南面靠着黄河，北面靠着漳水，在此能仰望到王屋山、吕梁山，疆域内有产美玉的蓝田和名为浮池的深渊。

**❀释　读❀**

魏国（前403—前225），周朝诸侯国之一，战国七雄之一。姬姓，魏氏，始祖为毕万。公元前403年，魏与赵、韩一起被周威烈王正式封为诸侯。魏国一开始的都城在安邑（今山西夏县）。公元前364年，魏惠王从安邑迁都大梁（今河南开封），所以魏国又被称为梁国。魏国身处四战之地，被秦、齐、楚三个强大的国家包围，在之后的战争中逐渐被蚕食。公元前225年，秦国将领王贲挖开河道水淹大梁，魏王假出城投降，魏国灭亡。

❿　赵，东临九州，西瞻恒岳，有沃瀑之流，飞狐、井陉之险，至于颍阳、涿鹿之野。

**❀译　文❀**

赵国，东近九门，西望恒山，域内有飞流直下的瀑布，有飞狐峪、井陉关这样的险塞，疆域一直延伸到颍阳、涿鹿附近的旷野。

**❀释　读❀**

赵国（前403—前222），周朝诸侯国之一，战国七雄之一。嬴姓，赵氏，始祖造父，为商朝名臣飞廉次子季胜之后，因征伐徐国有功，受封于赵城，由此为赵氏。公元前403年，韩、赵、魏正式三家分晋，周威烈王分封赵籍为侯。国都曾先后定在晋阳（今太原）、中牟（今鹤壁）、邯郸（今邯郸）。公元前372年又立信都（今邢台）为赵之别都。至赵武灵王时，赵国称王，施行胡服骑射，建立起中国历史上第一支成建制的骑兵。公元前222年，秦军攻灭赵代王嘉，赵国灭亡。

**⓫** 燕，却背沙漠，进临易水，西至军都，东至于辽，长蛇带塞，险陆相乘也。

**◆译 文◆**

燕国，北面紧挨沙漠，南面靠近易水，西面到军都，东面到辽河，国土上分布着长蛇般的带状边塞，险地紧紧连在一起。

**◆释 读◆**

燕国（前1044—前222），周朝诸侯国之一，战国七雄之一。始祖是周文王庶长子召公。公元前1044年，周武王灭商后，封其弟姬奭于燕地，是为燕召公。公元前228年，秦军破赵国都城邯郸，陈兵易水，燕太子丹暗中派荆轲刺杀秦王，事情败露后荆轲被杀，秦王嬴政大怒，立即命王翦发兵攻打燕国。公元前222年，秦王嬴政派王贲率军进攻辽东，俘虏燕王喜，燕国灭亡。

**⓬** 齐，南有长城、巨防、阳关之险；北有河、济，足

以为固。越海而东,通于九夷。西界岱岳、配林之险,坂固之国也。

❧译 文❧

齐国,南面有长城、巨防、阳关为险阻;北面有黄河、济水,足以巩固边防。越过东海继续向东行进,可以通达九夷之地。西面有高峻的泰山和配林山,这是个易于固守的国家。

❧释 读❧

齐国(前1046—前221),周朝诸侯国之一,战国七雄之一,分为姜齐和田齐两个时代,始封君为太公望(姜子牙)。公元前1046年,姜子牙辅佐周武王灭商后,被封为侯爵,封国建邦,都城在临淄(今山东省淄博市临淄区)。传至齐桓公时,齐国已经是疆域濒临大海的东方大国,成为春秋五霸之首。姜齐传至齐康公时,大夫田和放逐齐康公,自立为国君,仍沿用齐国名号,世称"田齐"。公元前221年,齐王建向秦军投降,齐国覆灭。

❸ 鲁,前有淮水,后有岱岳,蒙、羽之向,洙、泗之流。大野广土,曲阜尼丘。

❧译 文❧

鲁国,南面有淮河,北面有泰山,对着蒙、羽两座山,洙水、泗水流经域内。在这片土地上,诞生了圣人——曲阜孔丘。

《释 读》

鲁国（前1043—前255），周朝诸侯国之一。姬姓，鲁氏，始封国君是周武王的弟弟周公旦之子鲁公伯禽。西周初年，周公旦辅佐周武王，后又辅佐周成王。由于需要留在镐京辅佐周天子，于是周公旦让自己的长子伯禽代为赴任封地，定都曲阜，建立鲁国。鲁国先后传25世，34位君主，历时795年。公元前255年，鲁国为楚考烈王所灭，鲁顷公被迁封于莒。公元前249年，鲁顷公死于柯（今山东东阿），鲁国绝祀。

❹ 宋，北有泗水，南迄睢涡，有孟诸之泽、砀山之塞也。

《译 文》

宋国，北面有泗水，向南一直到睢水和涡水，疆域内有名为孟诸的沼泽和砀山要塞。

《释 读》

宋国（前11世纪—前286），周朝诸侯国之一，春秋五霸之一。子姓、宋氏。周公旦辅佐周成王平定三监之乱，遵循"兴灭继绝"的传统，封商纣王的兄长微子启于商朝的旧都商丘，建立宋国，特准其用天子礼乐祭奉商朝宗祀，与周为客，被周天子尊为"三恪"之一。公元前286年，宋国东败于齐国，南败于楚国，西败于魏国，被齐、楚、魏三国联手灭亡。

**❺** 楚，后背方城，前及衡岳，左则彭蠡，右则九疑，有江、汉之流，实险阻之国也。

**◆译 文◆**

楚国，北面背靠方城山，南面直达衡山，东面有彭蠡湖，西面有九疑山，长江、汉水流经域内，实在是一个地势险要的国家。

**◆释 读◆**

楚国（？—前223），又称荆、荆楚，是先秦时期位于长江流域的诸侯国，国君为芈姓，熊氏。周成王封楚人首领熊绎为子爵，建立楚国。楚国立国之初，国力衰微贫弱，被中原诸侯视为未开化的蛮荒之地。经过几百年的发展，楚国在楚成王时开始崛起，并不断兼并周边的各小诸侯国，实力壮大。在现实的胁迫之下，周天子只能命楚国镇守中南。公元前704年，熊通僭越称王，是为楚武王。后与中原大国晋国争霸取得胜利，成为与秦、齐旗鼓相当的强国。公元前223年，秦军攻破楚都寿春，楚国灭亡。

**❻** 南越之国，与楚为邻。五岭已前至于南海，负海之邦，交趾之土，谓之南裔。

**◆译 文◆**

南越国，与楚国相邻。疆域从五岭向南延伸到南海，国土背靠大海，跨越了交趾地区，人们都称它为"南裔"。

❧释　读❧

南越国（前204—前111），是秦末至西汉时期位于中国岭南地区的一个政权。从开国君主赵佗至亡国君主赵建德，一共历经5任国君，享国93年。赵佗原为秦朝将领，秦王委任其南下攻打百越。秦末农民起义的时候，赵佗趁机封闭通往中原的道路关卡，同时出兵兼并岭南的桂林郡、象郡，自立为南越武王，定都番禺，是岭南历史上第一个完整的王朝政权。公元前196年，南越国自愿成为汉朝的藩属国。公元前112年，汉武帝发动对南越国的战争。公元前111年，南越国灭亡，正式归入汉王朝的版图。五岭是大庾岭、越城岭、骑田岭、萌渚岭和都庞岭的总称，位于今天江西、广东、广西、湖南四省之间，是长江流域与珠江流域的分水岭。

⓱　吴，左洞庭，右彭蠡，后滨长江，南至豫章，水戒险阻之国也。

❧译　文❧

吴国，东临洞庭湖，西临彭蠡湖，北临长江，南到豫章郡，是个以水域为国界的地势险要的国家。

❧释　读❧

吴国（约前12世纪—前473），周朝诸侯国之一。姬姓，相传始祖为周文王的伯父太伯。吴国国境位于今天江苏、安徽两省，长江以南部分以及环太湖浙江北部，核心位置在太湖流域。国都前期位于梅里（今无锡梅村），后期位于吴（今江苏苏州)。公元前473年，越王勾践复仇吞并吴国。吴国匠人擅长冶炼金属、锻造兵器，铸剑技术尤其高超，史上有名的铸剑大师干将、莫邪就是吴国人。现存世的由吴国工匠打造的宝剑有吴王诸樊剑、吴王光剑、吴王夫差剑，时逾千年，依旧锋利不朽。吴国的特色兵器还有吴钩。它适用于水上作战，并且充满传奇色彩，逐渐被赋予了骁勇善战、励志报国的精神象征。历代文人多有把吴钩写入诗文，如唐代著名诗人李白所作的《侠客行》，首句就是："赵客缦胡缨，吴钩霜雪明。"

❶❽ 东越通海，处南北尾闾之间。三江流入南海，通东冶，山高海深，险绝之国也。

◆译 文◆

东越国通向海洋，处于南海与北海的交界处。国土上的河流注入南海，疆域和东冶相连通，山高海深，是个地势险绝的国家。

◆释 读◆

东越，即东瓯，秦汉时期南方地区的少数民族之一。秦汉时分布在今天浙江南部瓯江、灵江流域一带。西汉惠帝封其部族首领欧阳摇为东海王，也称东瓯王，建都东瓯（今温州市）。七国之乱后，东瓯王欧望率领部属民众北上归降汉朝，被降封为广武侯，东越国从此被并入中央王朝，其地域被划入会稽郡。

**❾** 卫，南跨于河，北得淇水，南过濮上，左通鲁泽，右指黎山。

❧译 文❧

卫国的疆域向南跨越黄河，北面有淇水流经，南面有濮水穿过，东面通到鲁泽，西面直达黎山。

❧释 读❧

卫国（约前1117—前209），周朝诸侯国之一。姬姓，始祖为周武王的弟弟康叔。周成王即位后，发生"三监之乱"，康叔参与平定叛乱，因功改封于殷商故都朝歌（今河南淇县）。孔子得意门生之一的、位列孔门十哲的子贡，改革家商鞅，军事家吴起，政治家吕不韦，刺客聂政、荆轲都是卫国人。公元前209年，卫君角被秦二世废为庶人，卫国灭亡。

**⓴** 赞曰：

地理广大，四海八方，遐远别域，略以难详。
侯王设险，守固保疆，远遮川塞，近备城隍。
司察奸非，禁御不良，勿恃危厄，恣其淫荒。
无德则败，有德则昌，安屋犹惧，乃可不亡。
进用忠直，社稷永康，教民以孝，舜化以彰。

❧译 文❧

赞说：
中国的地域广大，通向四海和八方，遥远的别国异域，只能略说而难以详述。

王侯们设下险隘关塞，守护国土，保卫边疆，远处有山川要塞，近处有城墙壕沟。

督察国内的奸邪，抵御来犯的敌人，不倚仗险要的地形，肆意地淫乐放荡。

君王无德必将失败，君王有德则国家昌盛，处安定环境中仍然要思危，才能长保国家不亡。

进用忠诚正直的人，社稷才会永保安康，用孝道来教化百姓，舜的教化才会得以彰显。

◈释　读◈

赞，是中国古代文学中的一种文学体裁，包括散文、韵文两种体式，主要用于歌颂人物。在古代文学作品中对人物出场的描写，通常会用赞诗来形容。比如《水浒传》中林冲出场时，赞诗就写道："嵌宝头盔稳戴，磨银铠甲重披。素罗袍上绣花枝，狮蛮带琼瑶密砌。丈八蛇矛紧挺，霜花骏马频嘶。满山都唤小张飞，豹子头林冲便是。"

【卷一·山川地理】

· 土地山川 ·

❶ 《考灵耀》曰："地有四游，冬至地上，北而西三万里；夏至地下，南而东三万里；春秋二分其中矣。地常动不止，譬如人在舟而坐，舟行而人不觉。七戎六蛮，九夷八狄，形总而言之，谓之四海。言皆近海，'海'之言晦昏无所睹也。"

◈译　文◈

《尚书纬·考灵耀》记载："大地会向四面游动，冬至时大地向上移动，由北向西游动三万里；夏至时大地向下移动，由南向东游动三万里；春分和秋季时，大地介于二者之间。地面常常处于运动的状态，就像人坐在大船里，船向前驶，人却不觉得船在行进。中原地区周边的各个民族，人们把他们总称为四海，意思是说他们聚居地都靠近大海，这里的'海'还包括晦暗糊涂没有见识的意思。"

◆释　读◆

汉代的儒生附会经义编写了《尚书纬》《诗纬》《易纬》《礼纬》《春秋纬》《乐纬》《孝经纬》七部纬书，统称"七经纬"，《考灵耀》是《尚书纬》中的一篇。在这节篇章中，儒生认为天空中的星辰和大地都会随着四季而运动。从立春开始，星辰与大地向西运动；春分的时候，星辰和大地到了最西面。在向西前进的过程中，大地逐渐升起，到达靠近中间的高度，于是大地逐渐带着星辰向东方滑动。到了春末，星辰与大地回到了初始正中间的位置。从立夏开始，两者就向北运行，直到夏至到达最北面。这时候大地下降到最底下的位置，夏末才回归初始正中间的位置。同理，在立秋和立冬两个时候，星辰和大地分别向东方和南方运行，直至尽头，又分别在秋末和冬末回到初始正中间的位置。这个过程周而复始，生生不息。可见古人已经发现天和地是在不停地运动的，这比哥白尼提出日心说早了上千年。

古代中原王朝以正统文明自居，把南方的民族称为蛮，东方的民族称为夷，西方的民族称为戎，北方的民族称为狄，认为周边的民族不开化，是愚昧野蛮的。

❷　地以名山为之辅佐，石为之骨，川为之脉，草木为之毛，土为之肉。三尺以上为粪，三尺以下为地。

【译　文】

　　大地以名山作为辅佐，以石头作为骨头，以河流作为经脉，以草木作为毛发，以泥土作为血肉。地表三尺以上是地气，三尺以下是地心。

【释　读】

　　古人不能科学地看待自然现象，不明白自然界万物的形成原因，往往只能推己及物，通过把事物拟人化来讲述，对自己力所不能及的事物和地方往往也采取编造故事的说法。所以自古就有盘古开天辟地死后化作山川河流的神话故事。在这里，古人认为大地是分层的，三尺以上的部分是地气，三尺以下是地心。《太平经》中记载了古人对于挖掘土地的看法，认为挖掘土地不能超过三尺，也就是一米。地表以下一尺的地方，还能被阳光照射，地气来自天；挖到两尺的地方，这里的地气来自生物，还算中和，不伤人；挖到三尺的地方，就会伤到地的身体，并且这里聚集着大量的阴气，也不能再往下挖了。如果硬要再往下挖掘，就会招致灾祸凶事。

❸　五岳：华、岱、恒、衡、嵩。

【译　文】

　　五岳：华山、泰山、恒山、衡山、嵩山。

【释　读】

　　五岳是中华五大名山的总称，分别是东岳泰山、南岳衡山、西岳华山、北岳恒山和中岳嵩山。它们分别位于山东省泰安市、湖南省衡阳市、陕西省渭南市、山西省大同市以及河南省登封市。其中西岳华山最高，有2154米；北岳恒山以2016米屈居第二；东岳泰山高度第三，高1532米；排第四的是中岳嵩山，高1491米；南岳衡山最矮，只有1300米。虽然同列五岳之位，但是都各有独特之处，分别以雄、险厄、险峻、幽静、秀美著称，也有"恒山如行，泰山如坐，华山如立，嵩山如卧，唯有南岳衡山独如飞"的说法。

自春秋开始，就有帝王攀登五岳举行封禅祭祀活动。第一位大规模举行封禅仪式的帝王是秦始皇，他命人辟山修路，从泰山的南面登上山顶，竖起碑石，刻下碑文歌颂自己的文治武功。自此，后世前往五岳举行封禅祭祀的帝王络绎不绝，以证明自己的权力授自于上天。

经过后世哲学、宗教、神学以及民间百姓的再加工，五岳变成了五位神仙的道场，他们就是五岳大帝。在许仲琳撰写的《封神演义》中，有一件敕封天下众神的宝物，名为"封神榜"。这件宝物上就详细记载了五岳大帝的名字、职责、兵器以及坐骑，他们分别是：

东岳泰山天齐仁圣大帝黄飞虎：职掌人间赏罚、贵贱、冥司。其兵器为金攥提芦枪，坐骑为五色神牛，有神禽金眼神莺。

南岳衡山司天昭圣大帝崇黑虎：职掌天下江河、湖海、走兽。其兵器为湛金斧，坐骑为火眼金睛兽，有法宝铁嘴神鹰。

西岳华山金天愿圣大帝崔英：五金、冶铸，羽禽飞鸟。其兵器为八楞锤，坐骑为黄彪马。

北岳恒山安天玄圣大帝蒋雄：职掌天下星辰分野。其兵器为五爪抓，坐骑为乌骓马。

中岳嵩山中天崇圣大帝闻聘：职掌天下土地、山川、林木。其兵器为托天叉，坐骑为青骢马。

此外五岳也是历代文人歌颂称赞，借以抒发情感的对象，多有与之相关的诗文佳作传世。

❹ 按北太行山而北去，不知山所限极处。亦如东海不知所穷尽也。

❀译　文❀

如果沿着太行山脉向北前进，探究不到尽头。这就如同没有人知道哪里才是东海的尽头一样。

❀释　读❀

太行山，又名五行山、王母山、女娲山，坐落于山西高原与河北平原之间，山脉走向从东北的拒马河谷向西南延伸四百多公里，一直到山西、河南境内的黄河沿岸。这里历来就是东西向的交通要道，素来有"太行八陉"的称呼。太行山的最高峰是五台山。五台山高3061米，是我国佛教四大名山之首，与尼泊尔蓝毗尼花园，印度鹿野苑、菩提伽耶、拘尸那迦并称为世界五大佛教圣地，同时也被称为"华北屋脊"。寓言故事《愚公移山》中愚公所要移走的太行山和王屋山，就坐落于太行山脉。

❺ 石者，金之根甲。石流精以生水，水生木，木含火。

◆译 文◆

石，是金的根源。石头流出的精华生成了水，水又生成了木，木中孕育着火。

◆释 读◆

这里的金是指五行——金、木、水、火、土之一的金。古人不明白金属形成的原理，认为石头像甲壳一样，时间久了就能在内部孕育金属。同时古人也不知道大气循环的原理，探究不到水的源头。他们通过追溯河流源头，看到水从石头缝隙中流出，就认为世间万物的水与石头的精华有关。五行学说早在《尚书》中就被提及，战国初期演化出了五行相生相胜说，认为五行相生相克。继而又衍生出"五德终始说"，提出每个朝代都对应五行之一种，改朝换代、帝王革命与五行相生相克暗合。先秦阴阳学家邹衍就认为黄帝时期、夏朝、商朝、周朝、秦朝分别拥有土德、木德、金德、火德、水德，每个朝代的五行属性都克制前一个朝代。到了汉代，刘歆提出"新五德终始说"，以五行相生为基点，为帝王禅让制找到了合理的理论支持。他在《世经》中提出秦朝为闰水德，汉朝为火德。历史上秦代的确尚黑而汉代尚红，这一点能在官服的颜色上得到体现。

❻ 汉北广远，中国人鲜有至北海者。汉使骠骑将军霍去病北伐单于，至瀚海而还，有北海明矣。【周日用曰：余闻北海，言苏武牧羊之所去，年德甚迩，柢一池，号北海。苏武牧羊，常在于是耳。此地见有苏武湖，非北溟之海。】

❀译　文❀

汉朝北疆地区辽阔而遥远，很少有中原人到达北海。汉朝派遣骠骑将军霍去病北伐匈奴，一直进攻到北海才返还，所以北海的存在是明确的。【周日用说："我听说北海是苏武牧羊的地方，年龄越大，品行越高，大概北海只是那里的一个小水池的名称罢了，苏武常在当地放羊。所以这个地方现在有个苏武湖，可它与北海不是一个地方。"】

❀释　读❀

匈奴是一支兴起于今天内蒙古阴山山麓的游牧民族。早在东周时期，匈奴就游猎于蒙古高原，偶有南下侵略中原。直到秦末汉初，匈奴部族逐渐强大，屡次集中南下对中原地区烧杀掳掠。西汉初年，匈奴趁韩王信叛乱，以数十万兵力围困汉高祖刘邦于白登山。往后几十年里，匈奴屡屡进犯中原边塞，逼迫汉朝数次派出公主和亲并送出大量金银财宝以缓解匈奴的攻势。直到汉武帝时期，经过数十年的休养生息，汉朝国力强盛，在卫青、霍去病、赵破奴等将帅的指挥下，汉军屡次出塞攻打匈奴。漠北之战后，匈奴被迫北迁撤出漠北。到了东汉时期，匈奴内乱，分为南北两个部族。南匈奴归附汉朝，而北匈奴在窦宪、班固等东汉将领的进攻下，继续向西逃窜迁移，自此下落不明。往后两千年的时间里，"封狼居胥，燕然勒石"的军事功绩被历代武将视为无上荣耀。20世纪90年代，蒙古牧羊人在荒山上发现了一块刻有奇怪文字的石碑。2014年蒙古国邀请中国考古专家前往蒙古国考察，经过三年的辛勤工作，终于确定此碑就是当年班固在战胜匈奴后，刻于燕然山的石碑。碑文清晰地记载了此次战争的大致情况。

❼ 汉使张骞渡西海，至大秦。西海之滨，有小昆仑，高万仞，方八百里。东海广漫，未闻有渡者。

◆译 文◆

汉朝使者张骞曾渡西海，到达大秦国。西海的海滨有座叫小昆仑的山，高万丈，方圆八百里。东海广漫无际，没听说过有渡过东海的人。

◆释 读◆

大秦是古代对罗马帝国的称呼。公元前2世纪，张骞奉汉武帝之命，率领一百多人西出长安，最终到达罗马。他的西行之旅打通了汉朝通往西域的南北道路，这就是赫赫有名的"丝绸之路"。史书记载，大秦又名犁鞬、海西国。因为那里的人长得高大平正，和中国人类似，所以就叫他们大秦。相传大秦国极其富有，他们用珊瑚做房子的框架，用琉璃做墙壁，用水晶做柱子。诸如夜光璧、明月珠、骇鸡犀、珊瑚、琥珀、琉璃、琅玕、朱丹、青碧等珍宝数不胜数。

❽ 南海短狄，未及西南夷以穷断。今渡南海至交趾者，不绝也。

◆译 文◆

（过去）南海短狄人分布范围狭小，还没到巴蜀西南地区就没踪影了。现今渡过南海去交趾的短狄人一直络绎不绝。

❤释 读❥

西南夷是汉代对分布于甘肃南部、四川西部、南部和云南、贵州一带的少数名族的泛称。汉武帝元光五年（前130）至汉明帝永平十二年（69）在这里设置犍为、沈黎、武都、汶山、牂牁、越巂、益州、永昌八郡。相传西南夷有上百个部落，其中夜郎王和滇王较为著名。

❾ 《史记·封禅书》云："威、宣，燕昭遣人乘舟入海，有蓬莱、方丈、瀛洲三神山，神人所集。欲采仙药，盖言先有至之者。其鸟兽皆白，金银为宫阙，悉在渤海中，去人不远。"

❤译 文❥

《史记·封禅书》记载："齐威王、齐宣王和燕昭王派人坐船入海，发现了蓬莱、方丈、瀛洲三座神山，这三座山是神仙聚居的地方。他们打算去那儿采集仙药，说是已有人到过这三座神山。山上的鸟兽都是白色的，有用黄金、白银建造的宫殿，都在渤海之中，离凡尘不远。"

❤释 读❥

相传远古时期渤海之东本有五座神山，分别名为岱舆、员峤、方丈、瀛洲、蓬莱。这五座神山在大海中飘忽不定，经常随着波浪四处漂流，导致连神仙都难以找到它们确切的位置。于是天帝派北海之神驱使十五只巨大的鳌，每三只为一组，用头顶住神山，使它们不再漂动。后来龙伯国的巨人来到渤海，一竿钓走了六只巨鳌,致使岱舆和员峤两座神山失去了巨鳌的固定,各自向大海深处飘去。从此就只剩下了方丈、瀛洲、蓬莱三座神山。

**❿** 四渎河出昆仑墟,江出岷山,济出王屋,淮出桐柏。八流亦出名山:渭出鸟鼠,汉出嶓冢,洛出熊耳,颍出少室,汝出燕泉,泗出陪尾,淄出胡台,沂出太山。水有五色,有浊有清。汝南有黄水,华山有黑水、泞水。渊或生明珠而岸不枯,山泽通气,以兴雷云,气触石,肤寸而合,不崇朝以雨。

◆译 文◆

四条大河中黄河发源于昆仑山,长江发源于岷山,济水发源于王屋山,淮河发源于桐柏山。八条水流也出自名山:渭水出自鸟鼠山,汉水出自嶓冢山,洛水出自熊耳山,颍水出自少室山,汝水出自燕泉山,泗水出自陪尾山,淄水出自胡台山,沂水出自泰山。水有五种色彩,有清浊之分。汝南有黄色的水流经,华山有黑色的水、泥泞的水流经。深渊如果长有明珠,那么渊边的山崖会光彩万丈。高山和水泽的气流相通,就会产生雷云。云气接触到山石,紧挨在一起,一会儿就会下雨。

◆释 读◆

四渎是古人对四条浊流,即长江、黄河、淮河、济水的总称。在历史上,黄河一共有九次较大的决溢改道,其中一次抢夺了济水的河道,致使济水名存实亡。淮河下游淤塞后也改注并入长江,最终形成了今日的水道格局。唐代人称呼淮河为东渎,长江为南渎，黄河为西渎，济水为北渎。

❶❶　江河水赤，名曰泣血。道路涉苏，于河以处也。

❀译　文❀

长江、黄河水呈红色，人们称呼这种现象为泣血。道路上都是野草，一直蔓延，直到河边。

❀释　读❀

长江的上游有一条赤水河，古称赤虺河，流经四川、贵州、云南三省交界处。每当下雨后，河水颜色就会变得浑浊泛红。其原因是在赤水河上游有个红石野谷，这谷中裸露着大量颜色鲜红的砂岩，长时间的风化使得红色砂岩极为松脆，一经暴雨冲刷就大量掉落，随着雨水汇入赤水河，致使赤水河水颜色泛红黄色。

❶❷　五岳视三公，四渎视诸侯。诸侯赏封内名山者，通灵助化，位相亚也。故地动臣叛，名山崩，王道讫；川竭神去，国随已亡。海投九仞之鱼，流水涸，国之大诫也。泽浮舟，川水溢，臣盛君衰。百川沸腾，山冢卒崩，高岸为谷，深谷为陵，小人握命，君子陵迟，白黑不别，大乱之征也。

◆译 文◆

如果要祭祀五岳，祭品要比照三公宴会礼品的等级；如果要祭祀四渎，祭品要比照诸侯宴会礼品的等级。之所以诸侯只能祭祀封地境内的名山大川，是因为在通神灵以教化百姓方面，他的地位是低一等的。所以地震是臣子叛乱的先兆；名山崩塌，是王道终结的先兆；河水枯竭，失去神灵护佑，国家就随之灭亡了。海中投入九仞长的大鱼，而海水干涸，对国家来说是个大的警戒。沼泽上浮起船只，河水涨溢，是臣盛君衰的征兆。百川沸腾，山峰突然崩裂，高山变为深谷，深谷变为山陵，预示小人干政，而君子的处境则会日渐窘迫，这就是黑白不辨，是大动乱的先兆。

◆释 读◆

三公为中国古代地位最尊显的三个官职的合称，每个朝代的划分都不一样。比如在周代三公是指太师、太傅、太保，也有说是指司马、司徒、司空；西汉以丞相、大司马、御史大夫为三公；东汉又改为以太尉、司徒、司空为三公。唐宋两代沿用此称，只是已经无实际职权。明清两代虽以太师、太傅、太保为三公，但只作为大臣的最高荣誉头衔。

有趣的是，司马、司徒、司空一开始专指三个官职，分别管理军事、教化和营建，后逐渐成了三个复姓。除了司马、司徒、司空以外，以官职为姓的还有史、钱、乐、上官、司寇、席、宰、军、尉等。还有一些姓起源于职业，比如巫（巫祝）、卜（占卜者）、陶（制陶）、匠（工匠）、屠（屠夫）、庖（厨师）、钟（铸钟工）、蒲（编织工）、优（优伶）、车（制车）等。

**⓭** 《援神契》曰:"五岳之神圣,四渎之精仁,河者水之伯,上应天汉。太山,天帝孙也,主召人魂。东方万物始成,故主人生命之长短。"

◈译 文◈

《援神契》说:"五岳的神灵很圣明,四渎的精灵很仁慈。黄河是水官之长,它与天上的银河相感应。泰山是天帝的孙子,主管召唤亡者的魂灵。东方是万物生长孕育的方位,所以泰山也掌管人的寿命长短。"

◈释 读◈

天汉即银河,又称河汉、银汉、星河、星汉、云汉,是一条横跨星空,由无数恒星的光芒组成的一条乳白色亮带。在道教神话中,王母娘娘为了阻隔牛郎和织女,使他们永远不能相见,拔下头上的钗子在夜空中划出了银河。而在古希腊则把银河称为"乳之路"。相传奥林匹斯神王宙斯与凡人生下海格力斯,苦于孩子没人喂养,于是他派赫尔墨斯带着海格力斯趁着神后赫拉睡着的时候偷吸乳汁,因为事出匆忙,一些乳汁洒入了夜空,形成了银河。古印度人则认为银河是深蓝色的夜空被母牛的乳汁染白,并把它称为"天上的恒河"。

【卷一·山川地理】

## ·五方之民·

❶ 东方少阳，日月所出，山谷清，其人佼好。

◆译 文◆

东方是阳气微动、日月升起的方位，这里山谷清秀，因此这里的人长得很俊美。

◆释 读◆

古人把阴阳、四时、五行等术数相互对应，构建了一套自圆其说的玄学理论，其中东方五行属木，四时主春，五帝为太皞，五神为句芒，五虫为鳞，五音为角，五数为八，五味为酸，五臭为膻，五祀为户，五色为青，五谷为麦，五牲为羊。

❷ 西方少阴,日月所入,其土窈冥,其人高鼻、深目、多毛。

《译 文》

西方是阴气微动、日月隐没的方位,这里土地昏暗,这里的人高鼻梁,深眼窝,多毛。

《释 读》

西方五行属金,四时主秋,五帝为少皞,五神为蓐收,五虫为毛,五音为商,五数为七,五味为辛,五臭为腥,五祀为门,五色为白,五谷为麻,五牲为犬。

❸ 南方太阳,土下水浅,其人大口多傲。

《译 文》

南方是阳气旺盛的方位,地势低洼、流水清浅,这里的人嘴巴很大,多数人显得有些傲气。

《释 读》

南方五行属火,四时主夏,五帝为炎帝,五神为祝融,五虫为羽,五音为徵,五数为九,五味为苦,五臭为焦,五祀为灶,五色为赤,五谷为菽,五牲为鸡。

❹ 北方太阴,土平广深,其人广面缩颈。

**❦译　文❧**

北方是阴气极盛的方位，土地平坦且宽广而深邃，这里的人面部较宽，但是脖子却比较短。

**❦释　读❧**

北方五行属水，四时主冬，五帝为颛顼，五神为玄冥，五虫为介，五音为羽，五数为六，五味为咸，五臭为朽，五祀为行，五色为黑，五谷为黍，五牲为彘。

**❺** 中央四析，风雨交，山谷峻，其人端正。

**❦译　文❧**

中央是四方平分之地，这里风雨交聚，山峦险峻，这里的人容貌端正。

**❦释　读❧**

中央五行属土，五帝为黄帝，五神为后土，五虫为裸，五音为宫，五数为十，五味为甜，五臭为香，五祀为土，五色为黄，五谷为稷，五牲为牛。

**❻** 南越巢居，北朔穴居，避寒暑也。

**❦译　文❧**

南方的人筑巢而居，北方的人穴居，他们这样做是为了躲避酷暑和寒冬。

**释　读**

中国南北气候差异很大，不同的气候造就了不同的风俗产物。南方湿热多虫，人们一开始住在树上，既阴凉又能防虫、防积水；北方寒冷风大，人们就居住在保暖的洞穴中。后来，两者逐渐分别演化成了吊脚楼和窑洞。

❼　东南之人食水产，西北之人食陆畜。食水产者，龟、蛤、螺、蚌以为珍味，不觉其腥臊也。食陆畜者，狸、兔、鼠、雀以为珍味，不觉其膻也。

**译　文**

东南方的人吃水产品，西北方的人吃陆地上的牲畜走兽。吃水产品的人，把乌龟、蛤蜊、螺、蚌当作美味，不觉得腥臭。吃牲畜走兽的人，把狸、兔子、老鼠、雀鸟当作珍奇美味，不觉得腥膻。

**释　读**

俗话说："靠山吃山，靠水吃水。"人类的饮食也是因地制宜的，每个地方都有自己独特的饮食习惯，哪怕味道特殊，吃多了也就习惯了。就好比川渝嗜麻辣，山西嗜酸，江浙沪嗜甜。

❽　有山者采，有水者渔。山气多男，泽气多女。平衍气仁，高凌气犯，丛林气躄，故择其所居。居在高中之平，下中之高，则产好人。

◆译　文◆

　　山居的人砍伐树木，水居的人则捕捞鱼类。沐浴山气的人大多生男孩，沐浴水泽气息的人大多生女孩。沐浴平原之气的人大多仁慈，沐浴高山之气的人大多莽撞，沐浴丛林之气的人大多瘸腿，所以对住处要多加选择思虑。住在高山上的平地，或是平地中的高山，就可能养育出身心健康的孩子。

◆释　读◆

　　古人很早就已经注意到了一方水土养一方人的道理，认为人的长相、性格、生育都和所处的环境有关，环境甚至能影响到一个人的形体健康。所以在选择住所的时候，古人会选择阳光充足、风气柔和、地势平坦的地方。

❾　居无近绝溪，群冢狐虫之所近，此则死气阴匿之处也。

◆译　文◆

　　不要住在靠近溪流断绝的地方，这种地方往往坟墓众多，大量狐狸、虫豸出没，是死气隐匿积聚的地方。

◆释　读◆

　　流水的潺潺声往往给人充满生机的感觉。在风水学中讲究阳宅要建造在有活水流过的地方，这样才有生气。同时风水学还借用五行学说"水生金"的概念，认为居住在活水边上有利于发财。

**❿** 山居之民多瘿肿疾，由于饮泉之不流者。今荆南诸山郡东多此疾。瘇，由践土之无卤者，今江外诸山县偏多此病也。【卢氏曰：不然也。在山南人有之，北人及吴楚无此病，盖南出黑水，水土然也。如是不流泉井界，尤无此病也。】

### 译 文

居住在山区的人颈部多长瘤，这是因为喝的泉水是不流动的。现在荆南群山所在的州郡东部区域还有不少人患这种病。脚肿，是因为一直踩踏着没有盐卤的土地，现在江南山区州县患这种病的人比较多。【卢氏说："这种说法不对。江南山区的人患有脚肿病，江北和吴楚地区则没有人患这种病，大概是因为黑水流经江南，致使水土变成这样。如果只喝泉水、井水这些不流动的水，也不会患上这种脚肿病。"】

### 释 读

瘿肿疾俗称大脖子病，即慢性甲状腺肿大。致病原因是山区人的食物中缺乏碘质。古人一开始并不明白致病原因，以为和饮用水有关。但是到了唐代，著名的医药学家孙思邈通过观察，已经发现大脖子病患者都有久居山区的共同点，经过试验得出要多吃海带、海藻、鹿和羊的甲状腺等富含碘质的东西，大脖子病就能得到改善，甚至痊愈的结论。

【卷一·山川地理】

· 物产 ·

❶ 地性含水、土、山、泉者,引地气也。山有沙者生金,有谷者生玉。名山生神芝,不死之草。上芝为车马,中芝为人形,下芝为六畜。土山多云,铁山多石。五土所宜,黄白宜种禾,黑坟宜麦黍,苍赤宜菽芋,下泉宜稻,得其宜,则利百倍。

译 文

大地的形态包括水、土、山、泉,是因为各自牵连着不同的地气。有沙石的山产金,有深谷的山产玉。名山上会生长出灵芝,吃了能长生不老。上等的灵芝呈车马形,中等的呈人形,下等呈六畜形。土山多云雾,铁山多石头。五种土壤有各自所适宜种植的作物：黄白土壤宜于种小米，黑色隆起的土壤宜于种麦子和高粱，青色、红色的土壤宜于种豆类和芋头，低凹多水的土壤宜于种稻。根据不同的土壤种植合宜的庄稼作物，就能获取百倍的收益。

◆释 读◆

五土是指山林、川泽、丘陵、水边平地、低洼地五种土地，也指青、赤、白、黑、黄五种颜色的土壤。

❷ 和气相感则生朱草，山出象车，泽出神马，陵出黑丹，阜出土怪，江出大贝，海出明珠，仁主寿昌，民延寿命，天下太平。

◆译 文◆

在和润之气的感应下，地上会长出朱草，山林里会生长出象车木，湖泽里会跑出神马，山岭上会产出黑丹砂，丘陵上会出现土怪，江河里会生出大贝，大海里会生出明珠，仁德的君主会长命百岁，百姓能延年益寿，天下会太平。

◆释 读◆

古人把天地间阳气与阴气交合产生的气称为"和气"，认为世间万物都由"和气"孕育。

象车是指一种生长在山林中的圆曲木，可以用来制车，是一种只出现于太平盛世的祥瑞。

黑丹是指黑色的丹砂。丹砂一般都是红色的，多用来制作颜料或炼丹。古人认为丹砂变黑是瑞兆。

❸ 名山大川，孔穴相内，和气所出，则生石脂、玉膏，食之不死，神龙、灵龟行于穴中矣。

◈译　文◈

名山大川，孔穴是相通的。当祥瑞和润之气从这些洞穴出来时，山上会生出石脂和玉膏，人们吃了这些便能长生不老，神龙、灵龟也会在洞穴中活动。

◈释　读◈

古人通过用火烧龟甲显示的兆象来占卜吉凶，也就是所谓的甲骨占卜，所以称呼龟为神龟或者灵龟。甲骨占卜大致分为五个步骤：首先是整治龟甲，即用工具对龟甲进行物理性加工，使得龟甲符合占卜的规制。第二步是命龟，把要占卜的事情告诉龟甲。第三步是灼龟见兆，通过灼烧龟甲显示的兆象来判断吉凶。第四步是占龟，通过观察龟甲灼烧产生的裂痕、龟体兆象、龟色兆气来判断吉凶。最后一步是把占卜时间、占卜者、所问事项、占卜结果刻在龟甲上。如果占卜的事情后来应验了，就再把验辞补刻在龟甲上。最后把龟甲贮藏起来，以备查验。

❹ 神宫在高石沼中，有神人，多麒麟，其芝神草，有英泉，饮之，服三百岁乃觉，不死。去琅琊四万五千里。三珠树生赤水之上。

◈译　文◈

神宫在高石沼之中，其中住有神仙和许多麒麟。那儿生长有神草灵芝，有甜美的泉水，人要是喝了，会沉睡三百年才能醒过来，并能长生不老。这座神宫离琅琊山有四万五千里。有三珠树生长在赤水旁。

◆释 读◆

《山海经》中记载三珠树长在厌火国的北方，外形如同柏树，叶子都是珍珠，发出璀璨的光芒。后世"三珠树"成为唐代王勔、王勮、王勃兄弟三人的美称，另外还指三位明代著名书法家王铎、倪元璐与黄道周。

❺ 员丘山上有不死树，食之乃寿。有赤泉，饮之不老。多大蛇，为人害，不得居也。

◆译 文◆

员丘山上长有不死树，吃了它的果实就可以长寿。山上有赤泉，喝了这泉水便可以永不变老。山上有很多大蛇，经常伤害人，所以不能在这里居住。

◆释 读◆

相传黄帝听闻了员丘山上有不死树，计划登山吃果实，但是苦于山上大蛇太多，一直没能如愿。在崆峒山修炼的广成子听闻了这个消息，就赶来告诉黄帝用雄黄可以驱赶大蛇。于是黄帝带着雄黄上了山，一边走一边撒雄黄粉末。果不其然，山上的大蛇一闻到雄黄的味道就四散逃去，黄帝也如愿以偿地摘到了不死树的果实。之后，人们就用雄黄来驱散蛇。

❻ 诸远方山郡幽僻处出蜜蜡，人往往以桶聚蜂，每年一取。

◆译　文◆

在许多远方山郡中的幽深偏僻处出产蜜蜡，人们往往用桶聚养蜜蜂，每年取一次蜜蜡。

◆释　读◆

蜜蜡即蜂蜡，蜜蜂腹部的蜡腺分泌的蜡质，是蜜蜂筑造蜂巢的材料。蜜蜡俗称黄蜡，可以用于制作药膏、化妆品、上光剂或模型等。相传蜜蜂在悬崖绝壁上用蜂蜡筑巢，如果深秋蜜蜂飞走暂时不再回来过冬，就会吸引一种叫灵雀的小鸟成群结队地飞来啄食蜂蜡，一直持续到春天，蜂巢被啄得千疮百孔，如同被流水侵蚀一般。这时候蜜蜂会回来，在残破的蜂巢上继续用蜂蜡修补直至完好如初。

❼ 远方诸山蜜蜡处，以木为器，中开小孔，以蜜蜡涂器，内外令遍。春月蜂将生育时，捕取三两头著器中，蜂飞去，寻将伴来，经日渐益，遂持器归。

◆译　文◆

远方群山中产蜜蜡的地方，人们蓄养蜜蜂，他们用木头做成养蜂的器具，在木器中间开一个小孔，把蜜蜡涂在器具上，内外都要涂遍。春天，蜜蜂将要生育时，养蜂人捕两三只蜜蜂放在器具中，蜜蜂住一段时间飞出去，不久又会带着同伴飞回来，过一段时间住在木器中的蜜蜂产的蜜蜡渐渐将木器填满了，就可以拿着器具回家酿蜂蜜了。

◈释　读◈

中华民族驯养蜜蜂、食用蜂蜜的传统古已有之。神话故事中炎帝的母亲女登是养蜂第一人，相传她在槐树林的深处驯服了野蜂。有确切记录的第一位养蜂人是东汉的姜岐。在为母守孝三年后，他把田地都分给兄弟，遁入秦岭山林，从事研究驯化野蜂、采集蜂蜜的工作。等技术成熟后，他将其无私地传授给大众。各地的人慕名而来，掌握诀窍离去后又教给别人，从此养蜂采蜜技术席卷大江南北。自东汉末年开始，蜂蜜水成了贵戚们必不可少的饮品，王公贵族习惯每天饮用三杯蜂蜜水。当时的割据军阀袁术临死前唯一的愿望就是能再喝一口蜂蜜水。到了唐宋时期，蜜制食品已经多达三十余种。相传老饕苏东坡发明了用蜜酿造美酒。有人曾夸蜂蜜："散似甘露，凝如割肪。冰鲜玉润，髓滑兰香。穷味之美，极甜之长。百药须之以谐和，扁鹊得之而术良，灵娥御之以艳颜。"其高度总结了蜂蜜的味、形、质、色以及药用价值。

❽　孝武建元四年，天雨粟。孝元竟宁元年，南阳阳郡雨谷，小者如黍粟而青黑，味苦；大者如大豆赤黄，味如麦。下三日生根叶，状如大豆初生时也。

◈译　文◈

汉武帝建元四年，天上降下了谷物雨。汉元帝竟宁元年，南阳郡也天降谷物,小的像黏黄米但颜色是青黑色的,吃着有点苦;大的赤黄色如大豆,味道像麦子。谷物落地三天后,生出根和叶子,形貌像大豆初生时一样。

❦释 读❦

中国历朝历代都有天上下五谷杂粮的记载,比如《岭南丛述》记载:"武六年六月十九日,广州雨米,如早谷米,米身略小而长,黑色,如火烧米样。炊蒸之为饭甚柔。"《清史稿》也记载:"道光四年十月,黄梅雨豆麦谷米。"清同治《韶州府志》记载:"道光十一年八月乐昌、出水、严长径、铜坑等处雨豆,有五色斑文。"可以发现天上下谷雨的时间都在夏秋之际。其实谷雨的形成和台风有关:台风是一种强烈的上升气流运动,在移动的过程中会把地面上的物品一起卷入空中,被卷入的物品随着台风一起移动,直至台风势力减弱后抛落地面。所以不仅仅会出现下谷物雨的现象,澳大利亚等地甚至出现过天空下青蛙雨、鱼雨等现象。

❾ 代城始筑,立板干,一旦亡,西南四五十板于泽中自立。结草为外门,因就营筑焉。故其城直周三十七里,为九门,故城处为东城。

❦译 文❦

代州开始修筑城墙的时候,先架起了夹板和木柱,但在一个早上都丢失了,只有西南面尚有四五十块夹板竖立在沼泽地里。于是人们用芦苇编织城门,在沼泽地就着剩余的夹板开始修筑城墙。由此城墙周长达到了三十七里，共有九个城门，原先竖立着夹板（后被盗）准备修筑城墙的地方是现在的东城。

◆释 读◆

　　板即版，是指打土墙用的夹板；干，是指竖在夹板两旁起固定作用的木柱。我国拥有悠久的筑城历史，在明代之前，版筑技术是建造城墙的主要方法。所谓版筑就是在两块板子之间填满土后夯实，再逐层用这种方法不断增高。在建造的时候，会人为地使城墙的断面呈梯形，这种结构的城墙更稳固，不易坍塌。从四千年前的龙山文化遗址可以发现，当时的人们就掌握了较为成熟的夯土技术。现存临洮附近的秦代长城及汉代以后的许多段长城，都是用版筑技术建造而成的。

【卷二·神话志怪】

· 异国 ·

❶ 君子国，人衣冠带剑，使两虎。民衣野丝，好礼让，不争。土千里，多薰华之草。民多疾风气，故人不番息，好让，故为君子国。

※译 文※

君子国的人衣冠齐整，腰间佩剑，出行时驱使两头老虎。他们穿着野丝织成的服饰，崇尚礼貌谦让，不好争斗。君子国国土方圆千里，长有不少早晨开花、傍晚凋谢的薰华草。这儿的人大多怕风吹，肢体柔弱，所以繁衍不易，由于性喜谦让，因此叫君子国。

◈释　读◈

《镜花缘》中也记载了君子国。当唐敖、多九公行走在路上的时候，路上的行人会止步侧身让出道路。君子国的人买卖东西的时候，卖主力争给上等货，售低价；买主力争拿次等货，付高价。国君更是严令禁止赠送贵重的珠宝玉器，如果有人违反了这个规定，除了珠宝玉器将被烧毁以外，送东西的人更是会按照法典问罪。

❷　三苗国，昔唐尧以天下让于虞，三苗之民非之。帝杀，有苗之民叛，浮入南海，为三苗国。

◈译　文◈

三苗国，以前尧帝把天下让给虞舜，三苗的首领对此颇有非议，尧帝便杀了他们。于是三苗这个部族的人民就反叛了，后来他们乘船浮海，一直到了南海，建立了三苗国。

◈释　读◈

三苗国也作三毛国，是生活在长江中游以南一带的部落名，曾在尧、舜、禹时代与中原华夏部族征战，被大禹打败后从此就消失于历史的记载中。

❸　大人国，其人孕三十六年，生白头，其儿则长大，能乘云而不能走，盖龙类。去会稽四万六千里。

❄译 文❄

大人国的人要怀孕三十六年才能生下孩子。孩子一生下来就是白头发，但身材高大，能乘云驾雾飞行却不能跑，这大概因为他们是属于龙的种类。大人国离会稽山有四万六千里。

❄释 读❄

在世界许多民族的神话故事或是文学创作中，都有类似的大人国、巨人国的传说故事。比如英国作家乔纳森·斯威夫特在其创作的小说《格列佛游记》中就虚构了一个名为布罗卜丁奈格的国家，这个国家的居民身高数十米。而我国《山海经》《镜花缘》等书也都有记载大人国的神话故事，甚至有模有样地记叙了大人国国民都姓鳌，以黄米为食物，擅长驾驶舟船。在《镜花缘》一书中还记载了大人国国民脚下生有云雾一事。这云雾不但是交通工具，还能反应一个人的品行，如果正直光明，脚下的云雾就是五彩斑斓的；如果心生奸佞，则脚下的云雾会变成黑色。所以大人国的国民品性好坏，看看他们脚下云雾的颜色就知道了。

❹ 结胸国，有灭蒙鸟。奇肱民善为拭扛，以杀百禽，能为飞车，从风远行。汤时西风至，吹其车至豫州。汤破其车，不以视民。十年东风至，乃复作车遣返。而其国去玉门关四万里。

❧译 文❧

结胸国，有一种叫灭蒙的鸟。奇肱国的人善于做各种捕鸟的陷阱器具，以此来捕杀百禽，又能做飞车，以此随着风远行。传闻商汤时有一阵西风刮来，把飞车吹到了豫州。商汤毁掉了他们的飞车，不让百姓看到。十年后又刮来一阵东风，于是他们重新做好飞车返回了故土。奇肱国距离玉门关有四万里。

❧释 读❧

结胸国人的胸肌都很发达，像鸡的胸部一样，又如同男人的喉结那样突出来。灭蒙鸟是一种长着乌青色羽毛和红色尾羽的鸟。

奇肱国，又称作奇股国。这里的国民都只有一条手臂、一条腿，但是却长着三只眼睛，乘着斑纹的马匹出行，身边经常会有长着两个脑袋的黄鸟跟着。这个国家一年四季都刮着风，因此家家户户都会放置许多小风车。为了弥补独手独脚的缺陷，奇肱国的人热爱创造发明，往往能发明出高效有用的神器工具，但也不时发明出意料之外的东西，他们为此也会感到困扰。

**❺** 穿胸国，昔禹平天下，会诸侯会稽之野，防风氏后到，杀之。夏德之盛，二龙降庭。禹使范成光御之，行域外。既周而还至南海，经防风，防风之神二臣以涂山之戮，见禹便怒而射之，迅风雷雨，二龙升去。二臣恐，以刃自贯其心而死。禹哀之，乃拔其刃疗以不死之草，是为穿胸民。

◆译　文◆

穿胸国，从前禹平定天下后，召集各路诸侯到会稽山的郊野朝会，防风氏部落的首领迟到了，禹便杀了他。禹德政盛大，以至两条神龙降临到了他的朝堂上。禹便派范成光驾驭神龙，载着自己出巡域外。巡遍域外后禹回到南海，经过防风氏领地的时候，防风氏的两个臣子为了替他报仇，一见到禹便愤怒地张弓搭箭朝他射去。突然间狂风大作，雷电交加，暴雨倾盆，两条神龙飞上天去。二人见状十分恐惧，便用刀刺穿自己的心脏而死。禹怜悯他们，把他们的刀拔了出来，并用不死草加以救治，而后他们活了过来。这样，他们的后代就成了穿胸民。

◆释　读◆

穿胸国又名贯胸国。这里的国民胸上有一个贯穿到后背的大洞。这里地位尊贵的人不穿上衣，出行的时候也不坐马车，而是命令仆人用竹木竿子穿过胸口的大洞，抬着自己前进。

❻ 交趾民在穿胸东。

《译　文》

交趾国在穿胸国的东面。

《释　读》

交趾国即交胫国。相传这里的国民身高约四尺，身上长满了毛，腿脚上没有骨头和关节，所以腿脚能够弯曲、相互交叉。正因为腿脚都没有骨头，所以交趾国的人一旦躺卧下来，靠自己的力量就无法再站起来，要靠别人搀扶才能起身。

❼夷海内西北有轩辕国,在穷山之际,其不寿者八百岁。渚沃之野,鸾自舞,民食凤卵,饮甘露。

❀译 文❀

东方海内地区的西北方有个轩辕国,在穷山附近,这里寿命最短的人也能活八百岁。在这片沃野上,鸾鸟自由自在地起舞飞翔,这里的人们吃着凤鸟的蛋,喝着甘露。

❀释 读❀

相传轩辕国的国民长着蛇的身子、人的脸面,尾巴经常缠绕在头上。

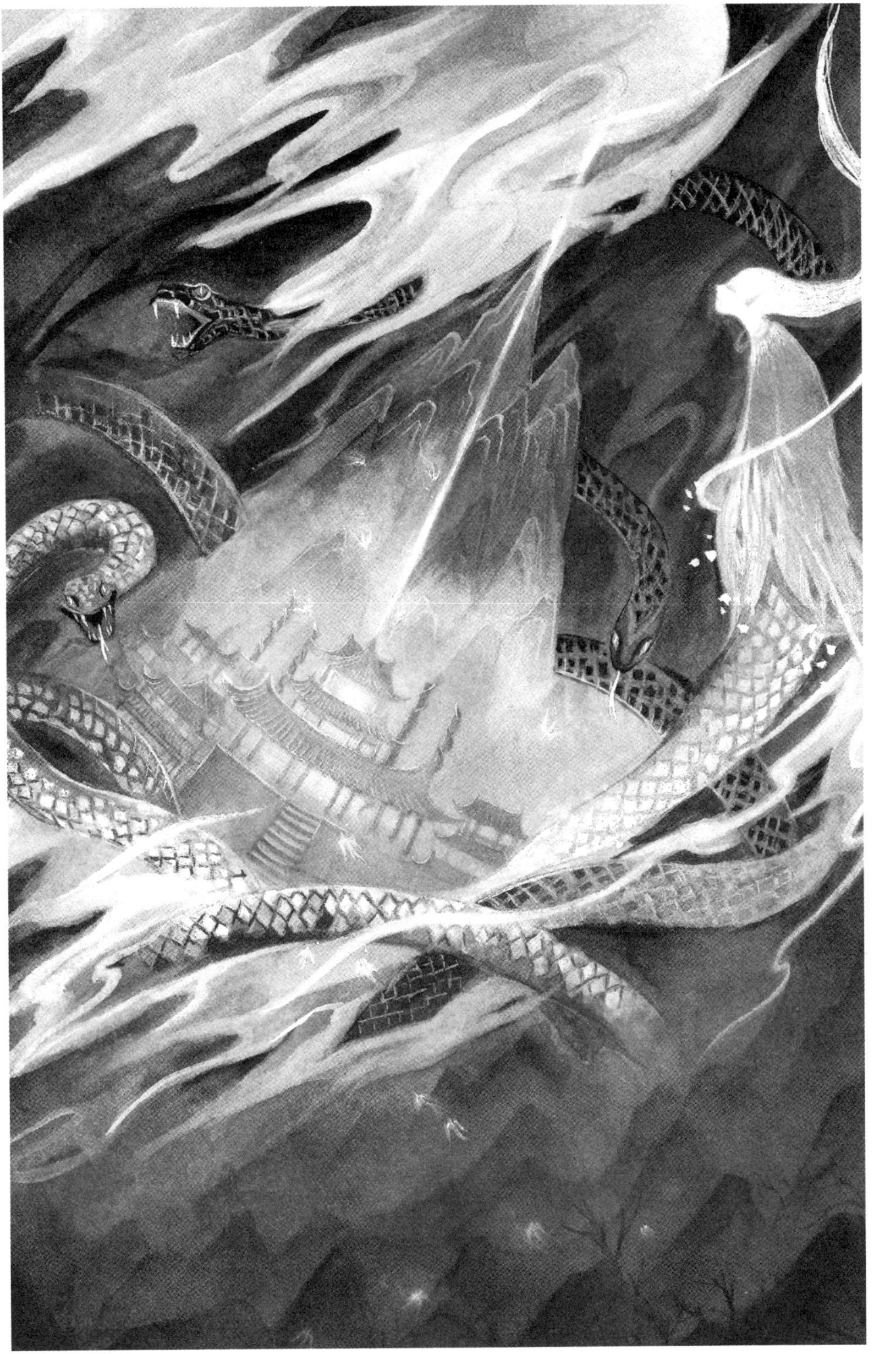

❽白民国,有乘黄,状如狐,背上有角,乘之寿三千岁

◆译 文◆

白民国,有乘黄兽,外形像狐狸,背上长着角,若是有人骑了它,寿命可达到三千岁。

◆释 读◆

白民国的人是帝鸿的后代。他们留着白色的长发,不见一根黑头发,如同白玉一般,能够驱使虎、豹、熊、黑四种动物为他们所用。

乘黄也叫腾黄、飞黄、古黄、翠黄,外观上像一只黄色的狐狸,背上长着角,是一种只出现在有德之世的瑞兽。相传黄帝曾骑着它游历天下。

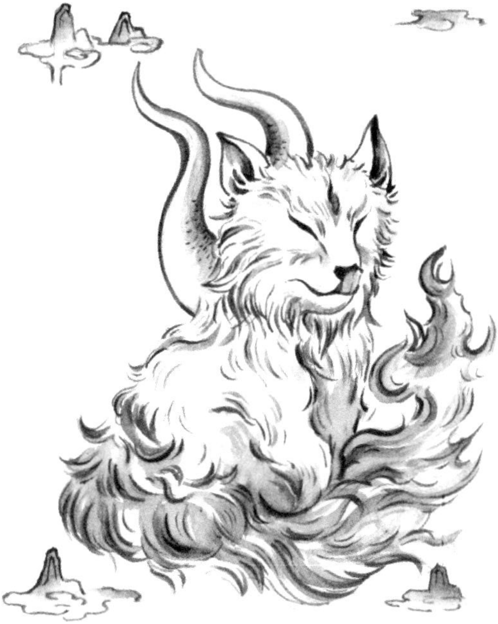

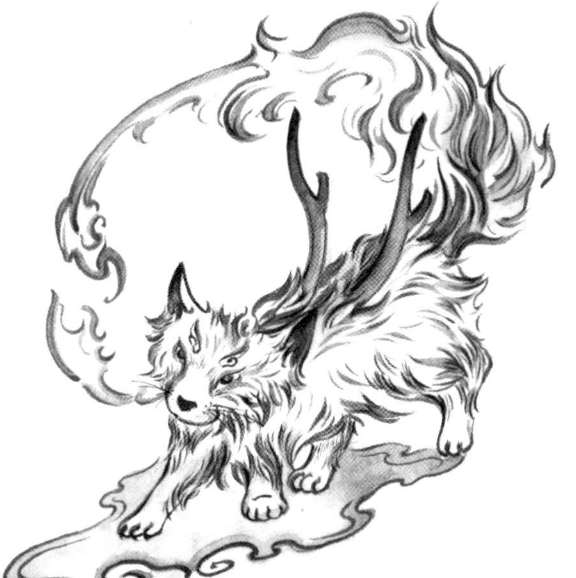

❾驩兜国，其民尽似仙人。帝尧司徒。驩兜民常捕海岛中，人面鸟口，去南国万六千里，尽似仙人也。

◆译　文◆

驩兜国，这里的人长得都像仙人。驩兜当过尧帝的司徒。驩兜国的百姓常常在海中捕鱼，他们长着人的面孔、鸟的嘴巴。这个国家离南国有一万六千里。这些人确实像仙人。

◆释　读◆

驩兜国也叫谨头国、谨朱国。这里的国民除了长着鸟的嘴巴，脸上还有一对翅膀。相传驩兜担任司徒的时候违背尧的命令，自作主张任命共工做工师。后来共工因放纵不羁而被流放幽陵，驩兜也因举人不当受到了责罚，自惭形秽之下投海自尽。尧帝十分后悔，于是让他的儿子居住在南海祭祀他。

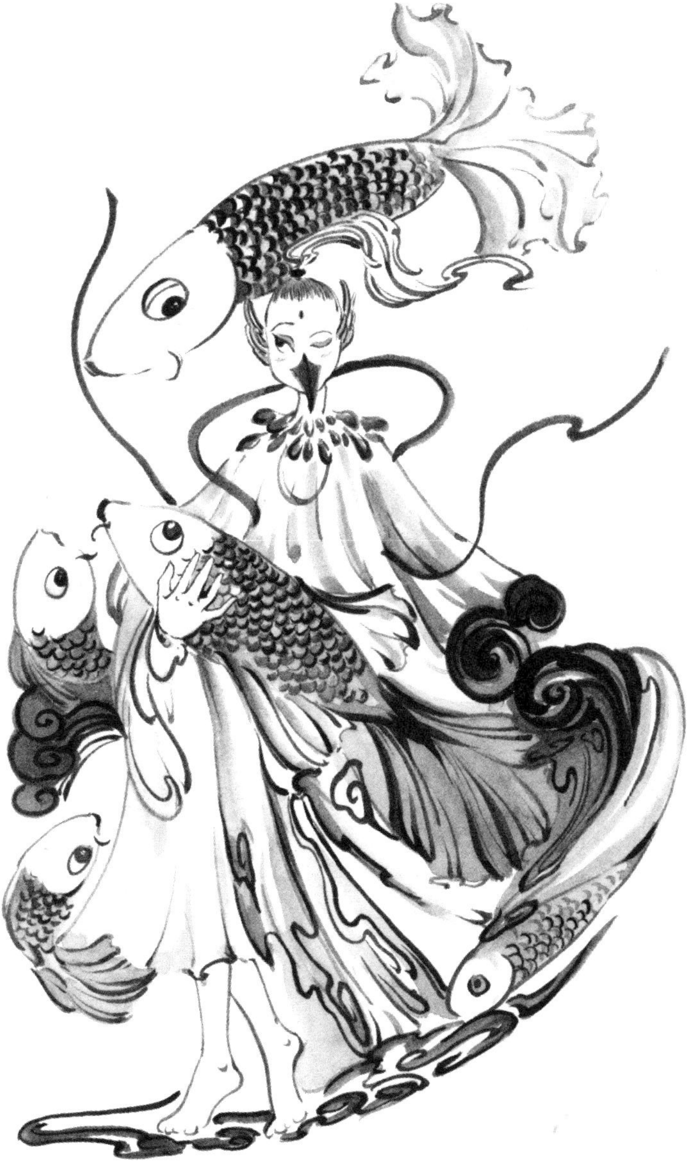

**❿** 厌光国民，光出口中，形尽似猿猴，黑色。

**❀译　文❀**

　　厌光国的人，口中能吐出火光，他们的身子像猿猴，浑身乌黑。

**❀释　读❀**

　　厌光国，又称作厌火国。这里的国民以炭石为食物，所以能口吐烈火。

〇五七

❶羽民国,民有翼,飞不远。多鸾鸟,民食其卵。去九疑四万三千里。

❦译 文❦

羽民国,这里的国民都长有翅膀,但不能远距离飞行。当地有很多凤凰,人们会吃凤凰的蛋。羽民国距离九疑山有四万三千里。

❦释 读❦

羽民国也叫羽蒙国。这里的国民长着狭长的脑袋、白色的头发、红色的眼睛,背上还长着一对翅膀,能够短距离飞行。这里的人和鸟一样,都是卵生的。从体貌特征上讲,羽民国的国民长得就像神仙一样。

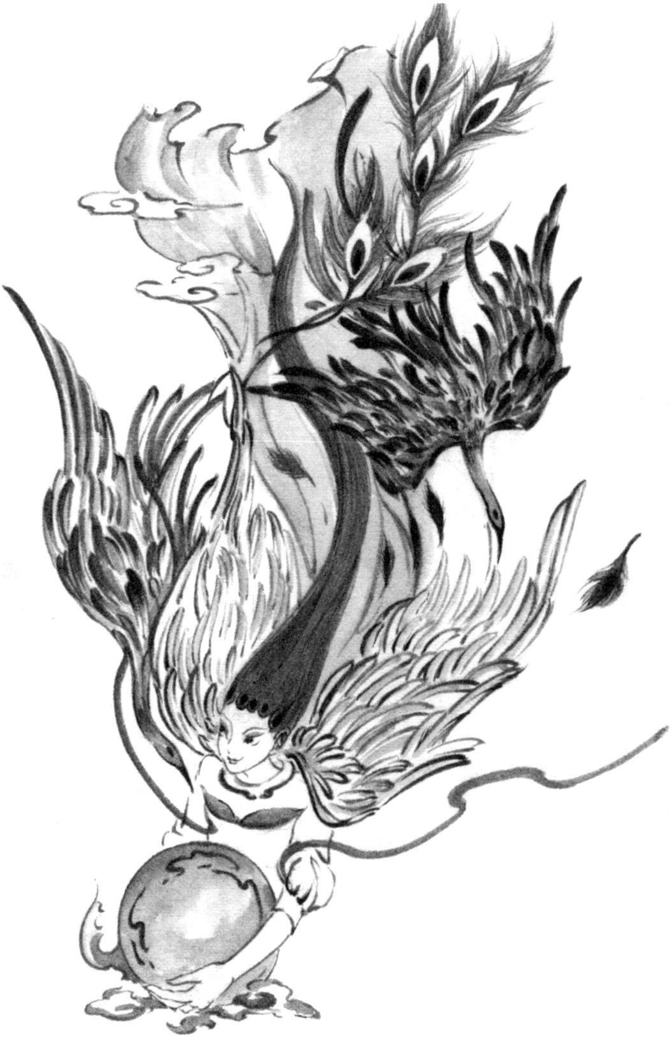

❶孟舒国民，人首鸟身。其先主为虞氏，训百禽。夏后之世，始食卵。孟舒去之，凤皇随焉。

❀译　文❀

孟舒国的人，长着人的脑袋和鸟的身体。这个国家的先代君王虞氏，曾驯服了上百种鸟。夏朝的时候，他们开始吃鸟的蛋。后来孟舒人离开夏朝前往域外，凤凰都跟随着他们飞翔迁徙。

❀释　读❀

除了孟舒国的国民，中国古代神话中的春神勾芒也是人首鸟身。他掌管草木的发芽生长，连太阳的住所扶桑神树也归他管。每年春季的时候，他都会乘着两条黄龙为大地带来春色。偶尔他也会幻化成骑牛的牧童，头梳双髻，手执柳鞭，一边放牛一边享受着绿意盎然的大地，人们叫他芒童。

在佛国世界中，也生存着两种人首鸟身的神鸟。一种叫妙

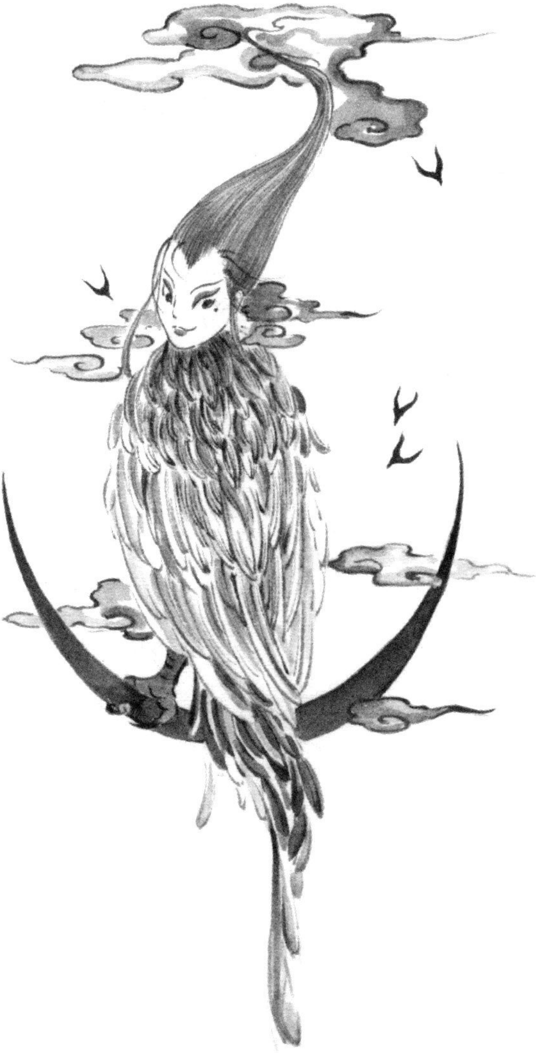

音鸟，梵文名迦陵频伽。传说这种神鸟居住在山谷旷野，长着漂亮的尾巴，善于鸣叫和弹奏各种乐器。它们的叫声仿佛是天籁之乐，十分悦耳，连歌神紧那罗都自愧不如，只有佛祖如来的佛音才略胜一筹。佛国的音乐之神妙音天女模拟妙音鸟的叫声创作了《迦陵频伽曲》。还有一种神鸟叫共命鸟，梵文名耆婆耆婆迦，也叫命命鸟或者生生鸟。这种神鸟居住在雪山上，一个鸟身子上长着两个人的脑袋，其中一个脑袋上长着鸟嘴，它的叫声听上去和它的名字一样。这种神鸟力气很大，不怕火焰焚烧，经常拿着乐器弹奏，或是拿着铁链和宝瓶。在敦煌早期的壁画中，都能够看到这两种神鸟。

在古希腊神话中，也有一种半人半鸟的女妖。这种女妖名为哈比鸟，英文名Harpy，它长着女子的上半身，老鹰一样的身体、翅膀和爪子。它是冥王黑帝斯的传令者，负责把亡者的灵魂带往冥界。它十分贪婪，总是饥肠辘辘，接触过的一切东西都会变得污浊不堪，散发着臭味，只有铜器的声音才能使它感到害怕。

【卷二·神话志怪】

## ·异人·

❶ 《河图玉板》云：龙伯国人长三十丈，生万八千岁而死。大秦国人长十丈，中秦国人长一丈，临洮人长三丈五尺。

❀译　文❀

《河图玉板》记载："龙伯国的人身高三十丈，活一万八千岁才死。大秦国的人身高十丈，中秦国的人身高一丈，临洮人身高三丈五尺。"

❀释　读❀

在汉代纬书《河图玉板》中接连介绍了几个身高各不相同的大人国，比如龙伯国人身高三十丈，能活一万八千岁；大秦国人身高十丈；中秦国人身高一丈；临洮国人身高三丈五尺。按照1汉尺=0.231米来计算，最高的龙伯国人身高近70米，最矮的中秦国人也有近2.5米。目前世界纪录最高的人——罗伯特·潘兴·瓦德罗身高2.72米，也差不多只能算是最矮的中秦国人。

❷ 禹致群臣于会稽，防风氏后至，戮而杀之，其骨专车。长狄乔如，身横九亩，长五丈四尺，或长十丈。

◈译　文◈

禹在会稽召集群臣，防风氏迟到，禹便杀了他。防风氏身材高大，被杀后一节骨头就装满了一车。长狄族的乔如，身子横躺下来要占九亩地的面积，他身高五丈四尺，也有人说他身高十丈。

◈释　读◈

防风氏是中国上古神话中的人物，是巨人一族，高三丈三尺，相传他又被称为汪芒氏，是后世汪姓的祖先。古防风国位于今天浙江省德清县的封山和禺山一带，与任、宿、颛顼、须句四国同为风姓国，都是太昊的后裔。《述异记》中记载在吴越一带建有防风庙，庙中供奉的防风氏泥塑长着龙一样的脑袋，牛一样的耳朵，一字眉下只有一只眼睛，光腿就有三丈长。防风氏善于治水，曾跟随大禹治理大洪水。他力大无穷，凭借身高的优势，不停地用双手拿取天上的泥灰，积累成山后，推动泥灰山把洪水挤进大海。洪水平定后，防风氏因功被封为诸侯。后来，大禹在会稽会见群臣，防风氏因为迟到被大禹判处死刑。由于防风氏身材高大，行刑的刽子手够不到他的脑袋，只能临时建造一个高大的堤岸，这就是刑塘的由来。防风氏被大禹杀死后，防风国的大臣心中忿忿不平，趁大禹南巡的时候用弩箭刺杀大禹，失败后大臣感到非常害怕，就用刀捅穿自己的心脏试图自杀。但是大禹感念他对防风氏的一片忠心，就用仙草救活了他。由于胸上的伤口实在太大了，大禹也没有办法使其闭合，于是这位大臣就只好带着胸口大洞继续生活。他的后代建立了穿胸国，这个国家的国民也遗传了他胸口的大洞。

时间到了公元前494年，吴国打败越国后一路攻杀进会稽城。为了防止越国东山再起，吴国将军决定拆除会稽城的城墙。在这个过程中，吴国军队挖到一节巨大的骨头，这节骨头大到要用一整辆车来装载。吴国和越国的人都不知道这是什么骨头。后来吴国使者出使鲁国的时候把这节骨头带着，他向孔子请教这是什么骨头。孔子告诉他这是防风氏的骨头，并说防风氏在虞、夏、商三代被称为汪芒氏，在周代叫长狄氏。长狄氏生活在齐、鲁、宋、卫四国之间的河济地区，经常骚扰侵袭周天子和周边的诸侯国，直至号称"长狄四如"的侨如、简如、荣如、焚如四个胞族兄弟被杀，长狄才彻底灭亡，国土也被齐、卫两个国家瓜分。

❸ 秦始皇二十六年，有大人十二见于临洮，长五丈，足迹六尺。东海之外，大荒之中，有大人国僥侥氏，长三尺。《诗含神雾》曰：东北极人长九寸。

**❀译　文❀**

秦始皇二十六年，有十二个巨人现身于临洮，他们身高五丈，脚印有六尺长。在东海海外蛮荒之地，有大人国和名为僬侥氏的小人国，小人国的居民身长只有三尺。《诗含神雾》说："东北极地有一种人，身高只有九寸。"

❤释 读❥

《列子》记载小人国的国民叫诤人，身高只有九寸。

❹ 东方有螳螂、沃焦。防风氏长三丈。短人身九寸。远夷之名雕题、黑齿、穿胸、檐耳、大竺、岐首。

❤译 文❥

东方居住着螳螂、沃焦人。防风氏身高三丈。矮小的靖人身长九寸。远方各族的名称分别是：雕题、黑齿、穿胸、檐耳、大竺、岐首。

❤释 读❥

雕题国的人会用丹青在额头上刺青。文献记载春秋战国至秦汉期间，楚国、东越、交趾、海南等地的少数民族也会在身上各个部位刺青。

黑齿国的人全身漆黑，连牙齿都是黑的。以国为姓，所有国民都姓黑齿，他们以稻谷和蛇为食。从《汉书·东夷传》的记载"倭国东四千余里，有裸国，裸国东南有黑齿国，船行一年可至也"来看，黑齿国可能就是位于大洋洲的密克罗尼西亚、波利尼西亚等群岛。

檐耳国即儋耳国。这里的人是人面鸟身的禺强的后代，都姓任。这里的人耳朵都很大，能下垂至肩膀上。

岐首国的人都长着两个脑袋。

❺ 无启民，居穴食土，无男女。死埋之，其心不朽，百年还化为人。细民，其肝不朽，百年而化为人。皆穴居处，二国同类也。

◆译 文◆

无启国的人，居住在洞穴里，以泥土为食，没有男女之别。死后土葬，但他们的心不会腐烂，百年后能复活重新转化为人。细国的人，他们死后肝不会腐烂，百年后也能复活。这两个国家的人都居住在洞穴中，所以两国是同类的国家。

◆释 读◆

《镜花缘》的无继国就是以无启国的传说为原型创造的。由于这里的人会死而复生，所以他们把死亡称作"睡觉"，把生活称作"做梦"。

❻ 蒙双民，昔高阳氏有同产而为夫妇，帝放之此野，相抱而死。神鸟以不死草覆之。七年男女皆活，同颈二头、四手，是蒙双民。

◆译 文◆

蒙双民，相传从前高阳氏的一儿一女结为夫妇，由于不合礼法，被高阳氏放逐到蒙双的原野上，最终两人相互拥抱着死去。死后神鸟用不死之草覆盖在他们身上。过了七年他们又活了过来。复活之后他们长有两个脑袋,共用一个脖子,长着四只手,这就是蒙双民。

**释读**

从双头四手的外观特征来看,蒙双民应该是近亲繁殖下的连体婴儿。从高阳氏流放近亲结婚的儿女的举措可以看出,古人很早之前就已经意识到近亲婚配会造成后代畸形。

❼ 有一国亦在海中,纯女无男。又说得一布衣,从海浮出,其身如中国人衣,两袖长二丈。又得一破船,随波出在海岸边,有一人项中复有面,生得,与语不相通,不食而死。其地皆在沃沮东大海中。

**译文**

有一个国家也位于海上,国民都是女人,没有一个男子。据说有人发现了一件从海中漂浮而出的布衣,这件衣服的大小长短与中原人的衣服没有什么区别,但两只袖子却有两丈长。还有人发现了一条破船,这条船顺着海浪的浮动漂到海岸边搁浅,船上有个人,脖子上还长着一张脸。把他活捉后,发现语言不通。此人最后绝食而死。这些怪人生活的地方都在沃沮东面的大海中。

**释读**

沃沮大致位于今天朝鲜两江道、咸镜道。汉武帝时期,汉军征伐高句丽,攻取沃沮设立玄菟郡。

《山海经》记载了一个名为张弘国的国家，这里的国民身体和中原人一样，但是手臂长达三尺，下垂时能触碰到地面，被称为修臂民。他们擅长徒手捕鱼，通常一抓一个准。

**❽** 南海外有鲛人，水居如鱼，不废织绩，其眼能泣珠。

**译 文**

鲛人生活在南海之外，他们像鱼一样在水中生活，不停地纺织劳作，他们流下的眼泪会变成珍珠。

**释 读**

鲛人，又名泉先、泉客，是一种栖息于水底，上半身像人，下半身像鱼的神话生物，与西方神话中的美人鱼、塞壬类似。在传说中鲛人善于纺织，织出来的布匹被称为"龙绡"，这种布匹不会被水浸湿。鲛人留下的眼泪会化作珍珠，身上的油脂一滴就能燃烧数日，民间盛传秦始皇陵就是以鲛人油作为长明灯的燃料。

西方神话中与鲛人相似的神话生物是海妖塞壬。相传塞壬总是出现在狂风暴雨的险要海域，她会在礁石上唱着凄美动人的歌声，迷惑吸引过路船只上的水手，让他们驾驶着船撞向礁石，撞个粉身碎骨。希腊英雄奥德修斯在经过这片海域的时候，按照女巫的建议，让船员塞住耳朵，再把没有塞住耳朵的自己绑在船桅上，以免受到迷惑，最终他们都安全地驶离了这片海域。

**❾** 子利国，人一手二足，拳反曲。

**◆译 文◆**

子利国，这里的人只有一条胳膊和两条腿，他们的脚是反过来弯曲朝上的。

**◆释 读◆**

子利国又称作牛犁国、留利国、柔利国。那里的人被称为柔利民，他们体内没有骨头，所以手脚都能向上反曲，像折断了一样。

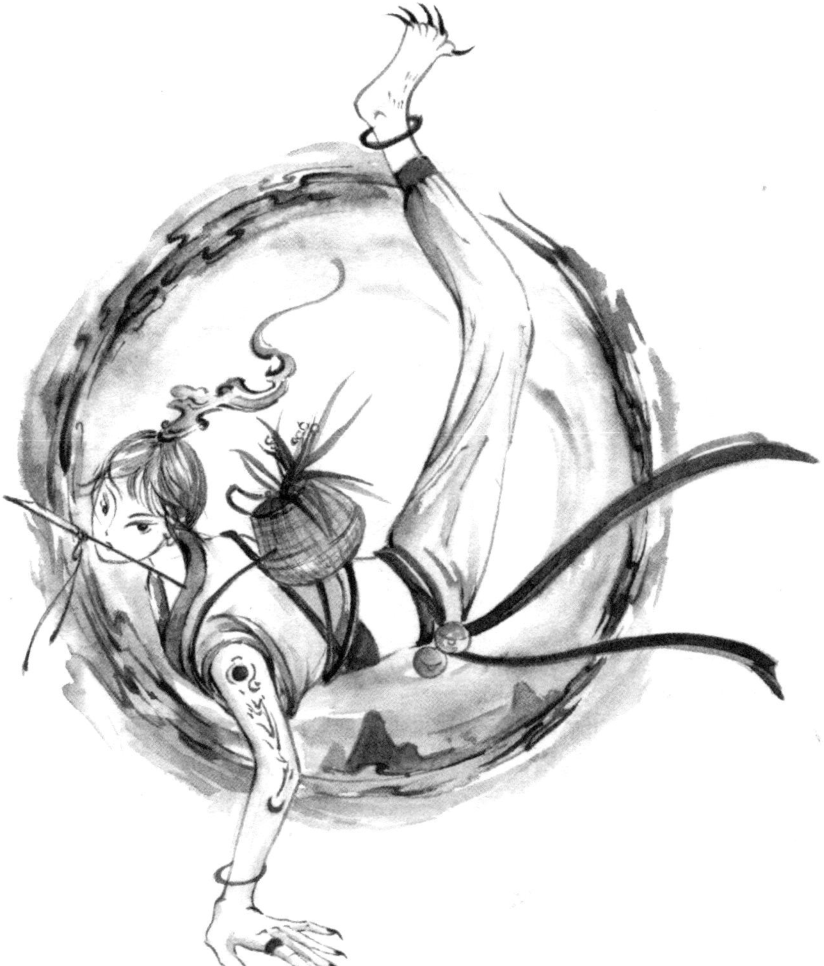

❿江陵有貙人,能化为虎。俗又曰虎化为人,好着紫葛衣,足无踵。

❄译　文❄

江陵有一种叫貙的人,能变成老虎。民间又传说老虎能幻变成人,老虎变成人后喜欢穿紫色的粗布衣服,没有脚后跟。

❄释　读❄

古书上记载貙是一种像狸,但是体型又比狸大一点的猛兽,其实就是今日的云豹。

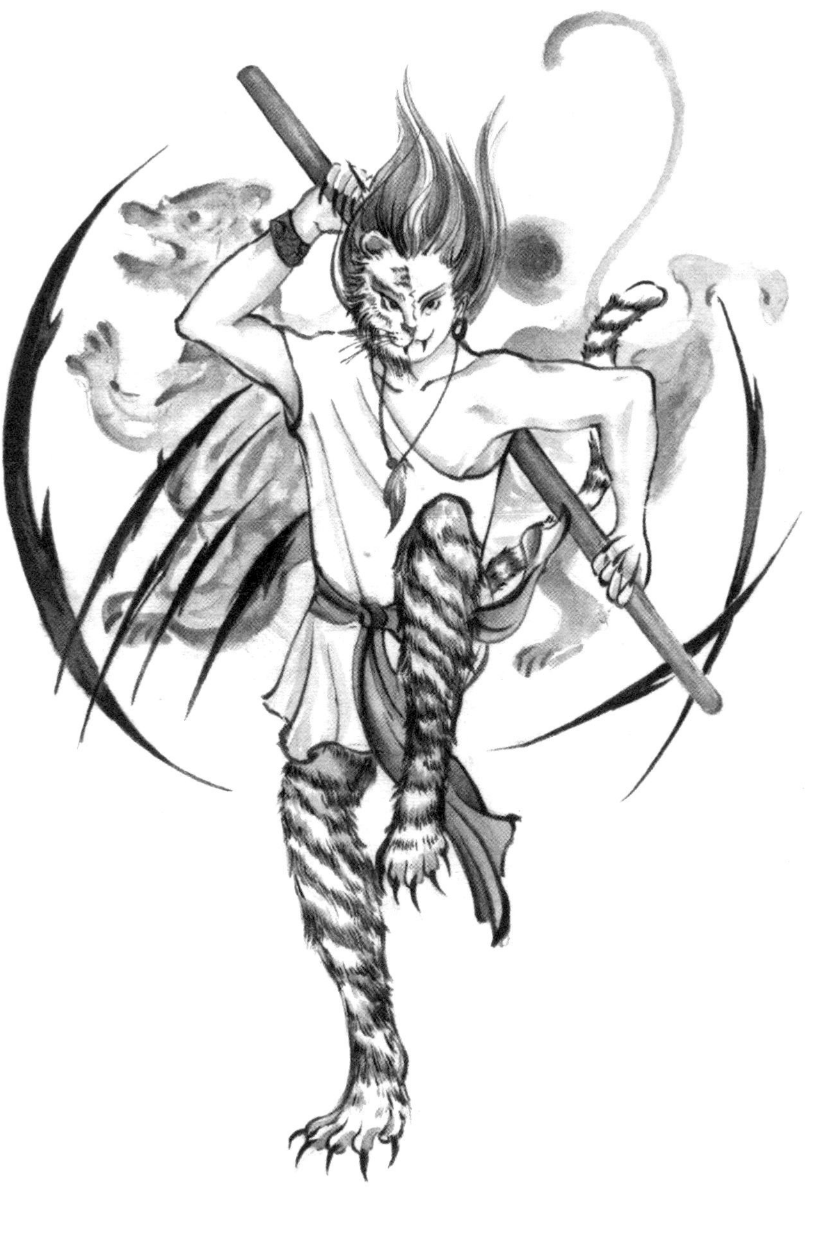

**❶** 呕丝之野，有女子方跪，据树而呕丝，北海外也。

◆译 文◆

呕丝野外，有名女子端正地跪着，靠着大树吐蚕丝，这是有人在北海外看到的。

◆释 读◆

后世根据此句扩写成了《太古蚕马记》故事一则：相传在太古时期，一位男子从军远征，家里只留下了一个女儿和一匹白色的公马。他的女儿每日喂养这匹公马，感到孤独烦闷的时候就会对着它自言自语。有一天，由于思念远征的父亲，他的女儿连连叹气，对马说："如果你能将我的父亲带回来，我就嫁给你。"话音刚落，这匹公马就挣脱缰绳，狂奔而去。过了一个月，父亲便骑着这匹马回到了家中，父女相见自然是欣喜不已。为了感谢公马的引路，父亲用更好的饲料喂养它，但是公马开始绝食，唯独看到他女儿的时候会兴奋异常，但是看上去喜中有怒。父亲感到很奇怪，就悄悄问他女儿缘由。当听到女儿对公马许下的誓约后，父亲愤怒异常。他拿着从军时候的手弩，从远处射杀了公马，还把马皮剥下来挂在桑树上晾干。有一天这位父亲外出，他的女儿和邻居女孩路过树下看到挂着的马皮，就对着马皮破口大骂道："我是人，你是畜生，我怎么可能会嫁给你！现在你被杀死剥皮，都是你咎由自取！"话还没说完，马皮仿佛突然被大风吹起，卷住他的女儿就向远处逃去。邻居女孩吓坏了，急忙去寻找这位父亲，并将怪异之事告之于他。一连几天的寻找后，父亲终于在一片桑树林中发现他的女儿和白色的马皮已经化为一体，变成了一条蚕，这条蚕吐出来的茧巨大无比，蚕丝也比一般的坚韧厚实。后人根据此则故事赋予蚕神马头女子身的形象，称呼她为蚕马神。

❿ 日南有野女，群行见丈夫。状晶且白，裸袒无衣襦。

《译 文》

日南郡有野女，成群结队出行寻觅丈夫。她们肤色洁白，光着身子，什么衣服也不穿。

《释 读》

此条记载了古代南方民族裸体生活以及走婚制的风俗。《齐东野语》中也记录了一种名为"野婆"的野兽，黄色的头发梳成椎髻，不穿衣服也不穿鞋，远远望去就是一个老妇人的形象。野婆通常生活在悬崖绝谷，它们的族群只有雌性，没有雄性，所以只要遇到男子，野婆就会想尽一切办法抓住男子以求交合。

【卷二·神话志怪】

· 异俗 ·

❶ 越之东有骇沐之国，其长子生则解而食之，谓之宜弟。父死则负其母而弃之，言鬼妻不可与同居。【周日用曰：既其母为鬼妻，则其为鬼子，亦合弃之矣。是以而蛮夷于禽兽、犬、豕一等矣，禽兽、犬、豕之徒犹应不然也。】

◆译 文◆

越国的东面有个叫骇沐的国家，家里出生的第一个男孩儿，会被肢解后吃掉，说这样能使今后多生儿子。父亲死了，他们就把母亲背到野外丢弃掉，说不能和鬼的老婆住在一起。【周日用说："既然他们的母亲是鬼的老婆，那么他们就是鬼的儿

子，也应该一起被抛弃。所以说有这种做法的人的地位比禽兽、狗、猪都还要低一等，禽兽、狗、猪尚且不会做出这样不孝的事。"】

❧释　读❧

远古有些民族不重视伦理，儿子或者兄弟可以续娶亡父亡兄的妻子。但是为了确保没有遗腹子，保证生下的孩子是自己的血脉，男人通常会选择杀死第一个出生的孩子。《庄子·盗跖》中就也记载有："尧杀长子。"

❷ 楚之南有炎人之国，其亲戚死，朽之肉而弃之，然后埋其骨，乃为孝也。

❧译　文❧

楚国的南面有个炎人国，他们遇上亲人去世，会等到尸体上的肉腐朽而后剔除掉，然后把亲人的骨骸加以掩埋，他们认为这样做是孝顺的体现。

❧释　读❧

二次葬是一种非常古老的葬俗，普遍存在于原始社会，其特点是将死者的尸骨进行两次或两次以上的埋葬。由于第二次下葬的都是没有皮肉的骨骼，且多是重新安置墓地，所以二次葬又有"迁骨葬""洗骨葬""捡骨葬""拾骨葬"等称呼。其过程是人死后先采用土埋、架树、风化、水浸、放置等方式处理皮肉，等皮肉腐烂后，再捡取骨骼洗净晾干，放入特定的容器中，选择吉日再次下葬。从考古发掘成果来看，关中地区的西安半坡文化遗址、中原地区郑洛仰韶文化遗址、山东半岛大汶口文化早期遗址和荆楚、百越等地区均有二次葬习俗。时至今日我国南方以及东南亚某些地区依旧存在二次葬。

❸ 秦之西有义渠国，其亲戚死，聚柴积而焚之熏之，即烟上谓之登遐，然后为孝。此上以为政，下以为俗，中国未足为非也。此事见《墨子》。【周日用曰：此事庶几佛国之法且如是乎？中国之徒，不如此也。】

❧译　文❧

秦国的西面有个义渠国，当亲人去世，他们会堆积柴草焚烧熏烤尸体，如果烟气向上，就说明死者登天升仙了，以此作为孝顺的体现。这种习俗，被官方视为政绩，被民间视为风俗，中原地区的人也不去非议。《墨子》记载了此事。【周日用说："这和佛国的葬法是相同的吧！中原地区的人是不会这样做的。"】

❧释　读❧

火葬是一种古老的丧葬方式，广泛存在于世界各地。具体而言其操作方式是用火把尸体焚烧成骨灰，然后把骨灰安置在瓮中，或是直接埋在土中，或是撒在水中、空中。

根据《吕氏春秋》《列子》《荀子》等书的记载，早在春秋战国时期我国某些地方就有火葬的习俗，但并不是主流。直到20世纪，由于土地资源的紧缺，火葬在世界各地被提倡。目前我国大部分地区都已改变了丧葬方式，由土葬改为了火葬。

❹ 荆州极西南界至蜀，诸民曰"獠子"，妇人妊娠七月而产。临水生儿，便置水中。浮则取养之，沉便弃之，然千百多浮。既长，皆拔去上齿牙各一，以为身饰。

◈译　文◈

荆州西南边界到蜀地的一带，居住着被称为"獠子"的人，妇女怀孕七个月就产下婴儿。她们会到水边分娩，一生下来便把婴儿放到水里。如果婴儿浮在水面上，就抱回去抚养；如果婴儿沉入水中，就丢弃不管。但那些被放在水里的婴儿大多是会浮起来的。等孩子长大，会把上颌齿中的门牙、白齿各拔下一颗，作为身上的饰品。

◈释　读◈

獠是古代中原王朝对南方某些民族的一个称呼，带有蔑视贬称的含义，后来"獠子"逐渐演化成了一个带有歧视色彩的骂人词语。

❺ 毌丘俭遣王颀追高句丽王宫，尽沃沮东界，问其耆老，言国人常乘船捕鱼，遭风吹，数十日，东得一岛，上有人，言语不相晓。其俗常以七夕取童女沉海。

◈译　文◈

毌丘俭派太守王颀率兵追杀高句丽王室，一直追到沃沮东部边界，问当地老人这里的情况，老人回答说：这里的百姓常常乘船到海上捕鱼，遇到狂风，会在海上漂浮数十日，最后到达东边的一座小岛上，岛上有人，与他们交谈，则言语不通。当地的习俗常常在七月初七取童女沉入海中。

❀释 读❀

耆老是指六七十岁的老人。在中国古代，对每个年龄都一个专门的称谓：

汤饼：出生三天。

初度：周岁。

垂髫：幼童。

外傅：十岁。

束发：十五岁。

弱冠：二十岁。

而立：三十岁。

不惑：四十岁。

知命：五十岁。

花甲、耳顺：六十岁。

古稀：七十岁。

耄耋：八十岁

鲐背：九十岁

期颐：一百岁

❻ 交州夷名曰俚子，俚子弓长数尺，箭长尺余，以燋铜为镝，涂毒药于镝锋，中人即死。不时敛藏，即膨胀沸烂，须臾肌肉都尽，唯骨耳。其俗誓不以此药法语人。治之，饮妇人月水及粪汁，时有差者。唯射猪犬者，无他，以其食粪故也。燋铜者，故烧器。其长老唯别燋铜声，以

物杵之，徐听其声，得燋毒者，便凿取以为箭镝。

❦译　文❦

人们把交州的少数民族叫作俚子。俚子打猎用的弓有好几尺长，箭长一尺多。他们用燋铜做箭头，把毒药涂在箭锋上，被射中的人会立刻死掉。如不及时掩埋，尸体就会膨胀溃烂，不久肌肉会全烂光，只剩下骨头。当地的习俗要求所有族人发誓不得把制作药箭的配方泄露给他人。治疗毒箭的方法是喝妇女的月经和粪汁，偶尔能治愈。这种箭，只有射到猪狗身上不会产生伤害，这是因它们平日吃粪的缘故。燋铜，本是烧煮食物的器具。唯独年长者才能辨别燋铜的声音，他们用棒子一点点敲打，慢慢地辨听它们的声音，找到带有毒素的部分，便凿取下来做箭头。

❦释　读❦

古人历来认为大便也能入药，用来治疗各种疑难杂症。在李时珍编写的《本草纲目》中更是给大便取了个"人中黄"的雅称，并且详细记载了服用的方法。现代农村也存在灌大粪汁抢救喝了敌敌畏的人的土办法，但主要是为了起到催吐的作用，大粪汁本身并不具有药用价值。

❼　景初中，苍梧吏到京，云："广州西南接交州数郡，桂林、晋兴、宁浦间人有病将死，便有飞虫大如小麦，或云有甲，在舍上。人气绝，来食亡者。虽复扑杀有斗斛，而来者如风雨，前后相寻续，不可断截，肌肉都尽，唯余骨在，便去尽。贫家无相缠者，或殡殓不时，皆

受此弊。有物力者，则以衣服布帛五六重裹亡者。此虫恶梓木气，即以板鄣防左右，并以作器，此虫便不敢近也。入交界更无，转近郡亦有，但微少耳。"

### 译　文

景初年间，有苍梧郡的官吏到京都，说道："广州西南与交州相接的几个郡，即桂林、晋兴、宁浦一带，人病重临死前，会有大量飞虫出现。这些虫大如小麦，有人还说它们带有甲壳，停在屋舍上，等人一断气，就飞下来吃尸体。虽反复扑打，被杀死的飞虫成斗上斛，但这些虫仍像风雨一样聚集过来啃食，连续不断，无法阻拦截断。最后尸体上的肌肉被吃光，只剩下骨头时，这些虫便全都飞走了。贫穷人家没有缠裹尸体的东西，或者入殓不及时，尸体都会深受飞虫之害。家境好的，就用五六层衣服布帛把尸体包裹起来。这种虫厌恶梓木的气味，富裕之家就将梓木板放在尸体的两旁，并用梓木做棺材，飞虫就不敢靠近了。进入交州境内，这种飞虫就没有了。附近几个郡也有这种飞虫，只不过数量会少些。"

### 释　读

入殓是人死后入葬的一个步骤，主要是指把尸体放入棺材，免受土壤、动物、昆虫的侵害。人死为大，古人对死亡极为看重，所以会在生前就为自己准备死后的用具，尊贵如帝王的人就会大肆修建陵墓，平民百姓也会努力准备一副棺材以备身后事，所以人们常常把用于养老和做棺材的钱称为"棺材本"。而能用于制作棺材的木料并不多，需要满足质地坚硬、不易腐坏等条件。家境普通的老百姓一般选用柏木、杉木、红松木制作棺材，而达官贵人或皇室则选用自带驱虫效果的檀木和金丝楠木，有时候为了保护棺材，还会在外面套一层椁室，流行于周代和汉代皇室的黄肠题凑就是最高等级的椁室。

## 卷二·神话志怪

### · 异产 ·

❶ 汉武帝时，弱水西国有人乘毛车以渡弱水来献香者，帝谓是常香，非中国之所乏，不礼其使。留久之，帝幸上林苑，西使千乘舆闻，并奏其香。帝取之看大如燕卵，三枚，与枣相似。帝不悦，以付外库。后长安中大疫，宫中皆疫病，帝不举乐。西使乞见，请烧所贡香一枚，以辟疫气。帝不得已听之，宫中病者登日并差。长安中百里咸闻香气，芳积九十余日，香犹不歇。帝乃厚礼发遣饯送。

**译　文**

汉武帝时，弱水西边的国家有人乘着毛车渡过弱水前来进献香料，汉武帝认为是普通常见的香料，不是中国所缺乏的，便没有对使者以礼相待，而是让使者逗留了好长时间。有一次汉武帝巡幸上林苑，西方使者又来请求觐见汉武帝，并献上香料。汉武帝拿过来一看，这些香料像燕子的蛋一样大，一共三枚，外形与枣子相似。汉武帝愀然不乐，随手把这些香料交给了外库收藏。后来长安城里爆发了大瘟疫，宫里的人都染上了疫病，汉武帝无心命人奏乐。西方使者再次前来求见，请求烧一枚进贡的香料来驱除邪气。汉武帝无奈之下命人依使者所说的去做。闻到香料燃烧的气味后，宫里的病人当即就痊愈了。长安城内百里之遥都能闻到香气，芳香持续了九十多天还没有消散。最终汉武帝准备了丰厚的赏赐并派人给这位使者饯行。

**释 读**

相传天下所有的河流都向东流，唯独弱水向西流。而且弱水和一般的水不一样，它无法承载任何物体，哪怕轻如羽毛都无法浮在弱水水面，只有用特殊的办法才能渡过弱水。

❷ 一说汉制献香不满斤不得受。西使临去，乃发香气如大豆者，拭著宫门，香气闻长安数十里，经数月乃歇。

**译 文**

还有一种说法：依照汉朝的规矩，献香不满一斤的不会被接受。西方使者临走的时候，打开装香料的盒子，取出一颗如大豆大小的香料，将它涂抹在宫门上，香气环绕长安城四周数十里，过了数月才消散。

### 释读

龙涎香，也称龙腹香、灰琥珀，是世界各个国家贵族争相购买的名贵香料。其形成原理是抹香鲸吞食乌贼和章鱼等软体动物的时候会把角质颚和舌齿一起吞食，但是这类物质难以消化，长期积累在抹香鲸的胃中会刺激肠道分泌出一种特殊的蜡状物，这些蜡状物将部分食物包裹起来，慢慢地就形成了龙涎香。早在汉代，中国渔民在海面上捕捞到一些灰白色的蜡状漂流物。这种物质有一股强烈的腥臭味，但是经过干燥后却能发出持久的香气，点燃后更是香味四溢，远超麝香等香料。后来龙涎香被当地官员进献给皇帝，用于充当宫中的香料。

❸ 汉武帝时，西海国有献胶五两者，帝以付外库。余胶半两，西使佩以自随。后从武帝射于甘泉宫，帝弓弦断，从者欲更张弦，西使乃进，乞以所送余香胶续之，座上左右莫不怪。西使乃以口濡胶为水注断弦两头，相连注弦，遂相著。帝乃使力士各引其一头，终不相离。西使曰："可以射。"终日不断，帝大怪，左右称奇，因名曰续弦胶。

### 译文

汉武帝时，西海国有人献上五两胶，汉武帝把它交给了外库保管。剩下半两，西海国使者随身携带。后来西海国使者跟随汉武帝在甘泉宫射箭，碰巧汉武帝的弓弦断了，随从正准备重新装上新弦，西海国使者走上前去，请求用送剩下来的胶来把断弦接好，对此在座的人无不感到奇怪。只见西海国使者用嘴抿了抿胶，使之成水状，涂在断弦的两头，然后把断弦连接起来，再在断开的地方涂粘胶。这样，断弦就接起来了。汉武帝派两个大力士用力拉扯重新接上的断弦的两侧，一直拉不开。西海国使者说："现在可以继续用这弦来射箭了。"最终，这把弓被用了一整天都没有再次断弦，汉武帝对此大为震惊，左右的侍从也都连连称奇。因此这种胶被称为"续弦胶"。

◎释　读◎

相传续弦胶是仙人用凤凰的喙和麒麟的角合煎而成的，又名集弦胶、连金泥，可用于重连弓弩的断弦，也可用于修补黏合折断的刀剑。

❹　《周书》曰：西域献火浣布，昆吾氏献切玉刀。火浣布污则烧之则洁，刀切玉如腊。布，汉世有献者，刀则未闻。

◎译　文◎

《周书》记载：西域进献火浣布，昆吾氏进献切玉刀。火浣布脏了，烧一烧就会干净；切玉刀切起玉来，就像切泥一样。汉代有进献火浣布的事迹，至于进献切玉刀的事则没有听说过。

◎释　读◎

传说在南荒之外有一座方圆约五十里的火山，山上的火昼夜烧个不停，黑夜中远远就能望见。在这座火山上有一种火光兽，它能长到上百斤，白赤相间的毛长达三四寸。火光兽的皮毛可以用来织造火浣布，这种布如果脏了，用水洗不干净，反而扔进火中煅烧，上面的污垢会自行脱落，恢复原先洁白如雪的样子。也有人说火浣布是石棉布的古称，石棉布用石棉纤维纺织而成，具有耐高温、耐腐蚀等特点。

《山海经》中记载昆吾氏住在昆吾山，昆吾山上产红如火焰的名贵铜矿石，用这种铜矿石打造的刀剑切玉如泥。在传说中，昆吾氏也是颛顼的后代，是陶器制造业的发明者。

❺ 魏文帝黄初三年，武都西都尉王褒献石胆二十斤。四年，献三斤。

◈译 文◈

魏文帝黄初三年，武都郡西都尉王褒进献石胆二十斤。黄初四年，又进献三斤。

◈释 读◈

石胆，又名胆矾、黑石、君石、毕石、铜勒、立制石，多在山谷中被发现，是中国古代矿物五毒（石胆、丹砂、雄黄、矾石、慈石）之首。但是囿于古代科学技术不发达，古人认为石胆具有医用价值，不少医书都记载石胆能入药，药性酸、辛、寒，能治疗风痰、口舌疮、眼疾、牙疼、热疮等各种疑难杂症。《神农本草经》甚至记载石胆还能让铁变成金银，用石胆炼制丹药，长期服用后能够使人延年益寿，不老成仙。魏文帝曹丕只活了四十岁，夏初死于突发恶疾，可能是因为他长期服用含有剧毒物质的丹药，毒素积累到了一定程度，突然毒发身亡。魏晋时期服食丹药之风盛行，最有名的就是由丹砂、雄黄、白矾、曾青、慈石五种矿物炼成的五石散，这可以说是中国最早的"毒品"了。人服食后往往口干舌燥，神采奕奕，但是全身皮肤发热通红变得脆弱不堪，容易被衣服磨破，所以常能看到画作中服食了五石散的人衣不蔽体。当时不少王公贵族比如裴秀、皇甫谧，甚至晋哀帝司马丕、北魏道武帝拓跋珪、北魏献文帝拓跋弘等帝王都因长期服食五石散致瘫致死。直到唐代，古人才意识到五石散的危害性，药王孙思邈呼吁世人不要服食五石散，如果无意中得到了配方，也一定要及时焚毁。

**❻** 临邛火井一所，从广五尺，深二三丈。井在县南百里。昔时人以竹木投以取火，诸葛丞相往视之。后火转盛热，盆盖井上，煮盐得盐。人以家火即灭，讫今不复燃也。酒泉延寿县南山名火泉，火出如筥。

◆译　文◆

临邛有一口火井，直径五尺，深二三丈。井在县以南百里。以前人们把竹木投入井中来取火，诸葛丞相曾前往观看，随后井中的火势转旺，温度越来越高，用盆子盖在井上煮盐水，就能得到盐粒。有人把家里的火投入井中，井里的火就熄灭了，直到今天也没能再度燃烧起来。酒泉郡延寿县南山有个著名的火泉，那儿的火喷出来就像圆形的竹筐一样。

◆释　读◆

盐与天然气往往结伴而生。古代蜀地盐井的开凿使当地百姓很早就发现了天然气，但由于天然气无色无形，凭借古代的科学素养并不能给出合理的解释，所以火井往往被归为神异现象。左思的《蜀都赋》中就有记载："火井沉荧于幽泉，高焰飞煽于天垂。"井中的火势小的时候如同萤火虫一样星星点点，旺盛的时候直冲天空。时至今日，重庆市长寿区东门村地表上还存在许多有天然气溢出的洞口，村民偶然之间点着后，至今已经燃烧了六十余年。邛崃市火井镇设立于隋朝大业十二年（616），它的名字也佐证了自古以来，川渝地区存在天然气溢出地表形成火井的现象。在今天土库曼斯坦达尔瓦扎地区，有一个燃烧着的巨坑。这个巨坑直径约七八十米，自1971年被点燃后，至今已燃烧了五十多年。因其燃烧状态下的可怕外观，当地人称之为"地狱之门"。

除了天然气，古人早在汉代就发现了石油，《汉书》中记载："高奴有洧水可燃。""定阳，高奴，有洧水，肥可蘸。"郦道元也在《水经注》中记录甘肃酒泉延寿县："水有肥，如肉汁，取著器中，始黄后黑，如凝膏，燃极明，与膏无异，膏与水碓缸甚佳，彼方人谓之石漆。"这清楚地记录了石油质地黏稠、深褐色、浮在水面之上、可以燃烧的特征。宋代沈括读了古人对石油的记录感到不可思议，在他的认识中水火是不相容的，怎么可能存在可以燃烧的水。经过一番实地勘察，他发现延寿县当地人用名为"石漆""石脂"的黏稠液体充作烧火、照明、取暖的原料。弄清真的存在可燃烧的"水"后，沈括给这种液体取了一个今天人们熟知的名字——石油。他甚至尝试着开发石油的新用途，最终发现可以用石油燃烧生成的煤烟制墨。这种墨乌黑亮丽，品质比松墨更为上乘。他大胆地在《梦溪笔谈》中预言：

"此物后必大行于世。"果不其然,自工业革命后,石油成了人类不可或缺的能源,被称为"工业的血液"。

**❼** 徐公曰:西域使王畅说石流黄出足弥山,去高昌八百里,有石流黄数十丈,从广五六十亩。有取流黄,昼视孔中,上状如烟而高数尺。夜视皆如灯光明,高尺余,畅所亲见之也。言时气不和,皆往保此山。

**◈译 文◈**

徐公说:西域使王畅说,硫磺矿产自足弥山,这座山离高昌郡八百里,那儿的硫磺高几十丈,占地方圆五六十亩。有人从当地取回有孔穴的硫磺,白天看去,孔上冒着青烟,高数尺。夜晚看去,就像是点燃的灯,光亮高一尺多,这是王畅亲眼看见的。有人说,只要时令气候不和顺,当地人都会前往此山寻求庇护保佑。

**◈释 读◈**

石流黄即硫磺,呈淡黄色晶体或粉末状,质地酥脆,有特殊臭味,主要用于制造染料、农药、火药、橡胶等。早在东汉,我国古代人民就已经知晓了硫磺的存在。《神农本草经》中记载:"能化金、银、铜、铁奇物。"可见当时的人们已经知道硫磺具有腐蚀性,因此硫磺又被称为"金贼"。汉代早期的硫磺主要来自西域火山地区,到了后期,中原地区已经开始从绿矾的提炼过程中得到硫磺。其过程是在土窑中点火焙烧矾石(黄铁矿)和煤炭,硫磺会在窑顶冷凝,所以汉代人又把硫磺称为"矾石液"。

由于能化金银的特质，硫磺很快就被炼丹家盯上。在丹药学上，炼丹家们以阴阳相融的思想，赋予硫磺"阳侯"的称呼，又把硝石称作"阴君"。他们发现把"阳侯"和"阴君"放在一起，再加上木炭，就能制造出具有爆炸性的物质，这就是我国古代四大发明之一的黑火药。

到了宋代，黑火药已经被用于军事和民间。宋代综合性兵书《武经总要》中就记载了三种火药武器：第一种是火炮火药，燃烧剧烈，多用于焚烧敌人的辎重和粮草；第二种是毒药烟球火药，在原有黑火药的基础上，又添加了巴豆、狼毒草、乌头、砒霜等剧毒之物，依靠爆炸时候产生的毒烟攻杀敌人；第三种是蒺藜火球火药，在原有火药包中添加铁蒺藜，依靠爆炸的冲击力把铁蒺藜飞射出去，其原理类似于今天的破片手榴弹。此外宋代已经出现了"霹雳炮""轰天雷"等火炮武器，据《金史》记载，宋代的火炮杀伤力相当可观："人与牛皆碎迸无迹，甲铁皆透。"

而在民间，黑火药还被用于制造爆竹。《东京梦华录》中就有记载杂耍表演者上场时先放一枚爆竹以壮声势："一声霹雳，烟火大起，有假面披发，口吐狼牙烟火，如鬼状者上场。"

【卷二·神话志怪】

## ·异兽·

❶ 九真有神牛,乃生溪上,黑出时共斗,即海沸;黄或出斗,岸上家牛皆怖,人或遮则霹雳,号曰神牛。

◆译 文◆

九真郡有一种神牛,生活在溪水中。黑色的牛有时出来相斗,会导致海水沸腾;如果是黄色的牛出来相斗,则岸上的家牛都会惊惧,要是有人企图捕捉它,神牛就会发出霹雳般的叫声,人们称呼它们为"神牛"。

◆释 读◆

九真郡由南越武帝赵佗设立,公元前111年并入汉朝版图,下辖胥浦、居风、都庞、余发、咸骥、无切、无编七个县，其中胥浦县为郡治所在。直至五代十国时期，交趾将领杨廷艺起兵攻打南汉，占领了九真郡，往后中国史书就没再见到相关记载。九真郡的辖境大致相当于今天越南清化、河静两地的东部区域，特产有雄麝香和蒙贵。

❷ 昔日南贡四象，各有雌雄。其一雄死于九真，乃至南海百有余日，其雌涂土著身，不饮食，空草。长史问其所以，闻之辄流涕。

❦译 文❧

从前日南郡进贡了四头大象，有雌有雄。其中有一头雄象走到九真郡死了，在前往南海郡的一百多天里，它的配偶雌象把泥土涂在身上，不吃不喝，独自坐卧在草丛中。长史询问其中的缘由，听闻之后为之涕下。

❦释 读❧

日南郡设立于汉武帝时期，辖境在今天越南中部地区靠近越南广治省东河市一带，是古代中国最南边的行政区划。由于日南郡全境地处热带，一年有两个月的时间太阳光从北面照射而来，影子都在南面，这是当时全国唯一一例，所以以日南命名以示日影在南。大象主要生活在热带及亚热带地区的丛林、草原和河谷。古代中国中原地区比现在暖和湿润，曾经有大象生存。河南省的简称"豫"字包含"象"字，本身又解释为"牵象之地"，这就是最好的证明之一。

❸ 越巂国有牛，稍割取肉，牛不死，经日肉生如故。

**❈译 文❈**

越巂国有一种牛，从它身上稍微割取些肉，牛不会死，过一天肉又会重新长好，就像之前一样。

**❈释 读❈**

越巂国即越巂郡，汉武帝时期设立，辖境相当今天云南丽江及绥江两地间，金沙江以东、以西的祥云，大姚以北和四川木里、石棉、甘洛、雷波以南地区。也有人说越巂郡的所在地就是先秦的邛都国，有巂河流过，因为境内几乎都是沼泽，没有连片的土地，所以也被称为邛池。在《山海经》中也记载了一种名为息肉的东西，同样能够承受反复割采，几日后就能恢复如初。

❹ 大宛国有汗血马，天马种，汉、魏西域时有献者。

**❈译 文❈**

大宛国产汗血马，这种马属于天马的一类，汉、魏时西域时常有使者前来进献此马。

**❈释 读❈**

大宛是古代位于中亚的一个国家，大致在今天乌兹别克斯坦费尔干纳盆地附近。西汉时汉武帝派遣张骞西出边塞，途中曾到过大宛国。在大宛国王指派的翻译和向导的陪伴下，张骞得以继续西行。汗血马是大宛国的国宝，这种马的耐力和奔跑速度都十分惊人，能够日行千里，还会从肩膀附近的位置流出像血一样的汗液，故称"汗血宝马"。汗血马现今学名阿哈尔捷金马，是世界三种纯种马之一，被土库曼斯坦视为国宝。虽然汗血马的奔跑速度快，但是体型纤细，不适合作为骑兵坐骑在战场上正面冲锋，所以古代骑兵更愿意选择体型粗壮的马种，这也是汗血马在古代中国消失的原因。

❺ 蜀中西南高山上，有物如猕猴，长七尺，能人行，健走，名曰猴玃，一名马化，或曰猳玃。伺行道妇女有好者，辄盗之以去，人不得知。行者或每遇其旁，皆以长绳相引，然故不免。此能别男女气臭，故取女不取男也。取去为室家，其年少者终身不得还。十年之后，形皆类之，意亦迷惑，不复思归。有子者辄俱送还其家，产子皆如人。有不食养者，其母辄死，故无敢不养也。及长，与人无异，皆以杨为姓，故今蜀中西界多谓杨率皆猳玃、马化之子孙，时时相有玃爪也。

◆译　文◆

蜀地西南的高山上，有一种形体与猕猴类似的怪兽，身高七尺，能像人一样站立行走，跑得很快，当地人叫它叫猴玃，又名马化，也有人称它为猳玃。它在道路旁窥伺到有美貌女子时，就将女子盗走，而同行的人毫无知觉。行路人经过这一带时，会用长绳相互牵引着，但仍旧不能幸免。它能辨别男女的气味，所以只偷盗女人，不偷盗男人。被偷走的女子就成了它的妻子，很多年轻女子终身没有再回来。被偷走十年之后，这些妇女形体上也变得像猴猳，心智被迷惑，不再想回家了。如果妇女生下孩子，猴猳就会将其母子一起送回家。生下的孩子长得和人一样。如果家人不喂养猴猳的孩子，它的母亲就会死掉，所以没有人敢不喂养。等孩子长大后，跟人没什么不同，他们都以杨为姓氏。因此蜀地西部边界的人说姓杨的大多是猴猳、马化的子孙。这些人往往有像猴猳一样的手爪。

❖ 释　读 ❖

猴猳偷盗妇人生子的故事早在西汉时期就已经广为流传。《焦氏易林》中就有记载："南山大猳，盗我媚妾。"《山海经》的注释者郭璞说猴猳的毛发是灰黑色的，喜欢左顾右盼回头看人，想必是在不停地搜索哪里有美女吧。也有人说猕猴八百岁的时候能变成猿猴，猿猴再活五百年，就能变成猴猳，猴猳可以活上千岁，而猴猳与人生下的孩子，又和人没什么两样，难道古人已经意识到了人类是进化而来的？猴猳能分辨男女的气味，男人身上味道重，比较臭，猴猳很是嫌弃，它只喜欢香扑扑的女子。抢了女子就想办法生孩子，等孩子出生后，猴猳就把母子都送回人类社会。但是它会在暗中观察，如果母亲不喂养小猴猳，就会杀死母亲。总之，猴猳就是一种好色又性情古怪的动物。

在民间故事传说中，猴猳抢妇女也不是次次都能成功，甚至因为抢亲失败，被村民设计烫红了屁股，以至于到现在猴子们的屁股都是红彤彤的。

❻　小山有兽，其形如鼓，一足如夔。泽有委蛇，状如毂，长如辕，见之者霸。

**译 文**

小山里有一种怪兽，它形状如鼓，只有一条腿，像夔一样。湖泽中有一种怪物名叫委蛇，形如车毂，身子有车辕那么长，见到它的人可以称霸天下。

**释 读**

夔是古代神话中一种只有一条腿的怪兽。《山海经》记载夔住在东海中的波流山上，波流山离陆地有七千里。夔的样子长得有点像牛，青色的身体，头上没有长角，只有一条腿。当夔出入水中的时候一定会刮风下雨，同时发出日月一般的光芒，它吼叫起来就和雷声一样震耳欲聋。相传夔与天地同生，世间一共只有三只。黄帝为了鼓舞将士，就猎杀了第一只夔。九天玄女用它的皮做鼓，再用雷兽的骨头做鼓槌，每当敲击这面鼓的时候，鼓声都能响彻方圆五百里。第二只夔是被秦始皇杀死的，但秦始皇的德化功绩没有黄帝多，所以做成的鼓声音很小。第三只夔出没于蜀地，西晋年间被人用弩箭射杀，它身上的肉装满了三十八个担子。

**❼** 猩猩若黄狗，人面能言。

**译 文**

猩猩像黄狗，长有人一样的面孔，会说话。

**释 读**

因为猩猩与人类长得很像，所以在古人的想象中，这类生物总是与众不同，甚至有着奇特的能力。《山海经》中记载了三个品种的猩猩。第一种的毛发是青色的。第二种生活在舜的墓地西面，身形和猪一样，天生就能知晓陌生人叫什么名字。第三种生活在北方，毛发是黄色的。《淮南子》中还说猩猩有超能力，知道所有过去发生过的事情，但是不能预测未来。以上三种猩猩虽毛色、身形不一，但都长着人一样的脸，也能开口说话。

❽ 越地深山有鸟如鸠，青色，名曰治鸟。穿大树作巢如升器，其户口径数寸，周饰以土垩，赤白相次，状如射侯。伐木见此树，即避之去。或夜冥，人不见鸟，鸟亦知人不见己也，鸣曰："咄咄上去！"明日便宜急上树去；"咄咄下去！"明日便宜急下。若使去但言笑而不已者，可止伐也。若有秽恶及犯其止者，则虎通夕来守，人不知者即害人。此鸟白日见其形，鸟也；夜听其鸣，人也。时观乐便作人悲喜。形长三尺，涧中取石蟹就人火间炙之，不可犯也。越人谓此鸟为越祝之祖。

◆译　文◆

越地深山里有一种鸟，形如鸠鸟，浑身青色，名叫治鸟。治鸟穿通大树筑巢，巢的容积有数升的器皿那么大，入口处直径数寸，周围用土涂饰，红白相间，看上去像箭靶。伐木的人见到这种树会避开远离。有时夜色昏暗，人看不见治鸟，治鸟也知道人看不见自己，便鸣叫道："咄！咄！上去！"第二天伐木的人就该赶快上树去砍伐木材；如果叫道："咄！咄！下去！"第二天就该赶快从树上下来。如果治鸟不叫人走，只是谈笑不停，就应停止砍伐。要是有污秽之物，或者叫人停止伐木而不停止的，那么就会有老虎来此处通宵据守，不知道内情的人就会受到伤害。这种鸟白天看它的形貌，是鸟；夜晚听它的叫声，则是人音。有时它高兴起来，便做出人喜悦的样子。它体长三尺，常到山涧中捕捉螃蟹，然后放到人们点燃的火堆上去烤食，此时不可侵扰它。越地的人把这种鸟视为当地巫祝的祖先。

◆释　读◆

越巫是指古越地的巫祝，男的称觋，女的称巫。相传东瓯王信巫敬鬼，在鬼神的护佑之下活了一百六十岁。但是自古以来就有人不信巫祝之说。据方孝孺《逊志斋集》卷六载，越地有个巫师谎称自己善于驱除鬼怪，只要有人生病就设立法坛，手摇铜铃，口吹牛角，蹦蹦跳跳装模作样地作法驱鬼。病人侥幸有了好转，他就趁机骗吃骗喝，拿了人家的钱财谢礼而去；如果病情加重，他就用别的理由来推托。他经常向人夸耀自己巫术高超，能够号令鬼神。有一个少年怀疑巫术的真假，于是他事先打听好巫师回家的路线，约了五六个朋友躲在路边的草丛中，等巫师经过的时候就往他身上扔石子。回家路上，当巫师遭受袭击后以为真的遇到鬼了，马上拿出平时作法的铜铃拼命摇动给自己壮胆，谁知身上遭受的袭击越来越多，他越来越害怕，又拿出号角来吹，嘴巴哆嗦得吹不出声音，情急之下只能加快速度往前跑，边跑边大声喊叫。一路上只听到风声、树叶声、脚步声、喊叫声在山谷中回荡，错乱之下他以为赶来的鬼越来越多。等半夜到家的时候，他已经恐惧得舌头僵硬，一句话都说不出来，还没等躺上床缓一口气，就因为肝胆破裂而死，连皮肤都被吓成了蓝绿色。那巫师到死都不知道他是被自己吓死的。

**❾** 南海有鳄鱼，状似鼍，斩其头而干之，去齿而更生，如此者三乃止。

❀译　文❀

南海产一种鳄鱼，形状像猪婆龙，斩下它的头晒干，将它的牙齿去掉还会再次长出来，这样反复拔掉牙齿三次，新的牙齿就不会再长出来了。

❀释　读❀

鼍也叫鼍龙、猪婆龙、中华鼍、土鼍，也就是扬子鳄，属爬行动物，吻较短，体长两米，背部、尾部都长有鳞甲，穴居于江、河岸边，皮可以用来做鼓面。传说龙和蛟交配生下鼍，鼍的肉只有陈友谅的后裔陈、柯两姓的人敢吃。

**❿** 东海有半体鱼，其形状如牛。剥其皮悬之，潮水至则毛起，潮去则毛伏。

❀译　文❀

东海有一种半体鱼，它的样子像牛。把鱼皮剥下挂起来，每当涨潮时，皮上的毛就会竖起；每当退潮时，皮上的毛就会伏倒。

❀释　读❀

《山海经》记载柢山多河流而无草木，山上的河水中有一种叫鯥的鱼，这种鱼也长得很像牛，它有时会跃出水面栖息在山坡上。鯥的叫声和牦牛差不多，有冬眠的习惯。吃了鯥的肉就能使人不患痈肿的疾病。

**⑪** 汉武帝时,大苑之北胡人有献一物,大如狗,然声能惊人,鸡犬闻之皆走,名曰猛兽。帝见之,怪其细小。及出苑中,欲使虎狼食之。虎见此兽即低头著地,帝为反观,见虎如此,欲谓下头作势,起搏杀之。而此兽见虎甚喜,舐唇摇尾,径往虎头上立,因搦虎面,虎乃闭目低头,匍匐不敢动。搦鼻下去,下去之后,虎尾下头去。此兽顾之,虎辄闭目。

### 译 文

汉武帝时,大苑国北面的胡人进献一只动物,身形像狗那么大,但叫声大得惊人,鸡犬听到这声音后都纷纷奔逃,所以当地人称它叫"猛兽"。汉武帝见了,很惊异这只"猛兽"长得如此之小。于是将它放到林苑之中,想让虎狼吃掉它。谁知老虎见了这猛兽,马上把头低下来贴到地面,汉武帝反过来想,认为这是老虎低头蓄力,准备跃身而起与"猛兽"搏杀。而这只"猛兽"见了老虎十分高兴,它舔着嘴唇,摇晃尾巴,径直跳到虎头上站着,然后向老虎脸上撒尿。老虎闭着眼低着头,匍匐在地一动也不敢动。猛兽撒完尿后,才心满意足地从虎头上跳下。这时,老虎尾巴低垂,埋下头。当这"猛兽"转过头来看的时候,老虎就会吓得立刻闭上眼睛。

### 释 读

相传这种猛兽身材娇小,毛色近黄,平时生活在昆仑山,以天地之气和甘露为食,叫声犹如天雷霹雳。地上的走兽,哪怕是老虎,都没有不害怕它的。

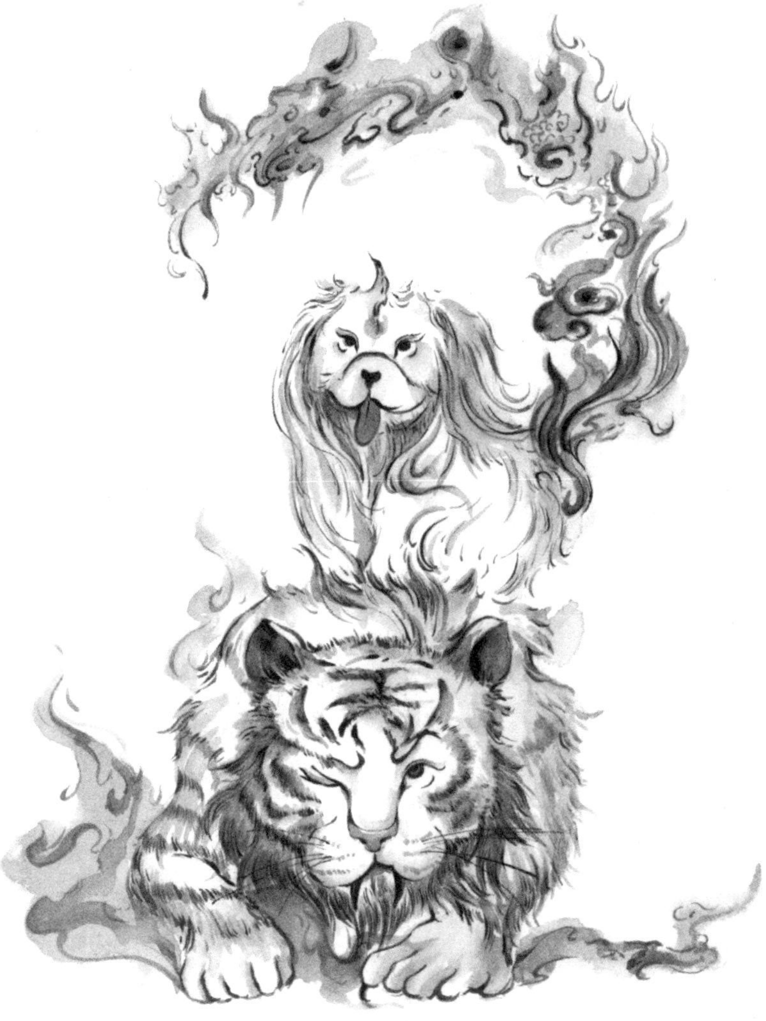

⑫后魏武帝伐蹋顿，经白狼山，逢狮子。使人格之，杀伤甚众。王乃自率常从军数百击之，狮子哮吼奋起，左右咸惊。王忽见一物从林中出，如狸，起上王车轭。狮子将至，此兽便跳起在狮子头上，即伏不敢起。于是遂杀之，得狮子一。还，来至洛阳，三十里鸡犬皆伏，无鸣吠。

**译 文**

魏武帝曹操讨伐乌桓族首领蹋顿，途经白狼山时，遇上了狮子。武帝派人与狮子格斗，死伤很多。魏武帝就亲自率领卫队几百名士兵上前围攻，狮子咆哮怒吼着一跃而起，身边的人都惊恐不已。忽然，魏武帝看见有个怪兽从林中走出来，样子像狐狸，跳上了魏武帝的车轭。狮子将要扑过来的时候，这怪兽就跳起来站到狮子的头上。狮子马上伏在地上，不敢起身。于是军士将它宰杀掉，猎获狮子一只。班师回朝到了洛阳城，方圆三十里范围内的鸡犬都伏在地上，一声鸡鸣狗吠都没听到。

**释 读**

中国古代并没有狮子。狮子最早由西亚国家的使者经丝绸之路进贡传入中国。到了汉代，狮子的形象随着佛教传入中国，比如文殊菩萨的坐骑就是狮子。

一〇五

❸崇丘山有鸟,一足,一翼,一目,相得而飞,名曰蛮。见则吉良,乘之寿千岁。

《译 文》

崇丘山上有一种鸟,只有一只脚、一只翅膀、一只眼睛,需要两只鸟合在一起才能飞翔,它的名字叫蛮蛮。见到这种鸟是很吉利的事情,若骑上它,寿命可达千岁。

《释 读》

蛮蛮是比翼鸟的别称。传说这种鸟需要找到另一只异性伴侣拼合在一起,才能飞翔。古人把身体构造特点相同的比翼鸟、比目鱼、比肩兽、比肩民、枳首蛇合称为五方异兽。后世除了把比翼鸟看作是爱情的象征以外,还认为比翼鸟只出现在君王有德的盛世。

一〇七

**⑭** 比翼鸟，一青一赤，在参嵎山。

◆译　文◆

比翼鸟，一只青，一只红，生活在参嵎山。

◆释　读◆

比翼鸟也称为鹣鹣、蛮蛮，是中国古代传说中的鸟类。相传比翼鸟大小和野鸭差不多，长着黑色的喙、白色的体羽、黄色的尾羽，雄性比翼鸟的翅膀是青色的，雌性比翼鸟的翅膀则是红色的。但是无论雄雌，单只比翼鸟都只有一只脚、一只眼睛、一只翅膀，只有雄雌两只比翼鸟紧挨在一起才能飞翔。后世把比翼鸟看作是夫妻恩爱的象征，唐代诗人白居易就有名句"在天愿作比翼鸟，在地愿为连理枝"，用比翼鸟和连理枝来歌颂爱情。所以有人说比翼鸟飞入水中就会变成连理枝，也有人说单只比翼鸟飞入水中会变成比目鱼。

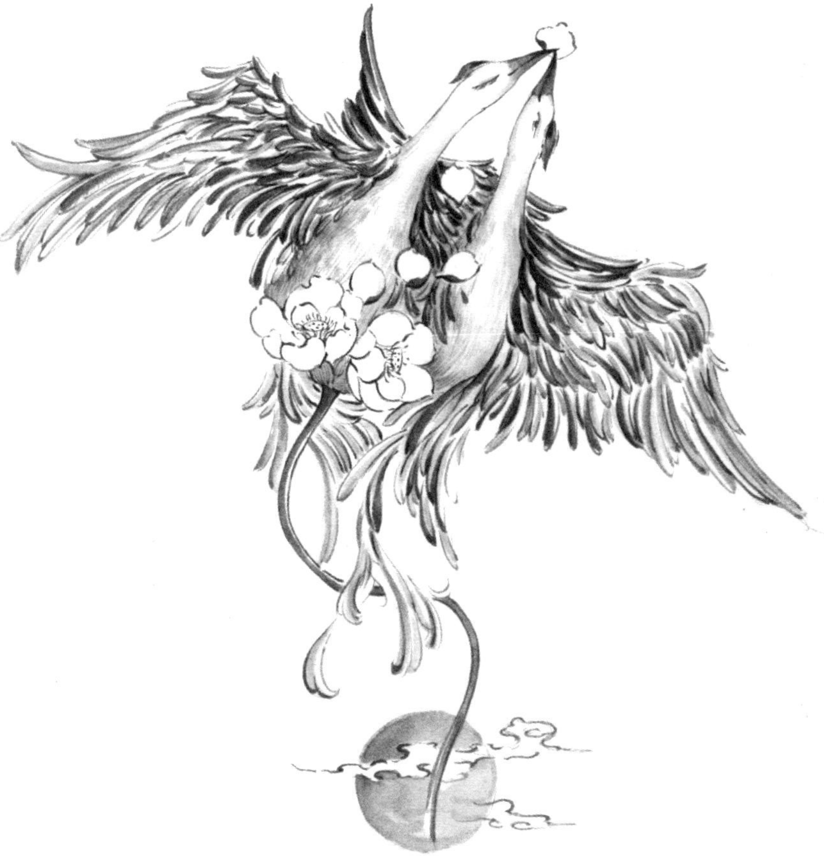

❶ 有鸟如乌,文首,白喙,赤足,曰精卫。故精卫常取西山之木石,以填东海。

❀译 文❀

有一种鸟,形如乌鸦,脑袋上有花纹,喙是白色的,脚是红色的,名叫精卫。精卫鸟常常衔着西山的小树枝、小石子投往东海中,欲把东海填平。

❀释 读❀

相传炎帝的小女儿女娃跑到东海中嬉戏,不慎失足淹死在东海。死后,她的元神化为精卫,这种鸟的叫声很像它的名字。后来精卫与海燕交配生下孩子,雌的是精卫,雄的是海燕。人们为了感念精卫锲而不舍的精神,在她溺亡的地方竖立纪念碑,发誓不喝这里的水,所以精卫也被称为志鸟、冤禽、鸟誓。同时当地人也没忘记她生前是炎帝的女儿,一般都称呼它为帝女雀。

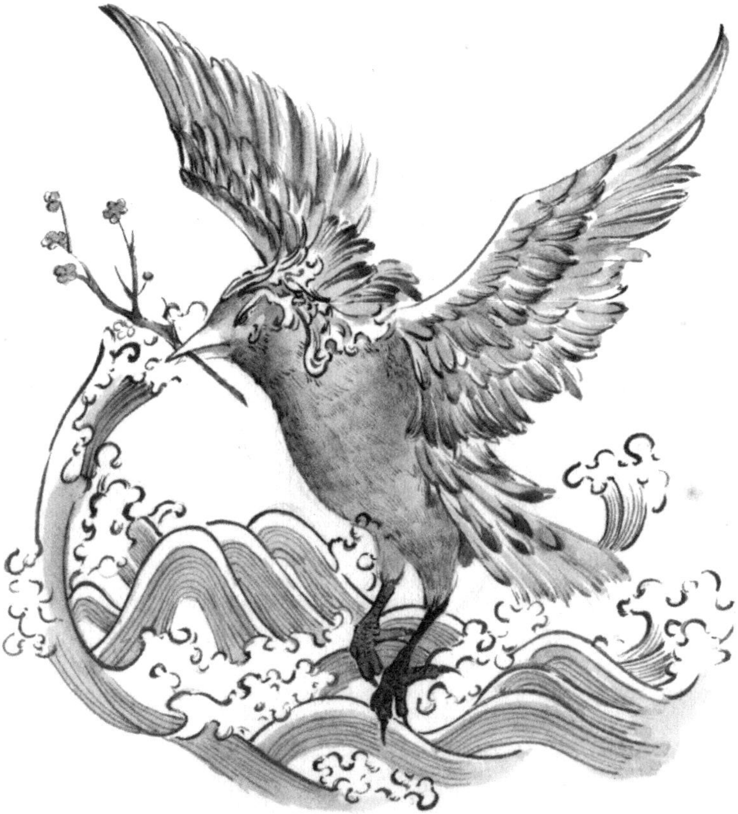

❶ 文马，赤鬣身白，目若黄金，名吉黄之乘，复蓟之露犬也。能飞，食虎豹。

◆译 文◆

文马，长着红色的鬣毛，通体白色，双眼像黄金一样闪烁金光，故又名吉黄马，原本为复蓟的露犬。文马能飞，以虎豹为食。

◆释 读◆

犬戎国即犬封国，位于今天陕西、甘肃一带。《镜花缘》中说这个国家的人长着人的身体、狗的脑袋，每天就只顾着觅食，其他事情一概不顾，只考虑怎么才能吃得更好。犬戎国出产文马和露犬。相传能驯服文马作为坐骑的人可以活上千岁。

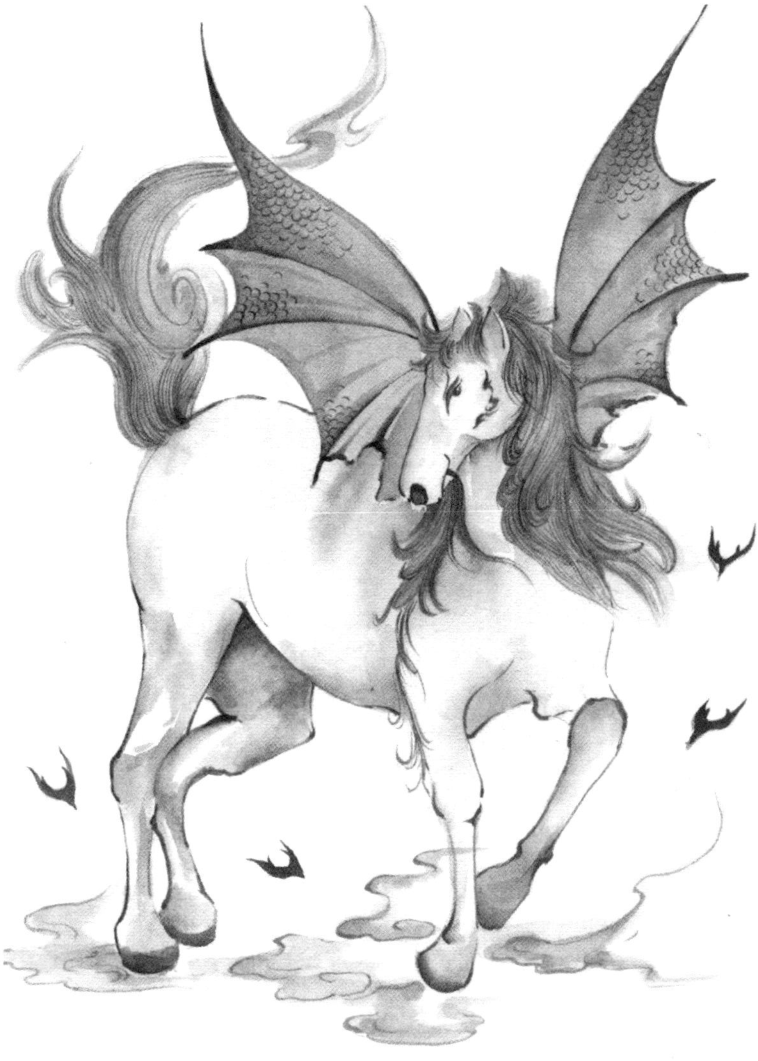

**❼** 南方有落头民,其头能飞。其种人常有所祭祀号曰虫落,故因取名焉。其飞因晚便去,以耳为翼,将晓还,复著体,吴时往往得此人也。

❖ 译 文 ❖

南方有落头民,他们的头能飞。他们经常进行祭祀,称作"虫落",故得名"落头"。落头民在夜间以头飞行,用耳朵作翅膀,快天亮时飞回来,头又回到身上,三国时在吴国往往能遇上这种人。

❖ 释 读 ❖

传说三国时吴国大将朱桓曾遇到过落头民。朱桓有一个婢女,每晚睡着后,头就会脱离身体飞走,直到快要天亮时,头才飞回来和脖子连接。某晚,婢女的头又飞出去,与她同室的婢女朦胧中见到她身上的棉被滑落,便好心帮她拉上,无意中将婢女脖子上的缺口盖住。早上,婢女的头要飞回原位时,无力揭开被子,在空中徘徊了一会儿就掉在地上,奄奄一息,眼看就要气绝

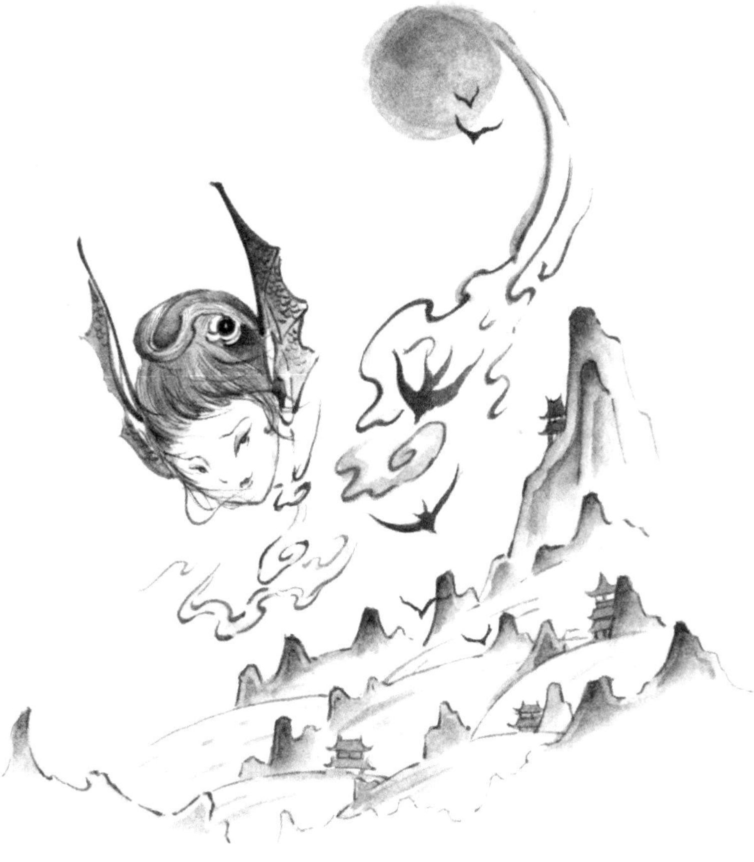

身亡。这时,朱桓正好走进屋里,见到了这一幕,相当震惊。地上婢女的头不断用眼睛向朱桓示意拉开棉被,朱桓领悟,立即上前把棉被拉开,只剩一线生机的婢女用尽最后一丝力气让自己的头再度飞起来,回到脖子的原位上,继而才得以恢复正常。朱桓虽然救了飞头婢女一命,但心里总是隐隐不安,视这个婢女为不祥的异类,不久之后就把她赶走了。后来也有人在吴国境内碰到过落头民,趁着落头民的头飞出去的时候把其身体藏起来,天亮后头颅找不到身体,不久就掉落在地上死去。

**❶⓼** 蝮蛇秋月毒盛,无所蜇螫,啮草木以泄其气,草木即死。人樵采,设为草木所伤刺者,亦杀人,毒甚于蝮啮,谓之蛇迹也。

**❀译 文❀**

蝮蛇秋季时毒性最盛,当它没有可蜇刺的对象的时候,便咬啮草木来排泄毒气,被咬的草木立即就会枯萎。人们砍柴打草,要是被沾有蝮蛇毒气的草木刺伤,也会中毒身亡,草木上的蛇毒比蝮蛇直接咬啮还厉害,称作"蛇迹"。

**❀释 读❀**

腹蛇属腹蛇科,头部呈三角形,体色灰褐并长有斑纹,有剧毒。多生活在平原与山野,以鼠、鸟、蛙类为食。其毒液可用于治疗麻风病。相传腹蛇会把口中的毒液涂在草木上,人畜被涂有毒液的草木划伤后其部位会肿大成疮,无法医治直至毒发身亡,这种疮叫"蛇漠疮"。

**⑲** 东海鲛鳎鱼，生子，子惊还入母腹，寻复出。

**❦译　文❧**

东海里的鲛鳎鱼产下小鱼后，它们若是受到惊吓，就会回到母亲肚里去，不久又从肚里出来。

**❦释　读❧**

鲛鳎即鲨鱼，古代多用鲨鱼皮制作刀剑鞘。《尔雅》等书也记载小鲨鱼受惊后会从母鲨口中躲入母鲨肚子，也有白天从口中钻出觅食，黄昏回母鲨腹中的情况。

**⑳** 吴王江行，食鲙有余，弃于中流，化为鱼。今鱼中有名吴王鲙余者，长数寸，大者如箸，犹有鲙形。

**❦译　文❧**

吴王在长江上行船，享用鲜鱼，他把吃剩的鱼片抛到江水中，这些鱼片入水即化为鱼。现在有一种叫"吴王鲙余"的鱼，长数寸，大的像筷子那样长，鱼身上还留有切片的痕迹。

**❦释　读❧**

吴王鲙余又名鲙残鱼，即银鱼，又称银条鱼、面条鱼，广泛分布于我国东海沿岸。银鱼柔软无鳞，全身透明，死后体呈乳白色，颜色、体态都与生鱼片类似，故得"鲙残鱼"之名。

**㉑** 江南山溪中水射工虫，甲类也，长一二寸，口中有弩形，气射人影，随所著处发疮，不治则杀人。今蠼螋虫溺人影，亦随所著处生疮。【卢氏曰："以鸡肠草捣涂，经日即愈。"周日用曰："万物皆有所相感，愚闻以霹雳木击鸟影，其鸟应时落地，虽未尝试，以是类知必有之。"】

◆译 文◆

江南的山溪中有一种虫叫射工虫，属甲虫类，长一二寸，嘴里有弓弩形的器官，会喷出气去射击人影，人身上对应的人影被射中的部位马上就会生疮，如不治疗就会丧命。现在的蠼螋朝人影撒尿，人身上对应的被尿过的部位也会长疮。【卢氏说："把鸡肠草捣烂涂抹在伤处，一天就能痊愈。"周日用说："万物皆能相互交感，我听说用霹雳木击打鸟的影子，鸟当场就会落地，虽然我没有尝试过，但是以此类推就知道这些都是真的。"】

◆释 读◆

射工虫是传说中的毒虫，也叫蜮、鬼蜮、魅蜮、水狐、射影、水弩、溪毒、溪鬼虫。身长一二寸，身披三分厚的黑甲壳，甲壳下长有翅膀能飞，没有眼睛但是听觉灵敏。形体上大致和秋蝉差不多，但是头部长有像弓弩一样的角状物，可以以气为箭矢，近距离射击路过的人。无论是射击人的身体还是人的影子都会使人生疮肿大。

蠼螋是一种革翅目的昆虫，体态狭长扁平，头部略宽，长有丝状触角，能分泌特殊臭气驱赶敌人，体尾末端有一对钳状尾铗用于防御。杂食性动物，多出现于家中厨房和卫生间。

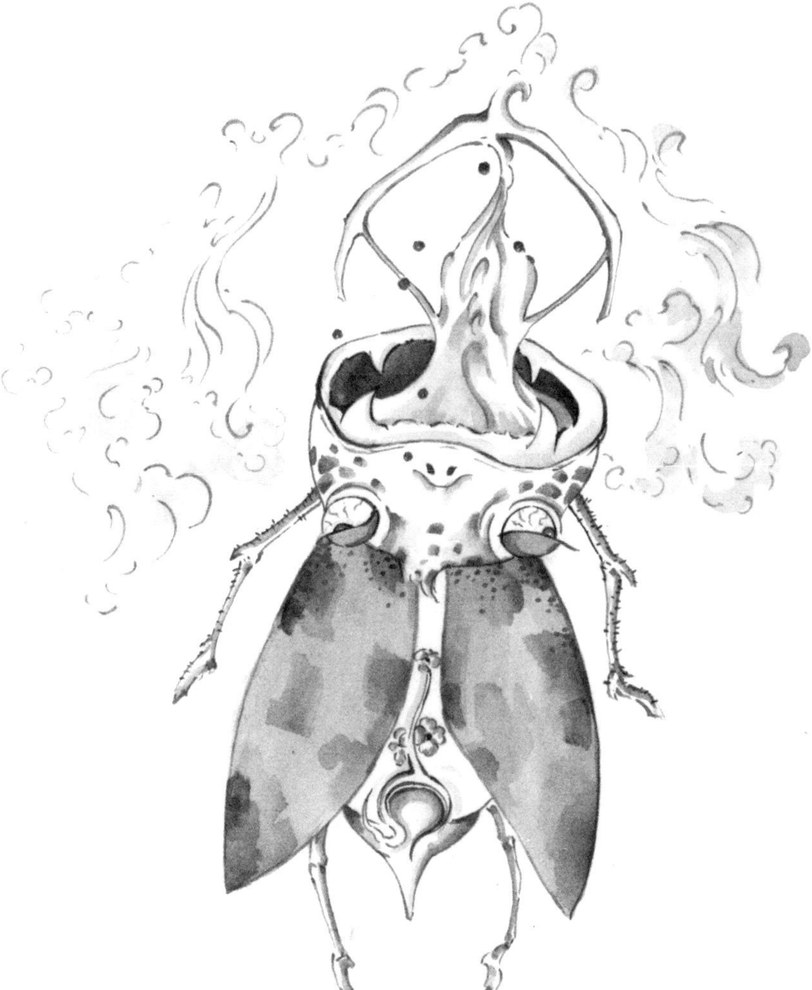

**22** 华山有蛇名肥遗，六足四翼，见则天下大旱。

◆译 文◆

华山有一种蛇名叫肥遗，长了六只脚和四只翅膀，它出现就会天下大旱。

◆释 读◆

《山海经》还记载了另一种也叫肥遗的蛇，生存在浑夕山。浑夕山光秃秃的，一棵树、一株草都没生长，上面都是铜矿和美玉。肥遗一出现，就会爆发旱灾。

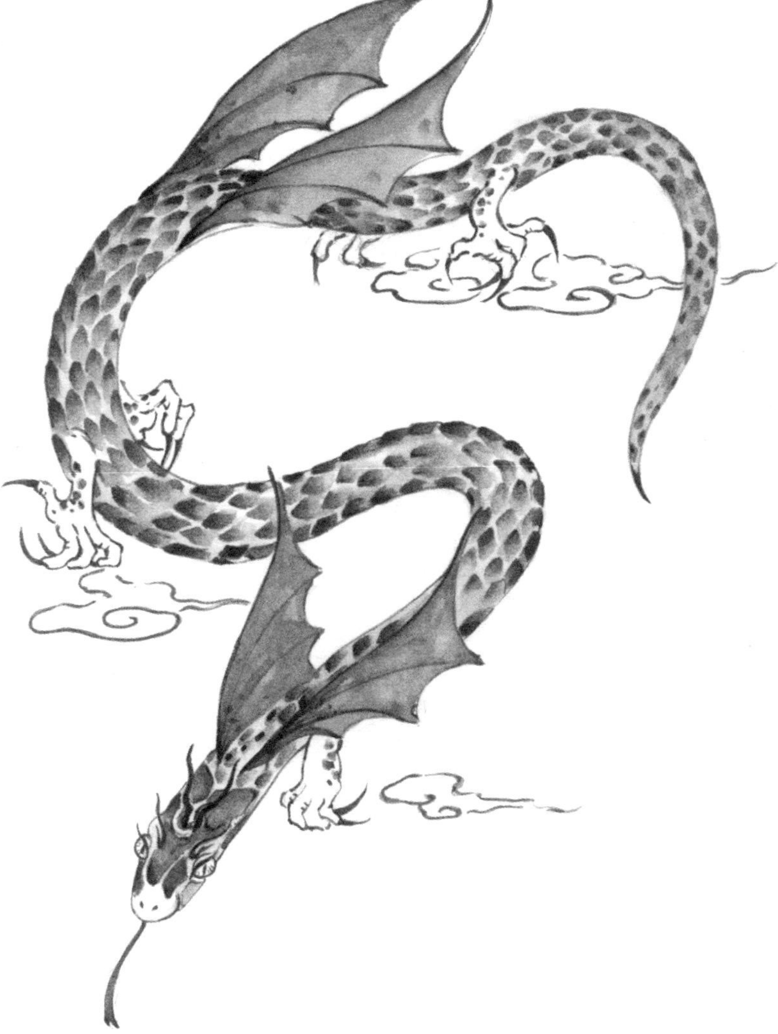

㉓常山之蛇名率然，有两头，触其一头，头至；触其中，则两头俱至。孙武以喻善用兵者。

◆译 文◆

常山有种蛇名叫率然，两端都有头，触碰其中的一个头，另一个头也会伸过来；触碰身躯中部，两个头会一起伸过来。孙武用它来比喻善于用兵的人。

◆释 读◆

常山即五岳之一的恒山，汉代避汉文帝刘恒讳，改名为常山。率然可能就是钝尾两头蛇，得名于头部和尾巴长得相似，不细看难以分清。俗名双头蛇、越王蛇、两头蛇、枳首蛇。此蛇无毒。

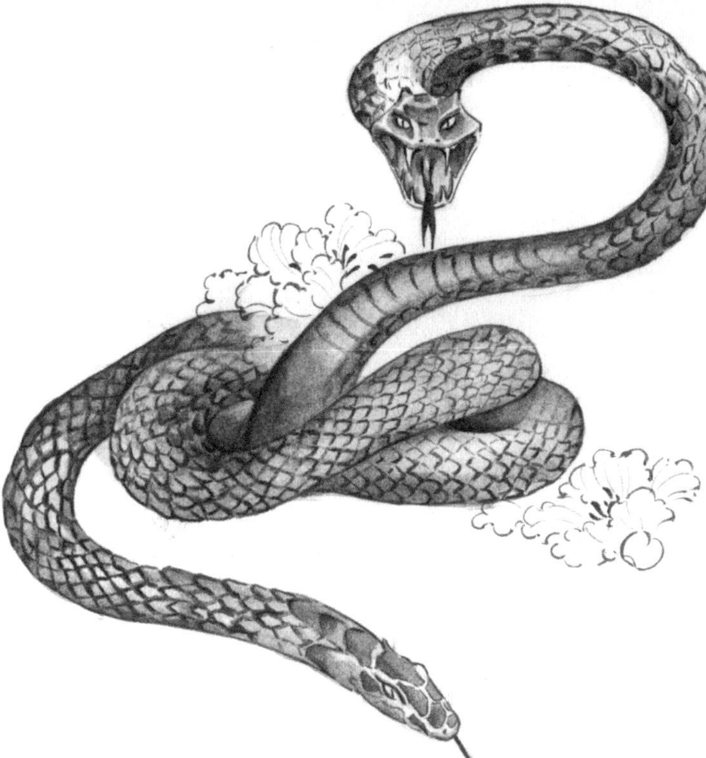

**㉔** 广陵陈登食脍作病，华佗下之，脍头皆成虫，尾犹是脍。

◈译 文◈

广陵太守陈登吃生鱼片患病，华佗用药使他排泄出来，只见吃下的鱼头都变成了虫子，而鱼尾部分仍是鱼片。

◈释 读◈

生鱼片又称鱼生，古称鱼脍、脍或鲙，是以新鲜的鱼贝类生切成片，蘸调味料食用的食物总称。碍于今天日本料理的影响，不少人把生鱼片看作是日本发明的特色美食，其实生鱼片起源于中国，直到唐代才传到朝鲜半岛、日本等地。《诗经·小雅·六月》记有："饮御诸友，炮鳖脍鲤。"这里的"脍鲤"，就是用鲤鱼做生鱼片，吃的时候要用葱、芥等植物做的酱料来调味。可见早在春秋战国时期，中国人就已经开始食用生鱼片。到了汉代，生鱼片已经是一道深入人心、广泛流传的美食，东汉应劭甚至认为山东祝阿人不吃生鱼片的行为是奇风异俗。到了南北朝时期，人们为了吃更美味的生鱼片，发明了用蒜、姜、橘、白梅、熟粟黄、粳米饭、盐、酱八种材料制成的"八和齑"，把搭配"八和齑"酱料的生鱼片料理称为"金齑玉脍"。唐至宋代是中国人食用生鱼片的高峰，无论宫闱之中还是民间寻常百姓家，生鱼片都是一道男女老少兼爱的美食，文献中能见到的生鱼片料理名颇多，诸如：鱼鳔二色脍、玉手银丝脍、红丝水晶脍、鲫鱼脍、沙鱼脍、水母脍、三珍脍等。更令人惊讶的是，在元代太医忽思慧撰写的《饮膳正要》中也有元代宫廷食用生鱼片的记载，可见生鱼片的美味征服了来自少水的内陆的、不常吃鱼的蒙古人。直到明清，中国人食用生鱼片的记录逐渐变少。时至今日，只有北方赫哲族和南方诸如顺德、潮州等地还保留食用鱼生的习惯。

❷⓹ 东海有物，状如凝血，从广数尺，方员，名曰鲊鱼。无头目处所，内无藏，众虾附之，随其东西。人煮食之。

❧译 文❧

东海里有一种动物，形如凝固的血块，长宽数尺，有方有圆，名叫鲊鱼。它没有头和眼睛，体内也没有内脏，许多虾儿依附着它，随着它各处游动。当地人会把它煮来吃。

❧释 读❧

鲊鱼即海蜇，又名水母，白皮子，主产于中国东南沿海，以浙江最多。浸泡、清洗、切条后根据个人口味加入酱油、香醋、香油等各种佐料，搅拌后可食用。

❷⓺ 水石之怪为龙、罔象，木之怪为夔、罔两，土之怪为羵羊，火之怪为宋无忌。

❧译 文❧

水中的精怪叫龙、罔象，山林中的精怪叫夔、罔两，土中的精怪叫羵羊，火中的精怪叫宋无忌。

◆释 读◆

　　罔象又称罔像、魍象、沐肿，是古代中国传说中的一种水怪，也有人认为是木石之怪。传说中罔象长得像一个三岁的小孩子，皮肤黝黑，双眼血红，长着一对大耳朵，手臂很长，还长着十根赤红的长爪，它会用这对可怕的手臂抓人吃。

　　罔两又称魉魉鬼，喜欢吃死人的肝脏和大脑，会躲在路边学人的声音来迷惑路过的行人，并有让人得怪病的能力。但是罔两害怕老虎、松柏和腰鼓的声音，所以古人经常在坟墓边上种植松柏，放置石虎或是在墓碑上雕刻老虎的图案，以此来驱除罔两。

　　羵羊也叫坟羊、戚羊，是土中生长出来的精怪，如果听到有人呼叫它的名字，羵羊就会逃走。春秋时期，季桓子在挖水井的时候挖到一个土缶，打开发现里面有一只不认识的精怪。于是他去问孔子说："我挖井的时候挖到了这只狗一样的精怪，它到底是什么？"孔子告诉他说："据我所知，这是羵羊。"

　　宋无忌也叫宋毋忌，传说它是属性为火的精怪。《搜神记》记载有一个民妇刚生下一个男孩，男孩就自己走进灶台中被火烧死。有见闻广博的人解释说："这小孩不是神童，生下来就能走，是因被宋无忌附身了，被控制着投入火中。"

【卷二·神话志怪】

· 异草木 ·

❶ 太原、晋阳以北生屏风草。

❦译 文❧

太原、晋阳的北部生长着一种屏风草。

❦释 读❧

屏风草是一种多年生草本植物，又名紫花地丁、蓝花地丁、滇紫花地丁、小黄芩等，生长于海拔1200米—3300米的草坡或松林中，一般高6厘米—25厘米，花色多为蓝色、蓝紫色或紫色，于春夏开放。

❷ 海上有草焉，名筛。其实食之如大麦，七月稔熟，名曰自然谷，或曰禹余粮。

◈译　文◈

海上生长着一种草，名叫筛草。它的果实吃起来味同大麦，七月成熟。它名叫自然谷，或称禹余粮。

◈释　读◈

筛草，又名砂钻薹草，多年生草本植物，果实呈现三棱形，多生长在沿海沙滩及湖边。

相传大禹治水时天寒地冻，将谷饼冻成了石块，人根本咬不动。大禹便下令将冻起来的谷饼浸入河中，企图用河水泡化，却不想经过河水一泡，谷饼便筋韧可口，只吃一口，人就浑身发热冒汗。随着人们的大快朵颐，大片饼渣随着河水漂流入海，被海浪冲上海滩。不久后，海滩上就生出了这种筛草。

❸ 尧时有屈轶草，生于庭，佞人入朝，则屈而指之。一名指佞草。

◈译　文◈

尧在位时有一种屈轶草，生长在朝堂上，奸佞的臣子入朝时，这种草就会弯曲着指向他，故又名"指佞草"。

◈释　读◈

也有人说黄帝时期同样有指佞草生长在朝廷前院，每天都称职地辨识着奸佞小人。

❹ 右詹山,帝女化为詹草,其叶郁茂,其萼黄,实如豆,服者媚于人。

❀译 文❀

在右詹山,炎帝女儿死后变成了詹草,它的叶子十分茂盛,花朵是黄色的,结出的果实像大豆,吃了这种草的人讨人喜欢。

❀释 读❀

右詹山即姑媱山。《山海经》中记载炎帝女儿名为女尸,还没等到出嫁就夭折了,她死后被埋葬于巫山的南面,所以姑媱山也被称为巫山之女。

❺ 止些山,多竹,长千仞,凤食其实。去九疑万八千里。

❀译 文❀

止些山上长着很多竹子,高达千丈,凤鸟会吃它的果实。止些山到九疑山有一万八千里。

❀释 读❀

明代庄昶说:"凤凰非圣世不生,非竹实不食,非梧桐不鸣。"凤凰只吃竹子的果实。那么竹子的果实到底是什么呢?答案就是竹米,也就是竹子的种子。其实竹子也会开花结果,而且一生只会开一次花,结一次果,等开花结果之后竹子就会成片死亡,所以被古人视为不祥的征兆。也正因为竹子开花的现象极为罕见，所以古人把这种现象想象成凤凰即将到来食用罕见的竹米。

❻ 江南诸山郡中，大树断倒者，经春夏生菌，谓之椹。食之有味，而忽毒杀，人云此物往往自有毒者，或云蛇所著之。枫树生者啖之，令人笑不得止，治之，饮土浆即愈。

◈译 文◈

在江南许多位于山区的州郡中，折断倒地的大树经过春夏两季，上面就会长出菌类来，人们称它为椹。椹的味道很鲜美，但有时候人吃了会突然中毒死去。有人说菌上往往自带毒素，也有人说是蛇把毒汁附着在菌上的。如果吃了枫树上长的菌，人就会笑个不停。如果要治这种病，喝土浆就能治愈。

◈释 读◈

毒蘑菇又称毒蕈，人畜吃了会呈现不同的中毒状态，毒性强烈的会导致死亡，已知世界上存在着四百多种毒蘑菇。半卵形斑褶菇，也称作鬼伞，食用这种毒蘑菇后会引起突然跳舞、大笑等异常行为，因此在很多地方，也称这种蘑菇为"舞菌"或"笑菌"。又因为半卵形斑褶菇通常生长在墙角或是粪便附近，因此还有"狗尿苔"之称。

【卷二·神话志怪】

## ·神话传说·

❶ 天地初不足,故女娲氏练五色石以补其阙,断鳌足以立四极。其后共工氏与颛顼争帝,而怒触不周之山,折天柱,绝地维。故天倾西北,日月星辰就焉;地不满东南,故百川水注焉。

**译 文**

从前天塌地陷,女娲氏炼制五色石来补天的缺口,又把斩断的海中巨龟的四只脚当柱子把天顶住。后来共工氏与颛顼争夺帝位,失败后共工盛怒之下一头撞向不周山,折断了天柱,维系大地的绳子也被扯断。此后天向西北倾斜,日月星辰也移到了西北;地的东南角凹陷,于是众多江河便流向东南。

❮释 读❯

女娲，又有娲皇、女阴、女希氏、神女、阴皇、阴帝、帝女等诸多称呼。她的模样是上身人形、下身蛇形。在中国的神话中，女娲用黄泥创造了人类，是人类的始祖，在后来的一场大灾难中，女娲为保护人类免受猛兽的侵袭，用五色石补上了天的缺口。共工，又名共工氏、康回、孔壬，是炎帝的后裔，火神祝融的儿子，也是中国古代神话中的水神。《山海经》记载他人脸蛇身，长着红色的头发，因为与五帝之一的颛顼争夺帝位失败，生气之下撞断了不周山。

❷ 昆仑山东北，地转下三千六百里，有八玄幽都，方二十万里。地下有四柱，四柱广十万里。地有三千六百轴，犬牙相举。

❮译 文❯

在昆仑山的东北方，地势趋下的三千六百里处，有个四周阴暗的地方叫幽都，方圆二十万里。幽都的地下有四根大柱，每根柱子直径为十万里。地上又有三千六百根轴，它们像犬牙一样交错着撑起幽都。

❮释 读❯

昆仑山，又称昆仑虚、昆仑丘或玉山。在中国道教文化里，昆仑山被誉为"万山之祖"，是中国古代神话中的神山。自先秦时期开始，昆仑山的名字就不断出现在《山海经》《禹贡》《水经注》等书中，往往带有神秘色彩。相传这里是西王母的住所，山上奇珍异宝琳琅满目，飞禽走兽数不胜数，树上长满了珍珠和宝玉。还有成熟时期长达千年的仙桃树，人吃了树上结出的仙桃可以长生不老。幽都是中华文明传统原生神话中万物灵魂的归宿之地，它的统治者叫土伯。相传土伯的样貌十分可怕，长着一颗老虎一样的头，头上有尖锐的角，牛一样的身子，但是驼着背，沾满鲜血的手中拿着九条绳子，脸上的三只眼不停地搜寻着人类，一旦被他抓住，立马就会被吃掉。《山海经》中记载，幽都流淌着黑水，这里的动物无论是飞鸟、狐狸、蛇、虎豹等，它们的颜色也都是黑色的。

❸ 泰山一曰天孙，言为天帝孙也。主召人魂魄。东方万物始成，知人生命之长短。

**《译　文》**

泰山又名天孙，就是说它是天帝的孙子。它掌管召唤人魂灵的差事。东方是世间万物开始生长的方位，所以泰山也主宰人寿命的长短。

**《释　读》**

泰山，位于山东省中部，又名岱山、岱宗、岱岳、泰岳，是五岳之一的东岳，为五岳之长，主峰玉皇顶海拔1532米。自周代开始，就有关于泰山的神话流传，因其雄伟挺拔、地处东方，古人认为泰山是盘古死后头颅所化。又有人说山上住着东岳大帝和碧霞元君两位神仙，一位掌管招魂，主管世间所有生物；一位善察人间善恶，庇护众生。古人还把方位和季节相互对应匹配，东、南、中、西、北分别对应春、夏、季夏、秋、冬。因为泰山位于中国的东面,也是五岳里面最东面的一座山,东方对应的春天又是万物生长的季节,所以古人认为泰山负责掌管世间万物的生机,掌管人的寿命长短。自秦代开始,泰山就被看作是通往天帝之位的阶梯,历代君王不断前往泰山举行封禅祭祀活动。

❹ 海水西,夸父与日相逐走,渴,饮水河渭。不足,北饮大泽,未至,渴而死。弃其策杖,化为邓林。

◆译 文◆

在海的西面,夸父同太阳赛跑,口渴了,便去喝黄河和渭河的水。喝光了还不解渴,又想去北方喝大泽的水,但还没走到就在半路上渴死了。临死前他抛出手杖,化成了邓林。

◆释 读◆

在上古神话中,夸父是炎帝的后裔,后土的孙子。他是博父国人,这个国家的人都长得很高大,右手操弄青蛇,左手操弄黄蛇。夸父更加厉害,他不但手中操弄着两条蛇,还把两条黄蛇当作耳环佩戴在耳朵上。有说夸父在禺谷追上太阳后死于口渴,也有说他是被应龙杀死的。

❺ 黄帝登仙,其臣左彻者削木象黄帝,帅诸侯以朝之。七年不还,左彻乃立颛顼。左彻亦仙去也。

❀译　文❀

黄帝成仙登天后，他的臣子左彻就用木头雕了一具黄帝的木像，并带领诸侯们向它朝拜。过了七年，黄帝还没有回来，左彻就立颛顼为帝。后来左彻也成仙登天了。

❀释　读❀

左彻是见于史册的第一个制造祖宗牌位的人。据说远古时期有个国家叫左国，这里的国民以国为姓氏，都姓左，左彻就是这个国家的人。后世姓左的人都供奉左彻为始祖。

**❻**　老子云："万民皆付西王母，唯王、圣人、真人、仙人、道人之命上属九天君耳。"

❀译　文❀

老子说："万民众生的命都归西王母主宰，只有帝王、圣人、真人、仙人、道人的命归属于九天君。"

❀释　读❀

道家把修养生性或者修真得道的人称为真人。

❼尧之二女,舜之二妃,曰湘夫人。舜崩,二妃啼,以涕挥竹,竹尽斑。

◆译 文◆

尧的两个女儿,也就是舜的两个妃子,被称为湘夫人。舜死后,两位妃子啼哭不已,眼泪挥洒到竹子上,竹子上因此长满了斑纹。

◆释 读◆

湘妃竹又叫"斑竹""泪竹",长有紫褐色的斑块或斑点,是著名的观赏竹。相传竹竿上的斑点是舜的妃子娥皇和女英的眼泪浸染而成的。

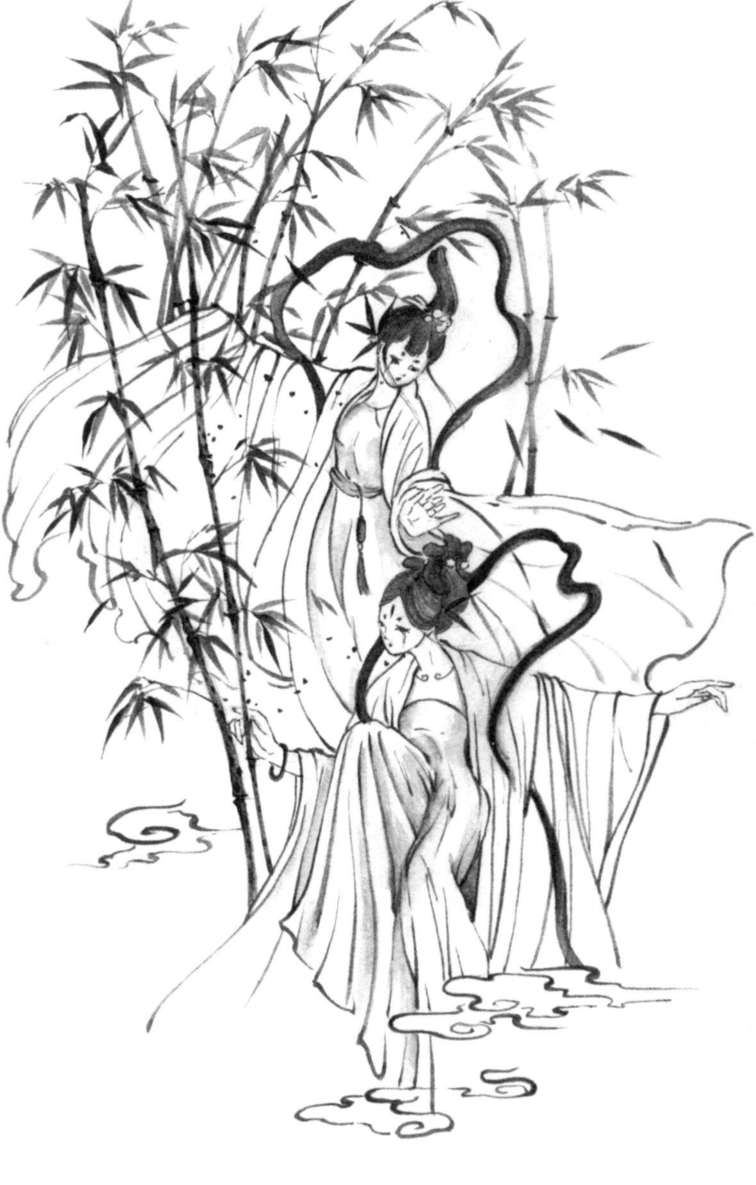

❽ 天门郡有幽山峻谷，而其上人有从下经过者，忽然踊出林表，状如飞仙，遂绝迹。年中如此甚数，遂名此处为仙谷。有乐道好事者，入此谷中洗沐，以求飞仙，往往得去。有长意思人，疑必以妖怪。乃以大石自坠，牵一犬入谷中，犬复飞去。其人还告乡里，募数十人执杖揭山草伐木，至山顶观之，遥见一物长数十丈，其高隐人，耳如簸箕。所吞人骨积此左右有成封。蟒开口广丈余，前后失人，皆此蟒气所噏上。于是此地遂安稳无患。

### 译文

天门郡有一座幽深的山谷，从山谷下面走过的土著居民，会忽然腾跃出山林小道，状如飞仙，一会儿就不见了踪影。每年都会发生多次这类事情，此地也因此得名"仙谷"。有些喜好仙道的好事者，便到山谷中洗浴，希望自己也能成为飞仙，常有人如愿以偿。有个心思缜密的人，怀疑其中必有妖怪，就来到山谷上，拿出长绳，将绳子的一端拴在山谷上的大石头上，一端捆绑住腰部，慢慢下坠进入了山谷，他手中还牵着一只狗，到了山谷底部，狗也像人一样飞走了。这个人回去告诉了乡里人，招募了几十个壮年男子手执木杖，砍伐掉山林草木，来到山打望。人们远远望见一个怪物，长数十丈，比人高，耳朵像簸箕那么大。此

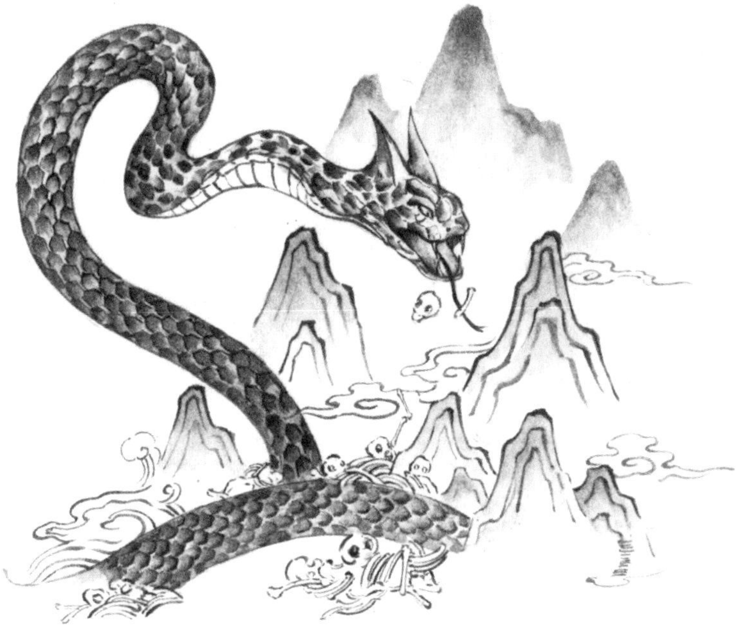

人便与怪物格斗，最后射杀了它。巡视周围，它所吞噬的人骨头都积聚在周围，多如山堆，走近才发现是一条蟒蛇。这条蟒蛇的嘴宽达一丈多，原来在山谷前前后后失踪的人，都是被这条蟒蛇吸上去吞噬掉的。自此之后，这一带就恢复了太平，再无灾祸发生。

◈释 读◈

天门郡治所在今天湖南石门一带。三国时橐梁山自然开裂，千尺之高的山壁上裂出了一个像门一样的大洞，吴帝孙休认为这是祥瑞之兆，于是把橐梁山改名为天门山，并拆分相邻的武陵郡西北部设置天门郡。南北朝时期天门郡被撤改设澧州。

❾ 《神仙传》曰："说上据辰尾为宿，岁星降为东方朔。傅说死后有此宿，东方生无岁星。"

◈译 文◈

《神仙传》说："傅说升天后占据辰、尾二星之间，变成了傅说星；岁星降到人间，化成了东方朔。傅说死后，方才有傅说星；东方朔活着的时候，东方是没有岁星的。"

◈释 读◈

傅说是殷商时期卓越的军事家、政治家，辅佐商王武丁治理天下，取得了名为"武丁中兴"的政治成果，被后世称为圣人。傅说在入朝为相之前，曾在虞、虢两地交界处的傅岩做苦役，负责修筑城墙，所以孟子曾说："傅说举于版筑之间。"相传傅说因为功绩太大，死后飞升成为天上的一颗星星，人们叫这颗星星为"傅说星"。根据现代天文学划分,傅说星是一颗位于天蝎座的恒星,位于银经353.5、银纬-4.94。

**❿** 旧说云天河与海通。近世有人居海渚者,年年八月有浮槎去来,不失期。人有奇志,立飞阁于槎上,多赍粮,乘槎而去。十余日中,犹观星月日辰,自后茫茫忽忽,亦不觉昼夜。去十余日,奄至一处,有城郭状,屋舍甚严。遥望宫中多织妇,见一丈夫牵牛渚次饮之。牵牛人乃惊问曰:"何由至此?"此人具说来意,并问此是何处,答曰:"君还至蜀郡访严君平则知之。"竟不上岸,因还如期。后至蜀,问君平,曰:"某年月日有客星犯牵牛宿。"计年月,正是此人到天河时也。

◆译 文◆

相传银河与大海是相通的。近代有住在海岛上的人,每年八月乘坐木筏往来于银河与大海之间,从来不会误期。有个胸怀奇志的人,在木筏上建了一座高阁,装载了很多粮食,也乘着木筏向银河驶去。开始十几天里,他还能看到日月和星星,从这以后就心神恍惚,也分辨不出白天和黑夜。又过了十多天,他突然到了一个地方,这里看上去像个城市,房屋十分整齐,远远望去宫室里有很多织布的女子,还看见一名男子正牵着牛,在河中小岛的岸边让它饮水。牵牛人见到他,惊讶地问道:"你是怎么到这里来的?"他详细说明了来意,并询问这是什么地方。牵牛人回答说:"你回去以后,到蜀郡去拜访严君平就知道了。"这人最终也没有上岸，如期回家了。后来他到了蜀郡，便去拜访严君平，询问前事，严君平说："某年某月某日，有一颗客星犯了牵牛星。"算一算年月时日，正是他到达银河的时候。

❋释 读❋

　　严君平，原名庄尊，西汉时期蜀郡郫县人（另说临邛人），因避讳汉明帝刘庄，改庄姓为严姓，是早期的道学家。他通读《老子》《庄子》《易经》等道家著作，上知天文认星象，下知地理察水文，善于占卜，精通玄学，博学多才，无所不通。由于西汉晚年政治腐败，社会动荡不安，严君平拒绝出仕担任官职，回到横山隐居，平日专心钻研周易数理和老庄哲学，兼开设私塾教授道学，直至以九十五岁的高龄去世葬于横山。因他"吾生亦乐，死亦乐"一语，横山又称"平乐山"。

　　四川成都有一条支矶石街，得名于街上留有"支矶石"。相传张骞出使西域，到了大夏（今阿富汗北部）的时候在河流的尽头看到了一块颜色微紫的大石头和一个放牛郎，放牛郎让他把石头带回去，如果想知道石头的来历，就去问蜀国严君。回国之后，张骞把这块石头带到四川，向严君平请教它的来历。严君平观察很久之后，告诉张骞：前些年的一天晚上，他夜观星象看到有一颗客星冲向了牛郎星和织女星，可能这块石头就是天上织女的支矶石，而张骞就是那颗客星，他在无意之间到达了天上的银河。

**⑪**　人有山行堕深涧者，无出路，饥饿欲死。左右见龟蛇甚多，朝暮引颈向东方，人因伏地学之，遂不饥，体殊

轻便，能登岩岸。经数年后，竦身举臂，遂超出涧上，即得还家。颜色悦怿，颇更黠慧胜故。还食谷，啖滋味，百余日中复本质。

### 译 文

有一个人走山路时不小心掉进了深涧，找不到出去的路，正当快要饿死时，他看到附近有很多乌龟和蛇，它们整日伸长头颈朝着东方，他就趴在地上学乌龟和蛇的动作，很快就不再饥饿，身体变得特别轻便，能攀登山崖。这样修炼了数年后，他试着举起手臂往上跳，结果从深涧一跃而上，终于回到了家。此时他的气色相较以往变得光鲜红润，人也变得比过去更加聪慧。回家后他开始吃五谷，尝美味，过回了正常人的生活，过了一百多天，又恢复到原来的身体和精神状态。

### 释 读

在中国古代，龟一直被视为具有神性的动物。自古以来龟就不断出现在各种神话故事中，诸如女娲断龟足以立四极，元龟背负青泥帮助大禹治水等。又因龟类寿命长，古人便认为龟类有独特的引气养生功法，于是追求长生仙道的人们开始模仿龟的动作、神态，传说八仙之一的吕洞宾就是因为"鹤形龟息"的神态，在庐山被钟离真人选中授予仙法，一梦黄粱而得仙道。

【卷三·生活百科】

· 物性物理 ·

❶ 九窍者胎化，八窍者卵生，龟鳖皆此类，咸卵生影伏。

❦译 文❧

凡是有九窍的生物都是胎生，有八窍的都是卵生。乌龟、鳖都属于卵生类，产卵后都是"影伏"自然孵化，而不是母体来孵卵。

❦释 读❧

九窍指的是：双耳、双目、嘴巴、双鼻孔、尿道、肛门九个孔道。八窍指的是：双耳、双目、嘴巴、双鼻孔等七孔，再加上生殖孔和排泄孔合二为一孔，共有八个孔道。影伏是指龟、鳖类产卵于近水洞穴,使卵在一定的温度和湿度条件下发育破壳,而不用母体伏卵孵化。古人另有一种区别胎生、卵生的方法是观察生物吃东西的方式,如果是咀嚼后再吞咽的生物,就是胎生;如果是直接吞咽不咀嚼的生物,就是卵生。这两种判断方法都有一定的道理,也有各自的局限性。

**❷** 白鹢雄雌相视则孕。或曰雄鸣上风,则雌孕。

**◈译 文◈**

雌雄白鹢鸟对视,雌鸟就会怀孕。也有人说雄鸟在上方鸣叫引诱,雌鸟在下方应和,那么雌鸟就会怀孕。

**◈释 读◈**

白鹢,也作白,一种形如鱼鹰、毛白色、能高飞的水鸟。相传白鹢鸟只要互相看对眼了,雌鸟立马就能怀孕。

❸兔舐毫望月而孕，口中吐子，旧有此说，余目所未见也。

【译文】

雌兔舔了雄兔的毛后，再抬头望望月亮，就会怀孕，嘴里会吐出小兔子。此说古已有之，但我并没亲眼看见过。

【释读】

在一些古人的认识中，兔子只有雌性，没有雄性。每当雌兔子想生小兔子的时候就会舔一舔自己的毛发，再抬头望月祈祷，只要得到月宫中玉兔的祝福，就能从口中生出小兔子。周文王姬昌曾被纣王与妲己逼迫，吃下已故长子伯邑考血肉制作的肉丸，回到封地后，姬昌从口中吐出肉丸，肉丸触地即化为兔子奔走而去。

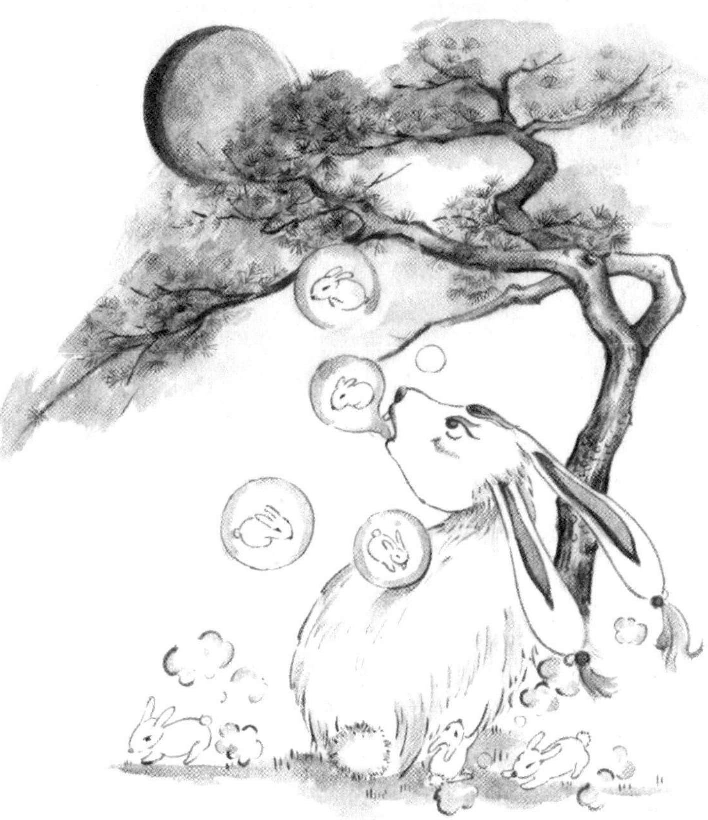

❹ 大腰无雄，龟、鼋类也。无雄，与蛇通气则孕。细腰无雌，蜂类也。

◈译 文◈

腰粗的生物没有雄性，乌龟、鼋就属于这一类。因为没有雄性，它们需要与蛇交互通气来受孕。腰细的生物没有雌性，蜂就属于这一类。

◈释 读◈

早在宋代，古人就已经意识到了蜂王的存在，并且通过观察对比也发现了有蜂王存在的蜂巢产蜜量较低。古人往往会采取"分王之子去而为君"，采取人工干预主动分巢的做法，让多余的蜂王自立为王并结成新的蜜蜂群体，以提高整体蜂蜜的产量。

❺ 取桑蚕或阜螽子咒而成子。《诗》云"螟蛉之子，蜾蠃负之"是也。

◈译 文◈

蜜蜂会捕捉家蚕或蝗虫的幼虫，念诵咒语，使它们成为自己的后代。《诗经》说"螟岭的孩子，由蜾蠃来背着"，就是指这种现象。

◈释 读◈

蜾蠃又名蠮螉、蒲卢、细腰蜂，是胡蜂总科下的一科。蜾蠃的生活习性不同于其他胡蜂，成虫平时并不筑巢，只有雌蜂产卵时才会衔泥建巢，或者是寻找现成的空竹管筑巢。蜾蠃每巢只产一卵，用丝线悬挂在巢穴的内侧。成虫会外出捕捉各类毛毛虫，用尾部的螫刺麻醉后带回巢穴，以供幼虫孵化后食用。古人不明白其中的缘由，先入为主认为蜂类没有雌性，无法繁殖。看到螟蛉带着各种毛毛虫回到巢穴，就以为是螺蠃在收养这些毛毛虫，通过悉心抚养，等幼虫长大后就会变成螺蠃。所以才会有"螟蛉之子，螺蠃负之"的说法。事实上蜜蜂与螺蠃的生存习性差异很大。

**❻** 蚕三化，先孕而后交。不交者亦产子，子后为蚕，皆无眉目，易伤，收采亦薄。

❦译　文❧

蚕在成长周期中有三次变化，先怀孕再交配。蚕不通过交配也能生蚕子，蚕子长大成蚕后，都没有眉毛和眼睛，容易受到伤害，并且可收采的蚕茧也少些。

❦释　读❧

蚕是鳞翅目的昆虫，原产于中国，以桑叶为食，它吐出的丝是丝绸的主要原料来源，在中国华南地区称之为蚕宝宝或者娘仔。蚕的一生要经历蚕卵、蚁蚕、熟蚕、蚕茧、蚕蛾五个生长形态。相传黄帝的正妻嫘祖是天地间第一位养蚕的人。根据文献记载，中国人工养殖桑蚕已经有长达3000多年的历史。直到13世纪，欧洲教皇派了两个传教士前往中国拜见当时的皇帝，传教士把两枚蚕茧藏在一根空心手杖中带回西方，自此蚕的养殖技术和丝绸工艺传入西方。

❼ 鸟雌雄不可别，翼右掩左，雄；左掩右，雌。二足而翼谓之禽，四足而毛谓之兽。

❧译　文❧

不能辨别鸟类雌雄的时候，可以看它的翅膀来分辨，右边翅膀盖在左边翅膀上，就是雄鸟；左边翅膀盖在右边翅膀上，就是雌鸟。两只脚、有翅膀的叫作禽；四只脚、身上长毛的叫作兽。

❧释　读❧

通过观察鸟类翅膀上下来判断雌雄的方法是牵强附会的阴阳学说，没有科学依据。古人认为鸟的力量小，很容易被擒拿住，所以统称鸟类为"禽"。野兽力量大，不能直接被擒拿住，要先设下陷阱，耐心守在一边，所以用与"守"字音近的"兽"字统称野兽类。

❽ 鹊巢门户背太岁，得非才智，任自然也。

❧译　文❧

喜鹊筑巢时，会使出入的洞口避开太岁星所在的凶位，这并不是有才能智慧的表现，而是顺应自然的结果。

❧释　读❧

太岁是指太岁之神，对应六十甲子，每年有一位太岁神当值，当年当值的太岁神称为"值年太岁"，掌管当年人间的吉凶祸福。所有太岁神的模样都是人的身体加上当年生肖的相貌，手中拿着不同的东西。比如甲子年的太岁神金辨将军就是鼠相、手持寿桃，乙巳年的太岁神吴遂将军则是蛇相、手执蛇形长矛。

自汉代起，数术学家认为太岁所在的方位以及与之相对的方位都是凶位，需要避开，也不适宜嫁娶、远行、搬家、兴造，如果有冒犯太岁的人，就会遭遇不幸。该说法传至后世，越说越玄乎，禁忌也越来越多。

**⑨** 鹳雉长尾，雨雪，惜其尾，栖高树杪，不敢下食，往往饿死。时魏景初中天下所说。

**【译　文】**

山鸡的尾巴很长，下雨、下雪的时候，它因为爱惜自己的尾巴，会到高处的树梢上栖息，不敢下来觅食，因此常常饿死。这种说法在魏景初年间广泛流传。

**【释　读】**

雄雉鸡的尾巴可以长得很长，一般在一米五到两米左右，上面有黑色的斑纹。据中医书籍记载，把雉尾烧成灰再研磨成细粉外敷使用可以解毒、治疗中耳炎。战国时期，赵武灵王发现一种叫"鹖"的野鸡好斗且不畏死，于是他让士兵在头冠上插戴鹖羽，以示骁勇。后世各朝各代武将都有类似的做法。京剧沿袭了这种装扮，但是鹖的尾羽较短且蓬松，舞台效果不佳，于是就用修长醒目的雉尾代替，称为翎子。

❿ 鹳，水鸟也。伏卵时，卵冷则不孕，取礜石周绕卵，以时助燥气，故方术家以鹳巢中暖礜石为真物。

◈译 文◈

鹳是一种水鸟，它孵卵的时候，如果气候寒冷，就孵化不出幼鸟，于是鹳就会取来礜石围绕在卵的四周来助长暖气，帮助卵孵化。所以医家把鹳窝里的礜石视为真正的礜石。

◈释 读◈

鹳是一种大型水鸟，翅膀广大，尾羽短小，脚是红色的，嘴巴或红或黑。中国境内分布有黑鹳和东方白鹳，都是国家一级保护动物。鹳平时单独栖息在江、湖、池沼附近，捕食鱼虾，只有在越冬迁徙的时候才会成群结队。

礜石由铁、砷、硫等物质组成，通过煅烧成粉末可以用来毒老鼠，也能用来入药，主要治疗寒湿、腹痛、湿痹、痔瘘、恶疮、癣疾等病。

⓫ 山鸡有美毛，自爱其色，终日映水，目眩则溺死。

◈译 文◈

山鸡有着美丽的羽毛，它迷恋自己的外表，整天对着水欣赏自己的身影，要是眼睛一花，就会溺水而亡。

◈释 读◈

山鸡，别名雉鸡，长有一身五彩缤纷的羽毛，通常有黑、白、蓝、绿、褐、红、紫、黄、灰、棕、栗等颜色。山鸡的羽毛错落有致，长短合宜，有些部位还泛有金属色泽，尤其是两条长长的尾羽格外醒目。相传山鸡被自己美丽绝伦的外表所吸引，每天都要临水自鉴。相传三国时期，有人向曹操进献了一只山鸡，曹操久闻山鸡善于飞舞鸣叫，很想见识一下。谁知无论仆从怎么挑逗，这只山鸡就是一动不动。这时候，曹操的儿子曹冲命人搬来一面镜子，摆在山鸡面前。山鸡看到镜中的自己，立马一刻不停地鸣叫飞舞。不一会儿，这只山鸡就精疲力竭断了气。

**⑫** 龟三千岁游于莲叶，巢于卷耳之上。

◆译 文◆

三千岁的老乌龟在莲叶之间嬉戏游玩，在卷耳上做巢穴。

◆释 读◆

卷耳即苍耳，是一种一年生的菊科草本植物，最高可以长到九十厘米，叶片呈三角形或者心形，正面绿色，反面苍白色，长有较为粗糙的绒毛。我国各地都有生长，多分布在平原、丘陵的荒野和田边。苍耳的种子可以榨油，充当油漆、油墨、肥皂、润滑油的原材料。

**⑬** 屠龟，解其肌肉，唯肠连其头，而经日不死，犹能啮物。鸟往食之，则为所得。渔者或以张鸟，神蛇复续。

**◆译　文◆**

宰杀乌龟时，把肌肉剖下来，只留下肠子连着龟头，过一天乌龟都不会死，还能咬啮食物。鸟飞过去吃它的肠子，就会被乌龟咬住。捕鱼的人往往用解剖了的乌龟作为诱饵，设下圈套捕捉鸟。当解剖开的乌龟碰上神蛇，它又能重新孕育后代。

**◆释　读◆**

古人认为所有的乌龟都是母的，只有和蛇结合，才能孕育下一代。在中国古代神话中，有一种龟、蛇结合的灵兽，名为玄武。传说玄武寿命极长，能通阴阳，是北方之神和水神。后世道教积极吸收玄武的形象，并将其人格化为真武大帝。

**⓮** 蛴螬以背行，快于足用。

**◆译　文◆**

蛴螬通过拱动背部行走，比用脚爬行快。

**◆释　读◆**

蛴螬是金龟子的幼虫，俗称鸡母虫。它体型肥大，身体经常弯曲如弓，多数为白色，会假死，喜欢生活在甘蔗、木薯、番薯等肥根类植物种植地。蛴螬分布广泛，从黑龙江起至长江以南地区以及内蒙古、西藏、陕西等地均能见到它们的身影。蛴螬还能入药，能够治疗脐疮、唇紧、目中翳障等疾病。蛴螬只在靠近身体的前端生有胸足3对，行走的时候背部拱起，配合3对胸足带动肥大的身体向前移动，从上面看下去，就像单纯依靠拱动背部来行走一样。

**❺** 《周官》云:"貉不渡汶水,鸜不渡济水。"鲁国无鸜鹆,来巢,记异也。

❀译 文❀

《周官》记载:"狗獾不渡过汶河,鸜鹆不飞过济水。"鲁国没有鸜鹆,《春秋》却记载鸜鹆飞来鲁国筑巢,这是在记录异闻。

❀释 读❀

鸜鹆也作鸲鹆,俗称八哥,是一种羽毛黑色、足喙黄色的鸟,能学人说话。在中国古代,认为八哥前来筑巢是不祥的征兆。鲁昭公二十五年有八哥飞来筑巢的记载。占卜者认为八哥在阳位筑造属阴的巢穴,预示着大臣造反驱逐君主。

**❻** 橘渡江北,化为枳。今之江东,甚有枳橘。

❀译 文❀

橘树渡过长江移植到北方,结的果子就成了难以下咽的臭橘。可现在长江下游南岸地区也有很多臭橘了。

❀释 读❀

长江在芜湖、南京一带由西南向东北流,于是习惯将长江以东的地区称为江东,也称作江左。

**❶⓻** 百足一名马蚿,中断成两段,各行而去。

◆译 文◆

百足又名马蚿,把它从中间断成两段,它的头部、尾部还能朝各自的方向爬行而去。

◆释 读◆

百足、马蚿就是马陆,是一种节肢动物,背面有黄黑相间的环纹。它通常栖息在阴冷潮湿的地方,受到外界刺激后会蜷成一个圈,并放出臭味。

**❶⓼** 凡月晕,随灰画之,随所画而阙。【《淮南子》云:"未详其法。"】

◆译 文◆

凡是月晕的时候,把灰撒落在月光处,然后再将地上的灰画成一个圆。如果圆画得有缺口,那么月晕也会变得有缺口。【《淮南子》说:"不知具体的方法。"】

◆释 读◆

月晕是月亮周围的一圈光圈。月光经过云层中冰晶的折射而产生的光学现象,常被认为是要起风了的征兆,所以俗称风圈。

**⓳** 麒麟斗而日蚀，鲸鱼死则彗星出，婴儿号妇乳出，蚕咡丝而商弦绝。

❖译 文❖

麒麟相斗，就会发生日蚀；鲸鱼死亡，就会出现彗星；婴儿大声啼哭，母亲的乳汁就会自然流出；蚕吐丝，奏商音的这根琴弦就会断裂。

❖释 读❖

彗星是绕着太阳运行的一种星体。由于其身后拖曳着呈云雾状的长尾巴，所以也被称为扫帚星。古人认为彗星划过天空是即将出现重大灾难的预兆。

**⓴** 《庄子》曰："地三年种蜀黍，其后七年多蛇。"

❖译 文❖

《庄子》说："地里连续三年种高粱，之后的七年里就会有许多蛇出没。"

❖释 读❖

蜀黍原是高粱变种，属于禾本科草本植物，一般用于酿酒、食用或充当饲料。

**㉑** 龙肉以醯渍之,则文章生。

◆译 文◆

龙肉用醋腌泡,就会产生五彩斑斓的花纹。

◆释 读◆

在《晋书·张华传》中记载了这样一则故事:有一天张华请陆机等友人在家里吃腌渍过的鱼肉。等酒菜上齐后,张华指着盘中的腌鱼对在座的宾客说:"这是龙肉。"但是在座的客人都不相信。张华又说:"你们试着夹起鱼肉,在苦酒中涮一涮。"大家在将信将疑之下照着他的话试了试,只见霎那间五色神光充斥着整个房子。陆机急忙问张华这是用什么鱼做的腌鱼肉。张华回答说:"前些天我在园子中的茅草下找到了一条形状特殊、通体雪白的鱼,试着做成腌鱼肉,尝了一口发现实在太美味了。独乐乐不如众乐乐,所以把你们叫来一起享用这道'龙肉'。"

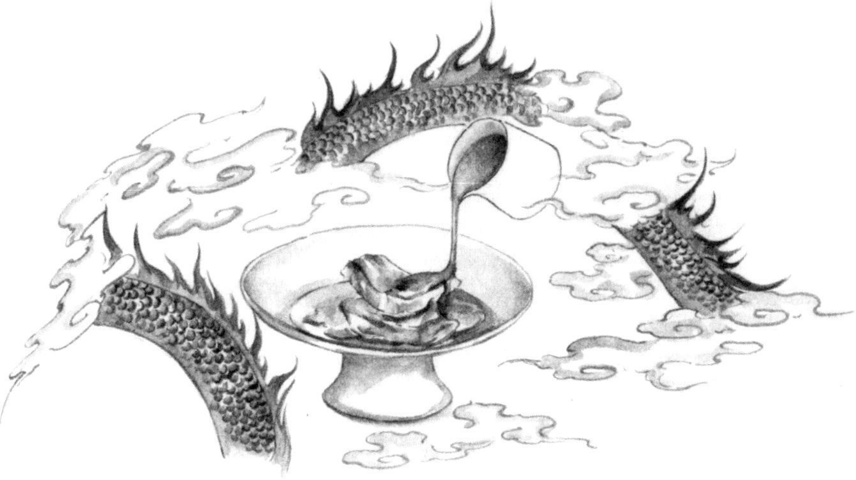

**㉒** 积艾草，三年后烧，津液下流成铅锡。已试，有验。

◆译 文◆

把艾草堆积起来，过了三年后用火烧，它渗出的液体流下来会变成铅锡。这个办法我曾经试过，是应验的。

◆释 读◆

艾草又名艾蒿，是菊科艾属多年生草本植物，叶子可以制作印泥，也可以制成艾条灸病去湿气。

**㉓** 煎麻油，水气尽，无烟，不复沸则还冷，可内手搅之。得水则焰起，散卒而灭。此亦试之有验。

◆译 文◆

煎麻油煎到水汽完全蒸发，不再冒青烟，不再沸腾的时候，麻油就会回到低温状态，这时可以把手放进去搅拌。一旦有水溅入，火苗就会窜起，四处飞散，始终不灭。这个我也试过，得到证实了。

◆释 读◆

古代江湖骗子喜欢用"下油锅"的把戏欺骗民众以便敛财。通常有两个方法：一是在油锅里加入硼砂，硼砂受热后会像开水一样翻腾，这时候油温一般在40℃左右，并不烫手。二是在锅里先倒醋，面上再倒薄薄的一层油，由于醋的沸点在60℃左右，远低于食用油250℃的沸点，所以当锅中翻腾涌动的时候，其实是醋在沸腾。

**㉔** 庭州灞水，以金银铁器盛之皆漏，唯瓠叶则不漏。

❧译 文❧

庭州的灞水，用金银铁器来盛会全部漏掉，只有用葫芦来装才不会漏。

❧释 读❧

庭州在今新疆维吾尔自治区境内。相传灞水是拘夷国的一种石骆驼的产物，这种水只有用葫芦才能盛装，除此之外的金、银、铜、铁、木等材质的器具，哪怕是人手也都接不住。喝了这种水后会浑身发臭，只有将全身的毛发都剔除干净，才能止臭。

**㉕** 积油满万石，则自然生火。武帝泰始中武库火，积油所致。

❧译 文❧

集中贮存油性物资达到一万石的时候，就会发生自燃，导致火灾。晋武帝泰始年间武库发生火灾，就是由堆积的油性物资自燃所造成的。

❧释 读❧

《晋书·五行志》记载晋武帝时期武库突然着火，张华怀疑有人犯上作乱，所以命令士兵先防御侦察，不急着去救火，导致火势越来越大以至于无法靠人力熄灭,结果世代累积的宝物比如孔子的鞋子、汉高祖刘邦斩白蛇、起义用的宝剑,以及可以供给两百万士卒的装备都被付之一炬。

**㉖ 烧铅锡成胡粉,犹类也。**

◆译 文◆

烧制铅锡会化成铅粉,但它们还是属于同类物质。

◆释 读◆

铅粉,一名铅华,也作铅花。它曾经是中国古代妇女长期使用的化妆增白用品。最初用于化妆品的铅粉包含铅、锡、铝、锌等多种金属元素,未经过脱水处理,多呈现糊状。汉代以后,铅粉经过脱水处理后被制成粉末或固体形态。除了基础款的铅粉,古人开始在制作铅粉的过程中添加各种植物、矿物等辅料,诸如添加葵花子汁合成"紫粉";添加玉簪花制成"玉簪粉";更有甚者添加石膏、蚌粉、滑石、益母草等多种辅料制成"玉女桃花粉"。除了铅粉,古代妇女的粉饼盒中还有一种名为米粉的化妆品。制作米粉的过程较为简单,先是在一个圆形的容器内倒满米汁,静置几天使水、粉分离,沉淀出洁白粉腻的"粉英",然后再把"粉英"放在太阳下暴晒,等水分蒸发完后得到的粉末就能用来化妆敷面。由于工艺的落后,如今铅粉与米粉都已经被淘汰。此外铅粉还能用于绘画和充当墙壁涂料。

**㉗** 烧丹朱成水银，则不类。

❧译　文❧

朱砂烧炼后变成水银，二者就不属于同类了。

❧释　读❧

丹朱即是朱砂，是提炼水银的原料。现代人充分认识到水银的毒性，对水银避之不及，但是中国古代贵族却对水银偏爱有加。首先水银被广泛用于炼丹，作为辅料大剂量使用。其次古人认为水银具有药用价值，可以用来避孕和治疗癣疾。再者古人利用水银作为墓室的防盗护城河，据记载，秦始皇和齐桓公的墓室就"以水银为百川江河大海"。古罗马人甚至直接把水银加入化妆品，直至18、19世纪，水银依旧是毛皮制品行业重要的脱毛剂。

**㉘** 魏文帝所记诸物相似乱真者：武夫怪石似美玉；蛇床乱蘼芜；荠苨乱人参；杜衡乱细辛；雄黄似石流黄；鳊鱼相乱，以有大小相异；敌休乱门冬，百部似门冬；房葵似狼毒；钩吻草与荇华相似；拔揳与萆薢相似，一名狗脊。

❧译　文❧

魏文帝记载的相似且能以假乱真的矿物和植物有：武夫怪石与美玉相似；蛇床与蘼芜相似；荠苨与人参相似；杜衡与细辛相似；雄黄与石流黄相似；不同品类的鳊鱼外形相似，而大小不同；敌休与门冬相似，百部也与门冬相似；房葵与狼毒草相似；钩吻草与荇草相似；拔揳与萆薢相似，萆薢又名狗脊。

※释　读※

武夫，又作碱砆、珷玞，是一种红底白纹的石头。

蛇床是一种一年生草木，煎成汤药后涂抹，可以治疗疥癣湿疹。

荠苨又名地参，根、茎都很像人参，根部味道较甜，可以用来入药或是杀毒。

杜衡又名杜葵，土细辛，长得很像冬葵但是有香味，可以用来治疗瘿瘤。

细辛是多年生本草植物，通常长有两枚红色的叶子，开紫色的花，也长得像冬葵。

雄黄是一种矿石，也叫鸡冠石、硫磺，通常呈橘黄色，有光泽，可以用来制造烟花、燃料等，也可以用来制作杀虫药。

鳊鱼又称武昌鱼、三角鲂、团头鲂，古名槎头鱼、缩颈鳊，主要分布于长江中下游附属的中型湖泊中，是中国主要淡水养殖鱼之一。

门冬又称为麦门冬、天门冬，根部可以入药。

百部又名野天门冬，可入药，具有润肺、下气、止咳、杀虫灭虱的功效。

房葵又名房苑。

钩吻草又名野葛、毒根猪人参、麻醉藤、火把草、水莶草、野葛、胡蔓藤、断肠草、烂肠草、朝阳草，其有毒，可用于治疗疥癫、湿疹、瘰疬、痈肿、疔疮、跌打损伤、风湿痹痛、神经痛等。

拔揳又名金刚刺、铁菱角，根茎可以入药，具有除风湿、活血、解毒的功效。

　　草薢是多年生缠绕藤本植物，根、茎可以制作淀粉，也可以入药，用于治疗风湿痹痛、关节不利、腰膝疼痛，又名狗背、狗青、赤节、强膂。

**❷❾** 蓍末大于本为卜吉，次蒿，次荆，皆如是。龟、蓍皆朔、望浴之。

◈译　文◈

　　蓍草末梢比根大是最吉利的，其次是蒿草，再次是荆草，都是这种情况。龟甲、蓍草都要在阴历每月初一、十五进行浸润清洗。

◈释　读◈

　　古人占卜首选蓍草，无蓍草可以用蒿草，无蒿草可以用荆草。赫哲族萨满教也用蒿草进行占卜，称蒿草卜。用蒿草卜的过程如下：先准备占卜用的蒿草，在每年农历五月初五早晨日出之前，占卜者向东走四十九步，每走一步就摘取蒿草一枝，截取枝干部分，切割成合适的长度后用火燎焦一头，放置备用。正式占卜时，占卜者手持四十九根蒿草，两手高举靠近额头，将蒿草任意分夹于左手的四个手指中间。然后放下两手，用右手先取第一个指间的蒿草，两根两根地置于右手，如果一个指间所得蒿草为偶数，则取尽为止；如为奇数，至最后的三根则不再取，留在指间。其余三个指间也是如此取法。然后，把取出的蒿草照前法分配。如此一共要进行三次。最后数一数余下的蓍草，奇数为吉，偶数为凶，尤以数小的3、9、15为上吉。

**㉚** 斗战死亡之处，其人、马血积年化为磷。磷著地及草木如露，略不可见。行人或有触者，著人体便有光，拂拭便分散无数，愈甚有细咤声如炒豆，唯静住良久乃灭。后其人忽忽如失魂，经日乃差。今人梳头脱著衣时，有随梳解结有光者，亦有咤声。

◈译　文◈

在曾经爆发战争造成死亡的地方，那里死去的人和马的血多年后会演化为磷火。磷火附着在地面及草木上，就像霜露一样，几乎看不出来。路过的行人偶然间触碰到它，磷火便附着到人体上发光，拂拭它就会分散成无数更小粒的磷火，如再用力拂拭，就会传出像炒豆一样细细的爆裂声，只有停下来静止一段时间，火光才会熄灭。之后接触过磷火的人就会像失了魂一样恍惚，过一天后才能恢复。今人梳头和脱、穿衣服的时候，有时也会发光和发出爆裂的声响。

◈释　读◈

磷，俗称鬼火，迷信的人认为是幽灵之火，实际上是人和动物的尸骨在腐化的过程中，会分解出磷化氢。磷化氢的燃点很低，环境达到一定温度后就会发生自燃，一般以绿色、蓝色、红色居多。鬼火多出现于盛夏干燥的夜晚，多见于坟地，城市中偶尔也能见到。古代人民不清楚鬼火的原理，认为鬼火是鬼怪点的火，有光无焰；也有人认为鬼火是死去的人冤魂不散，是不祥之兆。在弄清原理之前，世界各地都有关于鬼火的民间传说。由于静电和鬼火的现象相似，古人臆想磷火会附着在草木甚至人的身体上、衣服上，伺机燃烧，发出声响。

**㉛** 风山之首方高三百里，风穴如电突深三十里，春风自此而出也。何以知还风也？假令东风，云反从西来，诜诜而疾，此不旋踵，立西风矣。所以然者，诸风皆从上而下，或薄于云，云行疾，下虽有微风，不能胜上，上风来则反矣。

◈译　文◈

风山的最高峰高达三百里，山上有个风穴，如同电穴一样深三十里，春风就是从这里吹出去的。为什么知道吹出来的风是旋风呢？假设正在刮着东风，云从相反方向的西面飘过来，越聚越多，而且飘得很快，这样很快东风就变为西风了。之所以会这样，是因为每一类风的风向都是自上而下的，有的风靠近云层，云飘浮很快，即使下面有微风，也抵挡不住上面刮来的风，上面的风刮下来，云层下的风就被吹向反的方向，旋风就形成了。

◈释　读◈

风无形无影，看不见也摸不着。在造字的时候，古人认为鸟是依托风起飞的，所以一开始用"鳳"字来代表风。后来因为字形过于复杂，就改用了"風"字。在中国古代的神话中，风神又名风伯、风师、箕伯，名字叫作飞廉，是蚩尤的兄弟。他长相奇特，鹿一般的身体布满了豹子的花纹，长着一个孔雀的脑袋，脑袋上长着一根峥嵘古怪的角，身后还拖着一条蛇尾巴。他曾跟随蚩尤与黄帝大战，经常招来狂风攻击黄帝的军队。在道教神话中，风伯的形象是一个白发老人，他右手拿着一把大扇子，左手拿着一个转轮，名叫方天君。此外，十二生肖中的狗也被古人认为和风有关，甚至以狗为风神的形象。在明代王逵的《蠡海集》中记载"风雷在天，有声而无形，故假乾位，戌亥肖属以配之，是以风伯首像犬，雷公首像豕"，认为风伯长得狗头人身。汉字"飙"原作"猋"，字形的演变也体现了古人对狗与风特殊关系的理解。

**㉜** 《春秋》书："鼷鼠食郊牛，牛死。"鼠之类最小者，食物当时不觉痛。世传云：亦食人项肥厚皮处，亦不觉。或名甘鼠。俗人讳此，所啮衰病之征。

❧译 文❧

《春秋》记载："鼷鼠食吃郊祭用的牛的牛角，牛因此而死去。"鼷鼠是鼠类中最小的一种，动物被它啃食的时候并不会感到疼痛。人们说，鼷鼠也会吃人脖子上皮肉肥厚的地方，人也感觉不到疼痛。鼷鼠又名甘鼠。人们都忌讳被这种老鼠啃咬，因为这是衰弱生病的征兆。

❧释 读❧

鼷鼠，也叫小家鼠，体长约7厘米，是鼠科中的小型鼠。鼷鼠毛色变化较大，一般以灰、黑、黄、白为主，栖息于人类住宅、仓库、田野、山地等地，食性复杂，还会咬坏家具、衣物等。古人经常说："国之大事，在祀与戎。"没有什么事情是比打仗和祭祀还重要的了。在郊外祭天地叫郊祀，祭祀的时候要用猪、牛、羊等牲畜作为祭品。占星者认为：郊祀是重要的祭祀，如果老鼠把祭品咬坏了，象征着国家就会败亡，这是非常严重的事件，在《春秋左氏传》中就记载了三次鼷鼠食郊祭牛的牛角的事件。

**㉝ 鼠食巴豆三年，重三十斤。**

**【译　文】**

老鼠吃三年巴豆，体重可达三十斤。

**【释　读】**

巴豆属大戟科，为植物巴豆树的干燥成熟果实，看上去像一个约长两厘米的土黄色椭圆，有剧毒，食用会导致腹泻不止。在控制好剂量的情况下，可以治疗便秘、腹水肿胀等疾病。民间常利用巴豆有毒的特性，用巴豆树的树枝、树叶作杀虫剂。现代科学家用小老鼠做实验，发现小老鼠每周服用一次巴豆油，一个月就会引起前胃部乳头状瘤以及患癌，增生的肉瘤可能就是老鼠吃巴豆能长到三十斤重的原因。

## 卷三·生活百科

### ·药物药性·

❶ 物有同类而异用者，乌头、天雄、附子，一物，春秋冬夏采各异也。

**译文**

有的事物同类但用法不同，乌头、天雄、附子，这三种药本是同一类植物，只不过是因为春夏秋冬收采的时节各不相同，因此称谓也不相同。

**释读**

《广雅》记载附子一共有五种形态。生长一年的是萴子，两年的是乌喙，三年的是附子，四年的是乌头，五年的是天雄。

❷ 远志，苗曰小草，根曰远志。

❧译　文❧

远志，上面的茎叶部分叫小草，下面的根部叫远志。

❧释　读❧

远志是一种高七八寸，叶片椭圆的植物。它长得像麻黄和赤华，又名棘菀、要绕。人长时间服用远志会发现身体变得轻盈，记忆力也会增强。阳陵有个叫子仲的人服用远志长达二十年，生了三十七个儿子。

❸ 芎䓖，苗曰江蓠，根曰芎䓖。

❧译　文❧

芎䓖，上面的茎叶部分叫江蓠，下面的根部叫芎䓖。

❧释　读❧

芎䓖也称川芎，是一种多年生草本植物。它根茎发达，形成不规则的结节状拳形团块，具有浓烈的香气，可用来入药，治疗痈疽疮疡、经闭、痛经、风湿、痹痛等疾病。芎䓖的茎叶细嫩时被称为"蘼芜"，嫩苗未长根时被称为"江蓠"。

❹ 菊有二种，苗花如一，唯味小异，苦者不中食。

**❁译　文❁**

菊有两种，茎叶和花相似，只是味道稍有不同，味苦的一类菊花是不能食用的。

**❁释　读❁**

指真菊和薏。真菊的茎呈紫色，气味清雅，吃起来味道甘甜，可以用来做汤羹。而薏的茎是青色的，比真菊的茎粗大，气味如同蒿草和艾草一样，吃起来十分苦涩，不能食用。

**❺** 野芋食之杀人。家芋种之三年，不收，后旅生亦不可食。

**❁译　文❁**

吃了野生的芋头会致死。家生的芋头种了三年，不去收获，就会变成野生的品种，也不能食用了。

**❁释　读❁**

野芋又名野芋头、老芋、野芋艿、红芋荷、野山芋、土芝、麻芋子、石芋，多生长于田边和河边，外形与芋头十分相似，但是野芋头含有名为皂素毒甙的毒素物质，不可食用。如果不慎食用，古人会给中毒者灌大量土浆、粪汁或是大豆汁，通过催吐的方法促使中毒者呕出吃下去的野芋头。

**❻** 《神仙传》云："松柏脂入地千年化为茯苓，茯苓化为琥珀。"琥珀一名江珠。今泰山出茯苓而无琥珀，益

州永昌出琥珀而无茯苓。或云烧蜂巢所作。未详此二说。

◈译　文◈

《神仙传》说："松柏的树脂埋入地下，千年后会变成茯苓，茯苓又会变成琥珀。"琥珀又名江珠。现在泰山出产茯苓而没有琥珀，益州永昌出产琥珀却没有茯苓。有人说琥珀是烧蜂巢制成的。这两种说法不清楚哪一个是正确的。

◈释　读◈

茯苓是一种寄生在松树根上的菌类植物，形状像甘薯，外皮黑褐色，可以入药，具有利尿、镇静等疗效。琥珀是一种透明的生物化石，是松柏科、云实科、南洋杉科等植物的树脂化石。树脂滴落后掩埋在地下千万年，在压力和热力的作用下石化形成化石，有的化石内部包裹有小昆虫。琥珀大多数由松科植物的树脂石化形成，故又被称为"松脂化石"。古人通过观察发现了琥珀与松柏树的关系，但终究不明白琥珀形成的原因，误认为松柏树脂转化为茯苓，茯苓再转化为琥珀。

❼　地黄蓝首断心分根菜种皆生。女萝寄生兔丝，兔丝寄生木上，生根不着地。

◈译　文◈

把地黄切成小段，移植栽种后都能养活。女萝寄生在兔丝上，兔丝寄生在松树上，它们的根都不附着在地面上。

《释读》

地黄是一种多年生草本植物，可入药，是四大怀药之一，可用于降血糖、止血，治疗肝炎、白喉等疾病。

女萝是一种地衣类植物，由于多附生在松树上，所以也叫松萝。

菟丝是一种缠绕寄生的草本植物，可入药，具有清热解毒、凉血止血、健脾利湿的功效。

**❽ 堇花朝生夕死。**

《译文》

木槿花早上开放，晚上就凋零了。

《释读》

木槿是锦葵科木槿属的落叶灌木，树皮为灰褐色，花色有白色、紫色、红色、淡紫色、淡红色、紫红色，通常在每年七到九月的白天开放，我国中部以南的省份都有种植。木槿花具有较高的食用价值和药用价值。木槿花花蕾口感清脆，对高血压患者有较好的食疗作用。药用方面，木槿的花、果、根、叶、皮均可入药，能有效地降低胆固醇，对部分病毒性疾病也有预防作用。此外，木槿花也是韩国和马来西亚的国花。

**❾** 《神农经》曰：上药养命，谓五石之练形，六芝之延年也。中药养性，合欢蠲忿，萱草忘忧。下药治病，

谓大黄除实，当归止痛。夫命之所以延、性之所以利、痛之所以止，当其药应以痛也。违其药，失其应，即怨天尤人，设鬼神矣。

### 译文

《神农经》说：上等药保养性命，说的是五种药石可以修炼形体，服食六种芝草可以延年益寿。中等药涵养情性，服食合欢草可以让人放下仇怨，服食萱草可以忘记忧愁。下等药治疗疾病，说的是服食大黄可以消除体内的积滞，服食当归可以止痛。人的寿命之所以能延长、情性之所以能平和、病痛之所以能休止，皆是因为对症下药。如果不能根据症状来对应下药，则会失去药物应有的疗效，到那时就只能怨天尤人，向鬼神祭拜祈求保佑了。

### 释读

《神农经》又名《神农本草经》《神农本草》《神农本经》，简称《本经》《本草经》，是我国现存最早的药学专著，提出了药物分为上、中、下三品的理论，以此分类记述了共360余种药材的名称、产地、性味、功效、主治、配伍、禁忌、采集和贮藏等内容。

五石是指五种石料，即丹砂、雄黄、白矾、曾青、慈石，分别为红色、黄色、白色、青蓝色、黑色，道教多用五石炼丹。

六芝是指六种灵芝草，即丹芝、元芝、龙芝、玉芝、金芝、木芝，分别为红色、黑色、青色、白色、黄色、紫色。

大黄、当归都是多年生草本植物，均可入药。

萱草俗称金针菜、黄花菜，是多年生宿根草本植物，根部肥大可以入药。古人认为萱草可以使人忘记忧愁,所以也叫它忘忧草。

**❿** 《神农经》曰:药物有大毒不可入口鼻耳目者,入即杀人,一曰钩吻。【卢氏曰:阴也。黄精不相连,根苗独生者是也。二曰鸱,状如雌鸡,生山中。三曰阴命,赤色著木,悬其子山海中。四曰内童,状如鹅,亦生海中。五曰鸩,羽如雀,黑头赤喙。六曰蝎蟆,生海中,雄曰蟆,雌曰蝎蟆也。】

◆译 文◆

《神农经》说:有些药物有剧毒,不可入口、鼻、耳、目,一旦进入人就会毒发身亡。钩吻草就是其一。【卢氏说:"钩吻草性属太阴,黄精草性属于太阳,二者不能合用,根、苗独立生长的就是这样的。二是鸱,外貌似雌鸡,在山中生活。三是阴命,外表红色,附着在木头上,悬挂它的钩子位于山海之间。四是内童,形状像鹅,也生长在海中。五是鸩,羽毛像雀,黑头红嘴。六是蝎蟆,生长在海中,雄的叫蟆,雌的叫蝎蟆。"】

◆释 读◆

黄精是多年生草本植物,根茎可以入药,炼丹家把黄精列于草部之首,认为黄精是灵芝仙草与坤土精华结合的产物,吃了可以长生不老。

鸱一指鸱鹰,也有人说是一种怪鸟,相传它栖息在三危山，长着一个脑袋、三个身体。

鸩是一种传说中的毒鸟，黑身赤目，身披紫绿色羽毛，喜以毒蛇为食。相传鸩的羽毛有剧毒，放入酒中能使酒也变得有剧毒。古代多用鸩酒指代毒酒。

**⓫** 《神农经》曰：药种有五物：一曰狼毒，占斯解之；二曰巴豆，藿汁解之；三曰黎卢，汤解之；四曰天雄、乌头，大豆解之；五曰班茅，戎盐解之。毒菜，小儿溺、乳汁解之，食饮二升。

❧译 文❧

《神农经》说，这五种药物有毒：一是狼毒草，木占斯可以解它的毒；二是巴豆，藿香水可以解它的毒；三是黎卢，葱汤可以解它的毒；四是天雄、乌头，大豆可以解它的毒；五是班茅，戎盐可以解它的毒。若为毒菜所伤，可以用小儿的尿液和女性的乳汁来解毒，喝两升就行了。

❧释 读❧

狼毒草毒性较大，可以当作天然杀虫剂，防治螟虫、蚜虫等害虫。它的根可以入药，有止痛、祛痰的功效。造纸术随着唐代文成公主入藏和亲吐蕃国王松赞干布而传入西藏地区，身为本土植物的狼毒草的根和皮被发掘作为造纸的原料，造出来的纸被称为狼毒纸，用来书写、印刷佛经，是经书的"保镖"和藏文化的传承载体。

**❷** 胡粉、白石灰等以水和之，涂鬓须不白。涂讫著油，单裹令温暖，候欲燥未燥间洗之。早则不得著，晚则多折，用暖汤洗讫，泽涂之。欲染，当熟洗，鬓须有腻不著药。临染时，亦当拭须燥温之。

◆译 文❖

铅粉、白石灰等用水调和，涂在鬓须上，可使鬓须不变白。涂完后抹上油，薄薄地裹上一层使其保持一定的温度，等待它将干未干时清洗掉。过早清洗，药就不能附着在须上；太晚洗掉，则会导致很多胡须折断。用热水清洗完毕后，用药再涂一次。要染须，必须先用热水清洗鬓须，因为鬓须上有油腻的污垢会使药物不能附着在上面。染之前也应当擦拭鬓须，使它保持干热的状态。

◆释 读❖

早在西汉末年，古人就已经开始使用纯天然染发剂来染黑发须。历史上记录最早的染发人物是王莽，他篡汉后发现自己须发皆白，为了掩盖自己的老态，于是把头发和胡子都染黑了。而在明代陆容所撰《菽园杂记》一书中记载："陆展染白发以媚妾，寇准促白发以求相。"陆展为了讨好小老婆将白发染成黑色，而寇准为了使自己显得老成持重以获得宰相一职，想尽办法把自己的头发染成了白色。古代用于染发的天然材料主要有两种，一种是莲子草，又称旱莲草、猁猁头，取其茎干中的黑色汁液与地黄汁混合，再放入枣根白皮、防风、白芷、辛夷仁等多种中药以及香料浸泡多日，最后加入香油、动物脂肪用文火长时间熬制，所得黄色油液过滤去渣后就得到了可用于染发的"莲子草膏"。之后只要每次洗发后涂抹，就能起到染发的效果。还有一种天然染发剂材料是五倍子蚜虫造成的虫瘿。雌五倍子蚜虫会寄生在盐肤木上吸食汁液，盐肤木受到刺激的部位会逐渐膨胀，形成囊状的叶瘿，将雌虫包裹在内，变为它繁育的巢穴。在小虫破瘿飞出前，取下叶瘿，蒸煮小虫，就能得到五倍子。在古代，五倍子一般用于染黑色或灰色的布。如果要用来染发，则要进一步加工：先把五倍子研磨成粉，用茶水煮制成浓汁，再加入酒糟搅拌均匀后静置发酵，等混合物充分发酵后再分成小份晒干，之后就能随取随用了。除了莲子草和五倍子外，古代染发剂材料还有白蒿、乌梅、黑豆等。

❸ 陈葵子微火炒，令爆咤，散著熟地，遍蹋之，朝种暮生，远不过经宿耳。

❦译　文❧

把陈年葵菜种子放在文火上慢慢翻炒，使它发出爆裂声，而后将它撒在常年耕作的土壤里，再用脚把土壤踏一遍，这样早上种下去，晚上就能发芽，最迟不超过一夜芽就能发出来。

❦释　读❧

葵是我国古代一种很重要的蔬菜，早在《诗经·豳风·七月》中就有记载："六月食郁及薁，七月烹葵及菽。"

❹ 陈葵子秋种，覆盖，令经冬不死，春有子也。【周日用曰：愚闻熟地植生菜兰，捣时流黄筛于其上，以盆覆

之，即时可待。又以变白牡丹为五色，皆以沃其根，以紫草汁则变之紫，红花汁则变红。并未试，于理可焉。此出《尔雅》。】

❧译　文❧

秋天种下陈年的葵菜种子，加以覆盖保暖，使它经冬不死，到第二年春天就能结果实了。【周日用说："我听说在常年耕作的土壤里种生菜兰，应当先将捣碎的流黄洒在土壤里，再用盆覆盖对幼苗加以保护，它很快就能成熟。若想让白牡丹变成五色，那就要使它的根部肥沃，用紫草汁灌溉它就变成紫色，用红花汁浇灌它就变成红色。我虽没有尝试过，但在道理上是可行的。这种说法出自《尔雅》。"】

❧释　读❧

因为冬葵耐热力弱，无法在夏季种植，所以经常会在春季或秋季进行栽培。并且一般在3月上旬土壤解冻之后进行，播种60天后开始采收。

**❺** 烧马蹄、羊角成灰，春夏散著湿地，生罗勒。

❧译　文❧

把马蹄草、羊角草烧成灰，春、夏天撒到湿地里，就会长出罗勒草。

❧释　读❧

草本和木本植物燃烧后的残余物被称为草木灰，可用于种植业，有促进种子发芽生根、防止落叶、改善品质、抑制病虫害等功效。

**❶⓰** 蟹漆相合成水。《神仙服食方》云。

❀译 文❀

将螃蟹和干漆混合在一起，会变成水。《神仙服食方》这样记载。

❀释 读❀

干漆是一味中药，是漆树树脂经过干燥等工序加工后的产品，有毒性，多产于安徽、江西、甘肃、陕西、福建、四川、云南等地，具有破瘀通经、消积杀虫的功效。内服可用于治疗瘀血经闭、症瘕积聚、虫积腹痛。煅烧炒制出烟后，用竹筒吸食，可以治疗喉咙麻痹。

【卷三·生活百科】

### ·养生食忌·

**❶** 人啖豆三年，则身重行止难。

❖译 文❖

人连吃生大豆三年，就会身子沉重，以至于行动举止困难。

❖释 读❖

大豆含有较多的脂肪和蛋白质，植物油含量也比较高，吃多了容易发胖。

❷ 啖榆则眠，不欲觉。

《译　文》

吃了榆荚就会嗜睡，不愿醒过来。

《释　读》

榆钱，又名榆实、榆子、榆仁、榆荚仁，是榆科植物榆树的翅果，因为形状圆薄，就和铜钱一样，所以得名。榆钱多分布在寒温带、温带及亚热带地区。榆钱的含铁量是菠菜的11倍，是西红柿的50倍，具有丰富的营养物质，在饥荒之年，是一种充饥以救命的食物。除了灾荒之年，榆钱也是春日里人们餐桌上的美味佳肴。榆钱的烹饪方法多样，可以拌入白糖生吃，也可以用来煮粥，还可以做成榆钱窝头，或者和虾仁、鸡蛋、猪肉一起做馅包成饺子。榆钱去除杂质晒干后还能入药，具有安眠、安神、健脾的效用，多用于治疗神经衰弱、失眠、食欲不振。

❸ 啖麦稼，令人力健行。

《译　文》

吃麦子，能使人力气变大，且善于行走。

《释　读》

麦子是禾本科一年生或二年生的草本植物，按播种期分冬小麦和春小麦，是世界上最早栽培的农作物之一，也是营养价值最高的粮食作物之一。麦皮可以作饲料，麦秆可用于编织。

**❹** 饮真茶，令人少眠。

**❦译 文❧**

喝了烧煮的茶，令人睡眠减少。

**❦释 读❧**

茶是世界三大饮品之一，源于中国，最早用于充当祭品。从春秋后期开始，茶叶被人们作为蔬菜食用，在西汉中期发展为药用，汉代后期才发展为宫廷高级饮料，直到西晋之后才普及到民间作为饮料。浙江余姚田螺山是迄今为止考古发现的、我国最早人工种植茶树的地方，已有6000多年的历史。在神话故事中，茶叶的发现者是神农。相传有一天他照常在野外寻找植物新品种，不幸尝到了一种毒草，霎那间他顿感四肢无力，头晕目眩，倒在一棵树下。正当他昏昏欲死的时候，飘过来几片玲珑碧绿的叶子，一股淡雅的清香飘入神农的鼻腔，神农用尽全身的气力，把这几片叶子捡起来放入口中咀嚼。没想到气味清香的叶子越嚼越苦，随即却又有一股清凉之气油然而生。顿时神农口舌生津，精神抖擞，中的毒竟然被解了。他站起来拿着剩余的叶子细细端详，脱口而出说道："这是茶。"此后神农每次外出尝百草，都会带上茶叶，如果尝到了毒草，就咀嚼两片茶叶来解毒。

在《广陵吾老传》中记载有"晋元帝时，有老姥每旦独提一器茗，往市鬻之，市人竞买"之句，说明民间已经出现市场售卖的茶水，且深受百姓喜爱。至唐、宋两代，茶已成为"人家一日不可无"的普遍饮品。唐代诗人王心鉴作有《咏茶叶》一诗："千挑万选白云间，铜锅焙炒柴火煎。泥壶醇香增诗趣，瓷瓯碧翠泯忧欢。老君悟道养雅志，元亮清谈祛俗喧。不经涅槃渡心劫，怎保本源一片鲜。"寥寥几句道出了茶叶采摘、炒制、冲泡等工序以及世人对茶叶的喜爱。

茶叶衍生种类繁多，但按品种分类，可大致分为黄茶、乌龙茶、绿茶、黑茶、白茶、红茶六种；按照季节分，可分为春茶、夏茶、秋茶、冬茶四种。除了安神、清目、清热、提神等人们熟知的功效，茶叶还具有减肥、醒酒、祛痰、通便、止渴生津、消暑、解毒、延年益寿等功效。除了饮用，茶水还能去垢涤腻，可以擦拭污渍，也可以用来清洗头发，使头发乌黑柔软有光泽。

## ❺ 人常食小豆，令人肥肌粗燥。

◆译 文◆

人常吃小豆，会导致皮肤粗糙而且干燥。

◆释 读◆

小豆古名为荅、小菽、赤菽等，起源于中国，有2000多年的栽培种植历史。小豆富含蛋白质、维生素，具有很高的营养价值，还具有活血、利尿、通气、通便等药用价值，是广受欢迎的医食两用作物。

## ❻ 食燕麦令人骨节断解。

◆译 文◆

吃燕麦使人容易骨折、脱臼。

◆释 读◆

燕麦含有丰富的亚油酸、蛋白质、氨基酸、膳食纤维以及维生素，营养价值很高。但食用过多也会导致腹胀、上火、消化不良，所以要适当食用。至于吃了燕麦导致骨质疏松，更容易骨折，应该是古人错误的经验总结。

❼ 人食燕肉，不可入水，为蛟龙所吞。

◆译 文◆

人吃了燕子肉，不可以下水，否则会被蛟、龙吞食。

◆释 读◆

蛟和龙是古人想象出来的两种动物，都居住在深水中。相传蛟能发动洪水，龙能兴云布雨。原本不相关的蛟和龙在古人的创造下形成了一个进化链：毒蛇修炼五百年能化为蛟，蛟修炼一千年入海后能化为龙，龙修炼五百年能长出角，再修炼一千年能化为应龙。基于龙能兴云布雨的特点，龙又被细分为东、南、西、北四海龙王，主管天下降雨。后来龙与雨、水的捆绑越来越深，古人认为但凡有水的地方就有龙王，大如江、河、湖、海，小到水井都有一位井龙王掌管。《西游记》中就有一位井龙王，在乌鸡国国王被狮猁怪推下井淹死后，用定颜珠定住了国王的尸身，保护国王的尸首不腐坏。三年后，乌鸡国国王在唐僧师徒的帮助下沉冤得雪。

❽ 人食冬葵，为狗所啮，疮不差或致死。

《译　文》

人吃了冬葵后被狗咬伤，伤口不能愈合，甚至还有可能导致死亡。

《释　读》

冬葵是锦葵科锦葵属一年生草本植物，幼苗、嫩茎可以食用，也可以全株入药，具有利尿、催乳、润肠、通便的功效。食用冬葵并被狗咬后致死的人应该是死于狂犬病，与冬葵并无干系。我国最早关于狂犬病的记载见于《左传》："襄公十七年，十一月甲午国人逐瘈狗。"可见春秋时期的古人就已经意识到了可以通过驱赶疯狗的方法来防治狂犬病。

❾ 马食谷，则足重不能行。

《译　文》

马吃了五谷，脚就会变沉不能行路。

《释　读》

五谷有多种说法，一般指：稻、黍、稷、麦、菽或麻、黍、稷、麦、菽。南宋以前中国经济文化中心在黄河流域，由于地理环境因素，稻谷种植较少，所以最初的五谷中没有稻。

❿ 雁食粟，则翼重不能飞。

◆译 文◆

　　大雁吃了小米，翅膀就会变得很沉，不能飞翔。

◆释 读◆

　　粟是一种一年生草本植物，耐干旱，对环境适应性强。粟去壳后被称为小米，是中国北方主要粮食作物之一。

卷三·生活百科

## ·戏术戏法·

❶ 削冰令圆,举以向日,以艾于后成其影,则得火。

**译 文**

把一块冰削成圆形,拿起来朝向太阳,再把艾绒放在冰的背面承接日光,就能生火。

**释 读**

凸透镜有聚光的功能,太阳光经过凸透镜折射后会聚焦于一点,此焦点受光照能量很多,如果把易燃物放在焦点处,极易被引燃。

❷ 取火法，如用珠取火，多有说者，此未试。

❦译 文❦

取火的方法，有一种是用珠取火，很多人曾提到过，但这种方法尚未试验过。

❦释 读❦

据史书记载，唐代贞观年间，南蛮王进贡火珠一枚，这火珠的大小和鸡蛋差不多，质地圆润通透，和水晶一样，正午的时候放在阳光下，再把艾绒放在下面，就能够生火。其原理同样是凸透镜聚光。

❸ 《神农本草》云：鸡卵可作琥珀，其法取伏鹨黄白浑杂者煮，及尚软随意刻作物，以苦酒渍数宿，既坚，内著粉中，佳者乃乱真矣。此世所恒用，作无不成者。

❦译 文❦

《神农本草经》说：鸡蛋可以制成琥珀，制作的方法是：把茯苓和孵不出雏鸟、蛋黄蛋白混杂的鸡蛋放在一块儿煮，趁鸡蛋还是软的时候，随心意刻成各种形状、事物，再用醋泡上几夜，等它变硬后，再放进粉里。如此，做得好的假琥珀就可以以假乱真了。这种方法为世人常用，制作起来没有不成功的。

❦释 读❦

质地通透、颜色深沉、松香浓郁的上等琥珀自古就是人们追捧的珍宝。自琥珀具有玩赏价值以来，琥珀的造假方法也是层出不穷。古人用孵不出小鸡的鸡蛋造假琥珀的技术在今天已经被淘汰，但是高科技的新伪造技术更是让人防不胜防。目前伪造高品质琥珀主要有热处理法、染色处理法、压制再造等三种方法。

❹ 烧白石作白灰，既讫，积著地，经日都冷，遇雨及水浇即更燃，烟焰起。

❧译　文❧

把石灰石烧成生石灰，烧成后，将生石灰堆积在地上，经过一天就全冷却了。倘若遇到下雨以及水浇，生石灰就会重燃，腾起烟雾和火焰。

❧释　读❧

生石灰遇水后会发生剧烈的化学反应，会释放出高达300℃的热量，主要用于钢铁、农药、医药、干燥剂、皮革等制造行业。林则徐曾利用其不通过燃烧就能释放出高温的特点在虎门销毁了大量鸦片。

❺蜥蜴或名蝘蜓。以器养之，食以朱砂，体尽赤，所食满七斤，治捣万杵，点女人支体，终身不灭。唯房室事则灭，故号守宫。《传》云："东方朔语汉武帝，试之有验。"

❀译　文❀

蜥蜴又名蝘蜓。把它装在器皿里饲养，用朱砂喂食，它的身体会变得通红，等养到七斤重，就用木杵将蜥蜴肢体反复捣烂，再把捣烂的蜥蜴肉汁涂在女人的肢体上，这些红点终身都不会消除。只有在男女同房后，才会褪去，所以蜥蜴又称为守宫。《传》说："东方朔把这件事告诉了汉武帝，汉武帝试验此法，果然有效。"

❀释　读❀

守宫得名的说法有两种，其中之一就是此条。另一种说法是因为壁虎类动物经常伏守在宫中，躲在屋檐角落里以捕捉蚊虫飞蝇为食，帮助人类消灭害虫，守护了宫中的环境，所以名为守宫。

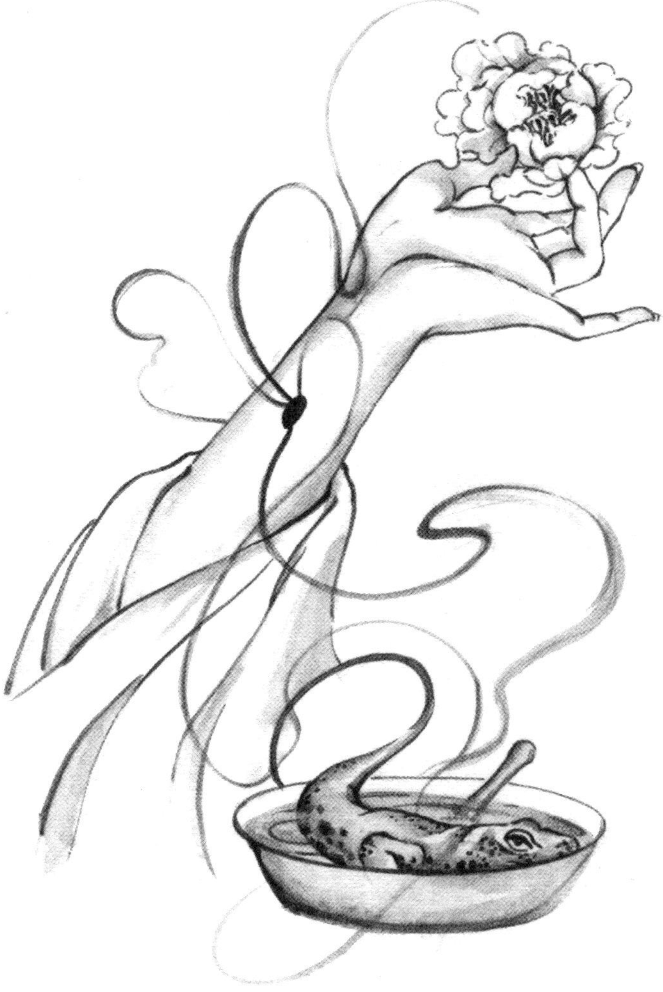

**❻** 五月五日埋蜻蜓头于西向户下,埋至三日不食,则化成青真珠。又云埋于正中门。

**译　文**

五月初五这一天把蜻蜓的头埋在朝西的门下面,一连三天不给它喂食,蜻蜓的头就会变成青色的珍珠。另一种说法是把它埋在正中方位的门下面。

**释　读**

蜻蜓虽然是生活在陆地和空中的昆虫,但它们的幼虫却生活在水中,名字叫水虿。在蜻蜓繁殖的季节,经常能看到蜻蜓在河面上徘徊,不时地点一下水面,所以古人给蜻蜓取了个雅称叫河喜。

**❼** 取鳖挫令如棋子大,捣赤苋汁和合,厚以茅苞,五六月中作,投池中,经旬齑齑尽成鳖也。

**译　文**

取一只甲鱼,把它切成像棋子那么大的一块块的,接着把赤苋捣成汁与切好的甲鱼块混合,外面裹上厚厚的茅草,在五六月的时候投进水池中,再过十天,切成一块块的甲鱼块全都变成了小甲鱼。

**释　读**

甲鱼,学名鳖,卵生动物。多在夏季的夜晚产卵繁殖,卵的大小多在直径2厘米左右,呈乳白色。在适宜的温度下,通常需要两个月才能孵化。自然界中的确有部分动物具有再生功能。比如海参会在遇到危险的时候把内脏排出当作诱饵，不久后便会长出一套新的内脏。又比如把一只完整的海星分成几份，每一份都能重生为一只新海星。但是甲鱼并不具备这种再生功能，古人的观察有误。

## 卷三·生活百科

### ·民间传闻·

❶ 徐州人谓尘土为蓬堁，吴人谓尘土为坺块。

◆译 文◆

徐州人把尘土称作"蓬堁"，吴地人把尘土称作"坺块"。

◆释 读◆

中国地大物博，方言众多，往往是百里不同音，同一词语在不同地方都有不同的含义。比如东北的地瓜就是北京的白薯；四川的地瓜就是广州的沙葛、湖南的凉茹；上海方言中的"交关"等于北京话中的"很"，但是在广州话中"交关"又比较接近北京话中的"厉害"；嘉兴人叫父亲"阿爹"，但是在苏州

"阿爹"是祖父的意思,而在广西博白"阿爹"则是外祖母的称呼。在粤语和客家话中,"兄弟"和文言文中一样,都是指兄和弟两个人,而在吴语和官话中,兄弟则专指弟弟一个人。

❷ 妇人妊娠,不欲令见丑恶物、异类鸟兽。食当避其异常味,不欲令见熊黑虎豹,及狂鸟秩秩,不食牛心、白犬肉、鲤鱼头。席不正不坐,割不正不食,听诵诗书讽咏之音,不听淫声,不视邪色。以此产子,必贤明端正寿考。所谓父母胎教之法。【卢氏曰:子之得清祀滋液,则生仁圣;谓错乱之年,则生贪淫,子因父气也。】故古者妇人妊娠,必慎所感,感于善则善,恶则恶矣。妊娠者不可啖兔肉。又不可见兔,令儿唇缺。又不可啖生姜,令儿多指。

◈译 文◈

妇女怀孕后,不要让她看到丑恶的事物和怪异的鸟兽。饮食应当避开有异常味道的食物,不要让她看见熊黑虎豹,以及狂鸟、海雉、野鸡。不要让她吃牛心、白狗肉、鲤鱼头。座位不摆正不坐,肉切得不方正不吃。要常听吟诵《诗》《书》的文雅之音,不要听靡靡之音,不要看惑人眼目的颜色。如此,生下的孩子一定聪慧、端庄而长寿。这就是所谓的父母胎教之法。卢氏说:"孩子得到腊祭的滋育就会变得仁爱圣明;如果生在混乱的年代就会变得贪婪淫邪,孩子会承袭父亲的气质。所以古时候妇女怀孕后,必须审慎地对待所处环境带来的影响,受到好的环境的影响，生的孩子就美善；受到坏的环境的影响，生的孩子就顽劣。孕妇不能吃兔肉，也不能见到兔子，否则就会生出有兔唇的孩子；也不能吃生姜，否则就会使孩子长出多的手指来。

◆释　读◆

在一定程度上，古人能认识到环境对孕中胎儿的影响，但是也有不可取的说法，尤其在饮食方面，往往附会臆断。比如古人认为：孕妇同时吃鸡肉和糯米，胎儿会生绦虫；吃鲤鱼生鱼片和鸡蛋，胎儿会口舌生疮；豆酱和雀肉一起吃，胎儿皮肤会变黑；吃生姜，胎儿不但会长出多的手指还容易生疮；吃羊肝，胎儿会和困苦、厄运相伴一生；吃狗肉，胎儿会变成哑巴；吃龟鳖，胎儿的脖子就会变短；同时吃鸭蛋和桑葚，胎儿会倒生难产；吃螃蟹，胎儿会横生难产；吃野禽鸟肉，胎儿会变得无耻淫荡；吃山羊肉，胎儿会多病；吃田鸡、鳝鱼，胎儿声音会嘶哑；吃驴肉、马肉，会临产分娩困难；吃椒，胎儿会气息急促，容易生水痘；吃太多食盐，胎儿的囟门会难以闭合；喝太多酒，胎儿容易秃头，等等。这些说法都缺乏科学依据，不可相信。

❸　异说云：瞽叟夫妇凶顽而生舜。叔梁纥淫夫也，徵在失行也，加又野合而生仲尼焉。其在有胎教也？【卢氏曰：夫甲及寅申生者圣，以年在岁，德在甲寅，壬申生者则然矣。亦由先天也，亦由父母气也。古者元气清，故多圣。今者俗淫阴浊，故无圣人也。】

❦译　文❧

　　有不同意见说：瞽叟夫妇残暴顽劣却生下了贤明的舜。叔梁纥是个淫荡的男子，徵在是个不守妇道的女子，而且他们还不合礼法地婚育，却生下了圣人孔子。舜和孔子何曾受到过什么"胎教"呢？【卢氏说："甲日和寅申产下的孩子天生圣明，因为出生之年正值岁星，德行在甲寅，壬申日出生的人也是如此。孩子是否圣明，既有先天的因素，也受父母秉性的影响。古代初始风气清正，所以出现了许多的圣人。现在风俗淫乱，满是浑浊的阴气，所以没有圣人出生。"】

❦释　读❧

　　相传舜的母亲很早就去世了，父亲叫瞽叟，是个盲人。瞽叟续娶了一名叫嚚的女子，她生下的儿子叫象。舜的父亲瞽叟与继母嚚两人心术不正，不仅偏爱小儿子，还想方设法虐待舜。但是舜依旧尊重父母、友爱兄弟，很快就因孝悌的行为和出众的能力受到尧的赏识，被赏赐了很多财物，更是被选为帝位的继承者。看到舜得到了大笔财物，瞽叟、嚚和象三人很是眼红，企图谋杀舜后霸占这些财物。于是瞽叟故意让舜修补仓库的房顶，等舜爬上房顶后撤去梯子纵火焚烧仓库。舜从房顶跳下，借助斗笠的缓冲幸免于难。后来瞽叟又让舜下地挖井，等舜挖到一定深度后，他就和象一起往井里填埋泥土，企图把舜活埋。还好舜事先有所警觉，在坑道中挖了一条通道得以逃出。虽然舜的父母兄弟如此对待他，但他还是遵守孝道，友爱兄弟。

　　叔梁纥和颜徵在是孔子的父母，相传他们是非婚生下了孔子。

**❹** 豫章郡衣冠人有数妇，暴面于道，争分铢以给其夫舆马衣资。及举孝廉，更取富者，一切皆给先者，虽有数年之勤，妇子满堂室，犹放黜以避后人。

❀译 文❀

豫章郡的士人大多有几个老婆，她们在街市上抛头露面，争夺蝇头小利，锱铢必较，以此来填补丈夫车马衣物花销之需。等到丈夫被推举为孝廉飞黄腾达后，又会迎娶富家女子，新婚的一切花销都由旧人供给。正室妻子虽然多年勤苦，为丈夫生儿育女，但往往会在此时被休掉，把正妻的位子让给新妇。

❀释 读❀

汉武帝时期确立了独尊儒术的思想政策，选拔人才特别注重德行品性。儒家思想强调为人立身以孝为本，从政任官以廉为方，因此汉武帝设立孝廉为察举制的科目之一，命令各郡国州县每次举孝一人，察廉一人。被推举的人大多是州郡官吏或者通晓儒经的儒生，被推举后无官职者授予官职，原为小官者升为大官。通过举孝廉，在社会上引领了"在家为孝子，出仕做廉吏"的舆论和风尚，起到了一定的社会教育作用。察举制在西汉时考核比较严格，被推举的人德行品性名副其实。东汉中期之后，考核松弛，察举不实，有不少滥竽充数者。察举制逐渐被世族大家垄断，成了互相吹捧、利益交换的工具。当时就有童谣讽刺："举秀才，不知书；举孝廉，父别居。"明清两代，"孝廉"一词成了对举人的雅称。

❺ 王肃、张衡、马均昔冒重雾行,一人无恙,一人病,一人死。问其故,无恙人曰:"我饮酒,病者食,死者空腹。"

◈译 文◈

王肃、张衡、马均三人曾一起冒着浓雾赶路,最终一人无事,一人患病,一人死亡。有人问是什么缘故,那个安然无恙的人说:"我喝了酒,患病的人吃了饭,死去的人则是空腹赶路。"

◈释 读◈

古人认为浓雾天湿气重,酒有散湿气的功效,喝酒相当于升高自己的体温,能使湿气不近身。喝粥也能提高自身体温,但是效果有限不能完全隔除湿气,在雾气中待久了也会生病。

❻人藉带眠者,则梦蛇。

❀译　文❀

人躺在带子上睡觉,就会梦见蛇。

❀释　读❀

古人相信,所有的梦都有因可循,或是预示着未来,或是解答常人不能解答的疑惑。事实上,梦境中的一切事物都来自于人们已有的认知以及记忆,包括视觉、听觉、嗅觉、味觉、触觉、感觉等。躺在带子上会梦到蛇,是因为人的触觉感受到了长条状物体,大脑在记忆中就会搜索到类似形状的蛇,使之出现在梦境中。

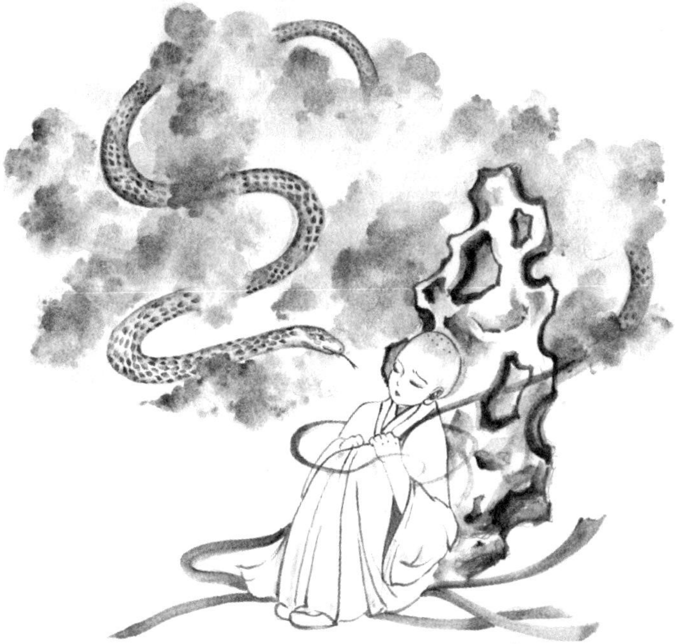

**❼** 鸟衔人之发，梦飞。

**❀译　文❀**

　　鸟用嘴衔人的头发，这个人就会梦见自己在飞。

**❀释　读❀**

　　《列子·周穆王》记载："飞鸟衔发则梦飞。"后世把"衔发"二字视为做梦的代称。

一〇五

❽妇人妊娠未满三月，著婿衣冠，平旦左绕井三匝，映详影而去，勿反顾，勿令人知见，必生男。【周日用曰：知女则可依法。或先是男如何？余闻有定法，定母年月日与受胎时日，算之，遇奇则为男，遇偶则为女，知为女胎，即可依法。】

❧译 文❧

妇女怀孕尚未到三个月的时候，穿戴上丈夫的衣帽，在清晨从左边绕行水井三圈，映照井水，细细地察看自己的倒影，然后离去，不要再回头，也不要让丈夫知道此事，这样一定能生男孩。【周日用说："如果知道生女孩可以依法拜祝祷告。有的人想先生男孩怎么办呢？我听说有一个固定的方法，确定好母亲出生年月日与受孕怀胎的时日，通过计算，如果是奇数天就一定是男孩，那么偶数天就是女孩，如果测算出怀的是女孩，就可以按照这个方法拜祝祷告。"】

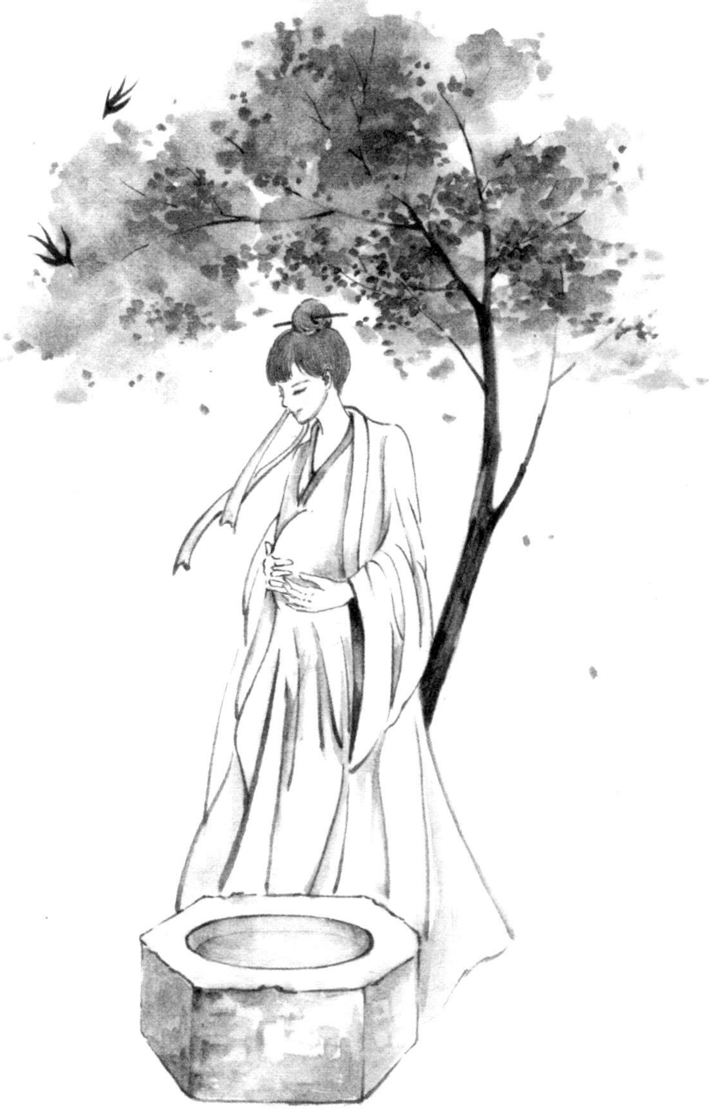

❧释 读❧

中国古代有重男轻女的风俗，每户人家都希望能多生几个儿子，所以一直有各种各样的偏方流传于世，民间广为流传的《生男生女清宫图》就是其中之一。这种办法是以母亲的年龄和怀孕月份为基准，通过一套自成系统的计算方式，来判断孩子的性别。其口诀为："七七四十九，问娘何月有？除去母生年，再加一十九。"即怀孕的农历月份数加上49，减去母亲的虚岁岁数再加上19，所得结果为奇数则生男孩，偶数则生女孩。

除了术数方面的偏方，古人还通过佩戴装饰品来影响胎儿的性别。《风土记》记载：怀孕的妇女佩戴宜男花，就一定能生男孩子。宜男花就是萱草开的花，在出嫁的时候佩戴，也有同样的效果。

除此之外，为了生儿子，求助于丹方秘药的人也不在少数。相传道士邵元节曾向嘉靖皇帝进献名为"七宝美髯丹"的秘方丹药，嘉靖皇帝吃了后，妃子们接连生了好几个儿子。

❾ 人以冷水自渍至膝，可顿啖数十枚瓜。渍至腰，啖转多。至颈可啖百余枚。所渍水皆作瓜气味。此事未试。人中酒醉不解，治之，以汤自渍即愈，汤亦作酒气味也。

❧译 文❧

人用冷水浸泡自己的脚，水浸到膝盖处，便可一次吃几十个瓜；浸漫到腰部，就可以吃更多的瓜；浸漫到颈部，可以一次吃一百多个瓜。用来浸泡的水都带有瓜的气味。这件事我没有亲自试过。如果喝醉了一直醒不过来,用热水浸泡就可以马上清醒,用来浸泡的热水也会变得带有酒的气味。

❦释　读❧

瓜(甜瓜)、瓠(葫芦)、冬瓜、越瓜、哈密瓜,是我国文献记载的原生瓜类,现在常吃的黄瓜(胡瓜)、西瓜、丝瓜、南瓜都是外来传入的品种,这从他们的名字就能看出,比如:黄瓜(胡瓜)来自胡地,胡人吃的瓜;西瓜、南瓜,分别来自西方和南方。

❿　昔刘玄石于中山酒家酤酒,酒家与千日酒,忘言其节度。归至家当醉,而家人不知,以为死也,权葬之。酒家计千日满,乃忆玄石前来酤酒,醉向醒耳。往视之,云玄石亡来三年,已葬。于是开棺,醉始醒,俗云:"玄石饮酒,一醉千日。"

❦译　文❧

从前,刘玄石到中山郡的一家酒店买酒,酒家卖给他千日酒,却忘了告诉他喝这酒的分寸节度。刘玄石回到家里,喝得酩酊大醉,一觉睡了好多天也没醒过来。家里人不知道他是喝醉了酒,以为他死了,就置办棺材将他埋葬了。直到一千天后,酒家才想起刘玄石前来买酒的事情,料想他醉酒也该醒过来了。于是他前往刘家探望,谁知刘家的人却说刘玄石已经死了三年了,早已安葬。酒家说出缘由,于是刘家的人急忙打开棺材,只见刘玄石醉酒刚刚醒来。这就是后世流传的:"玄石饮酒,一醉千日。"

### 释 读

中国酒文化历史悠久，嗜酒的醉鬼也是"英雄辈出"。"竹林七贤"之一的刘伶，他被罢官后，整日坐着载有美酒的鹿车，毫无目的地四处游荡。他身后总是跟着一个手里拿着铁锸的随从。刘伶告诉随从："如果我喝死了，就地挖坟埋了我！"嗜酒如命，真是叹为观止。

【卷四·神仙方士】

· 方士 ·

❶ 魏武帝好养性法，亦解方药，招引四方之术士，如左元放、华佗之徒无不毕至。【周日用曰：曹虽好奇而心道异，如何招引方术之人乎？如因左元放而兼见杀者，若非变化，已至灭身，故有道者不合亲之矣。既要试术，即可乎？】

◈译 文◈

魏武帝喜好养生之道，又懂得医方药物，他招揽延请四方的术士，如左慈、华佗等人全都汇聚到他麾下。【周日用说："曹操虽然喜好异术，可是内心却不端正，这样怎么能真正请到这些人呢？比如他曾囚禁并企图杀害左慈，如果不是左慈精通

法术，变化无穷，就已经被杀害了。所以真正精通法术的有道之人不会与他亲近。曹操既然真的想要见识方术，这么做能行吗？"】

◆释 读◆

华佗是三国时期著名的医学家。他医术高超，见闻广博，尤其擅长外科，兼善内、妇、儿、针灸各科。相传他发明了人类历史上最早的麻醉药——麻沸散。后来华佗给曹操看头风病时引起了曹操的猜忌，最终被捕，死于狱中。

❷ 魏王所集方士名：上党王真、陇西封君达、甘陵甘始、鲁女生、谯国华佗字元化、东郭延年、唐霅、泠寿光、河南卜式、张貂、蓟子训、汝南费长房、鲜奴辜、魏国军吏河南赵圣卿、阳城郗俭字孟节、庐江左慈字元放。

右十六人，魏文帝、东阿王、仲长统所说，皆能断谷不食，分形隐没，出入不由门户。左慈能变形，幻人视听，厌刻鬼魅，皆此类也。《周礼》所谓怪民，《王制》称挟左道者也。

◆译 文◆

魏王所召集的方士名单如下：

上党人王真

陇西人封君达

甘陵人甘始

鲁女生

谯郡人华佗（字元化）

东郭延年

唐雩

泠寿光

河南人卜式

张貂

蓟子训

汝南人费长房

鲜奴辜

魏国军吏河南人赵圣卿

阳城人郗俭（字孟节）

庐江人左慈（字元放）

以上十六个人，据魏文帝、东阿王和仲长统所说，都能不食五谷，分身隐形，穿墙出入不经门户。左慈善变幻形体，迷惑他人的视觉、听觉，并能镇服鬼怪，其他人也是如此。这些人就是《周礼》所说的怪人，《礼记·王制》所称的邪门左道之人。

◆释 读◆

相传鲁女生擅长引气之术，不吃五谷杂粮长达八十多年，但身体依旧健壮，面若桃花，每天能走三百里路，得道后隐居在华山。

蓟子训会起死回生的法术，曾经故意失手把领居家的婴儿摔死，随后又用法术把婴儿救活。又有一次蓟子训驾着驴车前往都城，途中驴倒下死去，他用手杖叩了一下驴，驴马上就复活站了起来，比死之前还有精神。相传他活了五百多年。

❸ 魏时方士，甘陵甘始，庐江有左慈，阳城有郄俭。始能行气导引，慈晓房中之术，善辟谷不食，悉号二百岁人。凡如此之徒，武帝皆集之于魏，不使游散。甘始老而少容。曹子建密问其所行，始言本师姓韩字世雄，尝与师于南海作金，投数万斤于海。又取鲤鱼一双，合其一煮药，俱投沸膏中。有药者奋尾鼓鳃，游行沉浮，有若处渊，其一无药者已熟而食。言此药去此逾远万里，已不可行，不能得也。

**译　文**

三国时期魏国的方士，甘陵有甘始，庐江有左慈，阳城有郄俭。甘始擅长气息导引术；左慈通晓房中术；郄俭善于不食五谷修习仙道。他们都号称是活到两百岁的人。凡是这一类异士，魏武帝都把他们邀集到魏国，不让他们周游散居。甘始年老而面貌如少年。曹植曾私下询问他修炼什么法术，甘始说：我的师傅姓韩字世雄，我曾和他一起在南海炼金，炼好以后又把数万斤黄金投进了大海。我们又打捞起两条鲤鱼，在一条鱼身上涂药，而后把它们放进沸腾的油里，涂有药的一条自在地游动，或沉或浮，如同在深渊里，另一条没有涂药的却已经煮熟可食了。甘始说这种药的产地离这儿有万里之遥，如果不是亲自前往，是得不到它的。

**释　读**

甘始，太原人。相传他从不吃普通的食物，只吃天门冬，平时以倒悬的方法修炼。他学会容成公的黄帝养身法后，加上自己的心得写成秘籍一卷。此外他还热心于给人治病，但是从来不用针灸或是汤药。在人间游历三百年后，甘始遁入王屋山修道成仙飞升而去。

相传郗俭年少时十分喜欢打猎。有一天他孤身一人进山捕猎，直至正午时分才发现有一只兔子在不远处的草丛中，他聚精会神地盯着兔子，谁知没注意脚下，一不小心掉进了一座空的墓穴中。他抬头看了看洞口，高一丈多，在没有工具的情况下根本爬不出去。郗俭原以为在断粮断水的情况下，他最多只能坚持几天，人烟罕至的山上也不一定会有人路过，灰心丧气之下只能坐以待毙了。慢慢地，饥饿、口渴、寒冷侵蚀着他。正当他意识模糊之际，突然看到墓穴的阴影中有一只大乌龟。只见这只大乌龟身形一动不动，只有脖子朝着东方，上下缓速起伏，还匀速地张口吞吐气息。郗俭想到曾听人说过乌龟是灵兽，天生就会导气术，心想与其坐以待毙，不如学这乌龟的动作试试。于是他就学着这只大乌龟的动作，跟着节奏吞吐气息，不一会儿饥饿、寒冷、疲劳都消失了。这样郗俭在墓穴中度过了一年，直到有一天有人路过，把他救了出去。后来郗俭在墓穴中不吃一粒粮，不喝一滴水存活了一年的消息被曹操知道了，他立即派人把郗俭抓到许昌，把他关在一间密不通风的房子里，不给他吃喝并锁上门窗，还派人在外面看守。直到一百天后，他亲自开门检验关于郗俭的传言是否属实。谁知开门后只见郗俭健步如飞地走出来，面色红润，说话声音洪亮，一点都不像是一百天都没进食的人。曹操这才相信关于郗俭辟谷不食的传言。

❹ 皇甫隆遇青牛道士姓封名君达，其论养性法即可仿

用。大略云："体欲常劳，食欲常少，劳无过虚。食去肥浓，节酸咸，减思虑，损喜怒，除驰逐，慎房室。春夏施泻，秋冬闭藏。"详别篇。武帝行之有效。

**【译文】**

皇甫隆遇见青牛道士封君达，认为他论养生的方法值得效仿。这种方法的大体内容是："身体要常活动，饮食要少，活动不要过度劳累。不要吃肥腻的东西，少吃酸咸食品，减少思虑，减轻喜怒的情绪，屏弃追名逐利的欲念，谨慎房事。春夏注意泻火，秋冬注意保养精气。"详细内容见于别篇。魏武帝照他说的去做，十分见效。

**【释读】**

封君达，名衡，字君述，东汉陇西（今甘肃定西附近）人。相传他服用黄精长达五十年，又花了上百年在乌鼠山中用水银炼制仙丹。他经常往来山中和乡里，看起来三十岁出头，如果遇到有人生病垂死，他就从兜中掏出丹药热心施救，病人都是立马痊愈的。别人问他叫什么名字，他往往都笑着摇摇头，骑上青牛继续向前走，所以人们就称呼他为青牛道士。后来他听闻鲁女生得到了五岳图，连年上门拜访请求观看，但始终没被允许。求之不得的封君达在两百岁的时候终于放弃了，一人独自走进了玄丘山，之后再也没人见过他。

❺ 文帝《典论》曰：陈思王曹植《辩道论》云，世有方士，吾王悉招至之，甘陵有甘始，庐江有左慈，阳城有

郗俭。始能行气，俭善辟谷，悉号二百岁人。自王与太子及余之兄弟，咸以为调笑，不全信之。然尝试郗俭辟谷百日，躬与寝处，行步起居自若也。夫人不食七日则死，而俭乃能如是。左慈修房中之术，可以终命，然非有至情，莫能行也。甘始老而少容。自诸术士，咸共归之，王使郗孟节主领诸人。

❦译　文❧

　　魏文帝《典论》记载，在陈思王曹植的《辩道论》讲道，当时凡是世间的方士，魏王把他们全都征召了过来，甘陵有甘始，庐江有左慈，阳城有郗俭。甘始擅长气息导引术；左慈通晓房中术；郗俭善于不食五谷修习仙道，他们都是号称二百岁的人。魏武帝、太子和我的兄弟们都把他们所说当作笑料，半信半疑。但是我曾经考验过郗俭，让他断绝谷食一百天，我和他朝夕相处，见他行为举止怡然自得。正常人七天不吃饭就会死，可郗俭却能达到这种境界。左慈修炼房中术，也可以享尽天年，但如果没有他们这样真醇的志向情愫是做不到的。甘始虽然年老，却依然是少年的容颜。这些方士都是应召而来，父王委派郗俭统领他们。

❦释　读❧

　　左慈，字元放，庐江人，自号乌角先生。年少时在天柱山研习道术炼丹。相传他精通占卜观星、役使鬼神、奇门遁甲、虚空化物等法术。一天他被曹操召集到许昌后参加宴席，席中曹操对各位来宾说："今天各位贵宾都来了，我准备了各种山珍海味，唯独缺少吴国松江鲈鱼做的鱼汤。"左慈起身说道："松江鲈鱼我经常吃，待我立马为各位取几条来！"只见他命侍女取来一只装满水的铜盆和一根竹竿，他接过竹竿在铜盆中钓起鱼来。正当在座的宾客交头接耳议论他狂悖的时候，只见左慈轻轻一提竹竿，一条松江鲈鱼跃出铜盆。不一会儿，左慈就钓了好几条松江鲈鱼，命厨师赶紧做成鱼汤分给在座的贵宾食用。这时候曹操又说："鱼是有了，可惜没有蜀国的生姜做佐料啊！"谁知话音刚落，左慈又起身说道："这也不难，我立马就去蜀国买生姜，一炷香的时间就回来！"说着他转头就要走出宴会的宫殿。曹操赶紧叫住他说："我前两天派人去蜀地买蜀国的锦缎，你告诉他让他多买一尺二。"左慈应诺就走出宫殿。不一会儿，就见左慈手里拎着生姜回来了。一年后，曹操派去蜀国的人回来了，果然多买了一尺二的锦缎，并且告诉曹操："去年这个时候，一个仙风道骨的人向我传达了你的命令。"

后来又有一天，曹操带领手下的一百多名官员到许昌的近郊游玩，快到吃午饭的时候，只见左慈掏出一壶酒，一块肉干。他亲自为每一位官员斟酒切肉，等每位官员酒足饭饱后，壶中还有酒，肉干也还未切完，众人无不称奇。曹操就觉得很奇怪，派人暗中调查，发现昨天许昌城中许多酒肆和肉铺里的货物都凭空消失了。曹操大怒，觉得被左慈戏弄了，于是下令捉拿左慈。士兵根据百姓提供的线索找到左慈正要捉拿时，却发现路上的几百个人都和左慈长得一模一样，根本无从下手捉拿。左慈趁此良机逃离许昌，他夜观星象发现汉朝气数已尽，自己也已无力回天，只得告诉葛仙公他要离开人间，隐居霍山专心炼制九转仙丹。不久，左慈就乘着仙鹤离开了。

**❻** 近魏明帝时,河东有焦生者,裸而不衣,处火不燋,入水不冻。杜恕为太守,亲所呼见,皆有实事。【周日用曰:焦孝然边河居一庵,大雪,庵倒,人已为死,而视之,蒸气于雪,略无变色。时或析薪惠人而已,故《魏书》云:"自羲皇以来,一人而已。"】

**◈译 文◈**

近世魏明帝的时候,河东郡有位焦先,赤裸身体不穿衣服,在火里烧不焦,在水里冻不坏。杜恕任太守时,曾亲自召他面见,这些都是事实。【周日用说:"焦孝然居住在河边的草庵中,有一天大雪压塌了草庵,人们都以为他会死,扒开雪一看,他呼出的气凝结到雪上,神色不变。有时候他会把砍的柴送给别人,所以《魏书》记载:'自伏羲以来,圣明的人唯焦先一人而已。'"】

**◈释 读◈**

焦先,字孝然,汉末隐士。由于汉室衰弱,他选择不言不语。他不戴头冠,不穿鞋子,也不穿衣服,光着身子上山砍柴,把砍到的柴分给村里的居民,如果居民请他进屋吃饭,他就坐下,也不说话,吃完饭后就离开。如果家里无人,他就把柴放在门外,径直离开。权贵大官听说了他的事迹前来拜访,他也不言不语,不吃他们赠予的美食,情愿吃野草、喝河水。传说他活了一百多岁,死前依旧保持着年轻人的外貌特征。

**❼** 颍川陈元方、韩元长,时之通才者。所以并信有

仙者，其父时所传闻。河南密县有成公，其人出行，不知所至，复来还，语其家云："我得仙。"因与家人辞诀而去，其步渐高，良久乃没而不见。至今密县传其仙去。二君以信有仙，盖由此也。【周日用曰：岂惟二子乎？】

◆译　文◆

颍川人陈纪和韩融以博学闻名于当时，他们之所以相信有神仙，是因为听了父辈的传闻。河南郡密县有个叫成公的人，他离家远行，不知前往何处，后来归家，对家人说："我已经得道成仙了。"于是他辞别家人而去，他的脚步逐渐上迈腾空，过了许久，便隐没不见了。至今密县还流传着他成仙而去的传说。陈、韩二人之所以相信有神仙，大概源于此。【周日用说："受此传闻影响的难道只有他们二位吗？"】

◆释　读◆

与上成公同时期的奇人异士还有解奴辜和张貂，相传他们都会隐身术和穿墙术。解奴辜还能变化成其他物品的样子，经常用法术欺骗迷惑别人。

❽　桓谭《新论》说方士有董仲君，罪系狱，佯死，臭烂，数日目陷虫出，既而复生。

◆译　文◆

桓谭《新论》说，有个方士叫董仲君，因犯了罪被关在牢里，他假装死去，尸体腐烂发臭，几天后蛆虫从他深陷的眼窝中爬了出来，狱卒把他的尸体扔出监牢后，他又复活了。

◆释 读◆

董仲君是汉武帝时人，年少时就修炼引气法诀，擅长养颜术。汉武帝宠爱的李夫人去世后，时常想念，想要再见上李夫人一面。于是董仲君告诉汉武帝："我有办法能让你们再次相见，但是只能远远的望一眼，不能同席而坐。"汉武帝答应了他的要求。于是董仲君说："在黑河的北面，出产名为潜英的奇石，用来雕刻人像，其神态、面貌与真人没什么差别。如果能制作一尊这样的石像，李夫人就等同于再世了。"于是汉武帝命人照着董仲君的话去做，把雕刻好的李夫人像放在轻薄的纱幕后，远远望过去，和李夫人生前没什么两样。

**❾** 黄帝问天老曰："天地所生，岂有食之令人不死者乎？"天老曰："太阳之草，名曰黄精，饵而食之，可以长生。太阴之草，名曰钩吻，不可食，入口立死。人信钩吻之杀人，不信黄精之益寿，不亦惑乎？"【周日用曰：草既杀人，仍无益寿者也。若杀人无验，则益寿不可信矣。】

◆译 文◆

黄帝问大臣天老说："在天地所生的万物之中，难道有吃了使人不死的东西吗？"天老说："有一种阳气极盛的草，名叫黄精，吃了可以长生；还有一种阴气极盛的草，名叫钩吻，不能吃，入口即死。世人相信钩吻草能毒杀人，却不相信黄精草能延年益寿，这不是很昏惑吗？"【周日用说："既然有能杀人的草，怎么会没有延年益寿的草。如果草能杀人没有被验证，那么延年益寿也就不可信了。"】

◈释　读◈

黄帝是上古时期的帝王，姓公孙，因为住在轩辕之丘和姬水附近，所以又号轩辕氏，改为姬姓。相传他发明了舟车、文字、音律、医术等，是中华民族的祖先之一。

❿　汉淮南王谋反被诛，亦云得道轻举。【周日用曰：《汉书》云：淮南自刑，应不然乎？得道轻举，非虚事也。至今维阳境内，马迹犹存。且日与八公同处，皆上品真人耳。既谈道德，肯图叛逆之事？况恒行阴旨，好书鼓琴，不善弋猎，《淮南内书》言神仙黄白之术，去反事远矣。夫古今书传多黜仙道者，虑帝王公侯废万机，而慕其道，故隐而不书，唯老聃不可掩而云，二百岁后，西游流沙，不知所之。庚书云蜀有女道士谢自然，白日上升，此外历代史籍未尝言也。】

◈译　文◈

西汉淮南王刘安因起兵谋反而被诛杀，也有人说他是得道飞升成仙了。【周日用说："《汉书》记载：淮南王自杀，事实应该不是这样的吧？淮南王得道成仙，不是虚妄的事。至今扬州境内，马迹还留存着。况且淮南王每天和八公相处，他们都是上品真人。既然谈论道德，怎么会图谋叛逆呢？更何况淮南王一向广积阴德，性好读书、弹琴，不擅长狩猎，他所编的《淮南内书》记载的都是修仙炼丹之术，和造反的事毫无关系。古今书籍多贬黜仙道，作者害怕帝王公侯因为倾慕仙道而废弃朝政，所以对修仙之事往往隐瞒不写，只有老子不加以掩饰，两百年后，他朝着西面的沙漠出发，不知去了哪里。唐书中说蜀地有个叫谢自然的女道士，光天化日之下得道升天，除此之外历代典籍都没有记载仙道类的事。"】

❧释　读❧

八公是指淮南王刘安的八位门客：苏飞、左吴、雷被、毛被、伍被、田由、李尚以及晋昌。其中伍被在淮南王刘安被捕入狱后向汉武帝告发其图谋造反的计划。

**⓫**　钩弋夫人被杀于云阳，而言尸解柩空。【周日用曰：史云夫人被大风拔树，扬沙揭石，亦不云尸解柩空。】

❧译　文❧

汉武帝的妃子钩弋夫人被赐死于云阳宫，有人说她下葬后尸解飞升，只剩下一口空棺材。【周日用说："史书上记载钩弋夫人死的时候狂风呼啸，飞沙走石，大树被连根拔起，并没有记载尸体消失只留下空棺材的事。"】

❧释　读❧

钩弋夫人原姓赵，汉武帝的妃子之一，被封为婕妤，居住在钩弋宫，故称钩弋夫人。他的儿子刘弗陵也就是后来的汉昭帝。由于汉武帝临死的时候刘弗陵才五岁，钩弋夫人才二十出头，子少母壮。亲身感受过并且深切厌恶后宫、外戚干政的汉武帝在死前下令赐死钩弋夫人于云阳宫。

修炼者认为得道后可以遗弃肉身飞升成仙，并把这种现象称为尸解。事实上尸解通常用来粉饰生前自诩为神仙者的逝世。尸解种类繁多，常见的有火解、水解、兵解、杖解、剑解。火解、水解和兵解分别是指人被火烧死、被水淹死和被兵器砍死，假托上天用这种外在的形式召唤人上天成仙。而杖解、剑解则是指人死出殡后棺材里的尸体消失不见，只留下木杖、宝剑等器件。除了以上几种常见的尸解方式外，还能按照尸解的时间来分类：白天死去被称为上尸解，夜晚死去被称为下尸解，清晨和黄昏死去被称为地下主者。另有名字奇怪，不知何意的太清尸解法、太一守尸法、太极化遁法、鲍靓尸解法、太阴炼形、水火荡炼尸形、阴阳六甲炼形质法等尸解方式，种类繁多，不可胜数。

**⑫** 文帝《典论》云：议郎李覃学郄俭辟谷食茯苓，饮水不寒中，泄痢殆至殒命。军祭酒弘农董芬学甘始鸱视狼头，呼吸吐纳，为之过差，气闭不通，良久乃苏。寺人严峻就左慈学补导之术，阉竖真无事于斯，而逐声若此。

◆译　文◆

魏文帝《典论》说：议郎李覃学郄俭的辟谷术只吃茯苓，由于喝的不是冷水，结果得了痢疾，差点殒命。军师祭酒弘农人董芬学甘始养生术的动作，像猫头鹰那样看东西，如狼一样回头，同时呼气吸气，但动作有些许偏差，导致气闭不通，直接晕了过去，很久才苏醒过来。太监严峻到左慈那里学习补导术，然而此法对于阉人无论如何也使用不上，可见太监追逐虚名竟到了这种地步。

❀释　读❀

古人认为学习动物的动作来引导气息能够养生。东汉医学家华佗根据中医阴阳五行学说及五脏六腑、经络、气血的运行规律，结合观察到的虎、鹿、猿、熊、鸟等动物的动作，创造了五禽戏。坚持操练五禽戏能起到调养精神、调养气血、补益脏腑、通经活络等作用，对高血压、冠心病、神经衰弱等慢性疾病，均有较好的治疗和康复作用。

❶❸　又云：仲长统云，甘始、左元放、东郭延年，行容成御妇人法，并为丞相所录。间行其术，亦得其验。降龙道士刘景受云母九子丸方，年三百岁，莫如所在。武帝恒御此药，亦云有验。刘德治淮南王狱，得《枕中鸿宝秘书》，及其子向咸共奇之。信黄白之术可成，谓神仙之道可致，卒亦无验，乃以罹罪也。【周日用曰：神仙之道，学之匪一朝一夕而可得。黄白者也，仍须有分，升腾者应须有骨，安可偶然而得效也？】

❀译　文❀

《典论》又记载，仲长统说，甘始、左慈、东郭延年都会施行容成始创的房中术，这种方法被曹丞相记录了下来。他私下里施用这一方术,也取得了同样的成效。降龙道士刘景学习"云母九子丸"的丹方,活了三百岁,没有人知道他的所在。武帝常常服用这种药,也说有效。刘德审理淮南王谋反之事,得到了枕中所藏的《鸿宝》和《苑秘书》,他和他儿子刘向都认为这些是奇书,从而相信烧药炼丹点化金银的法术是可以实现的,认为神仙之道是可以通过修炼达到的。可是他们到最后也没有实现,反而因此招致罪名。【周日用说:"神仙之道,不是一朝一夕就能学成的。学习烧药炼丹点化金银的法术,仍然需要天分,飞升得道的人应该有仙骨,怎么能偶然就有效果呢?"】

### 释读

容成是中国古代神话传说中的仙人,是指导黄帝学习养生之术的老师之一。《列子》《神仙传》《蜀记》《列仙传》等书记载了他的事迹,说他善于采补引气,通过房中术从女子身上取得精气,能使白发重新变黑,脱落的牙齿重新长出来。他先是隐居在福建的太姥山炼制丹药,后来又到崆峒山隐居,活了两百多岁。

道家把修炼丹药,驯服七情六欲称作"降龙伏虎",刘景善于炼丹,所以以"降龙"二字称呼自己。

《枕中鸿宝秘书》是《鸿宝》和《苑秘书》两部书的合称,相传这两本书记载了神仙驱使鬼怪、点化成金、延命方等秘闻秘方,世上少有人知晓。

❹ 刘根不觉饥渴,或谓能忍盈虚。王仲都当盛夏之月,十炉火炙之不热;当严冬之时,裸之而不寒。桓君山

以为性耐寒暑。桓君山以无仙道，好奇者为之，前者已述焉。

◈译　文◈

刘根感觉不到饥饿和口渴，有人说这是因为他能忍受住饱腹或空腹。盛夏季节，十个火炉同时炙烤王仲都，他也不会觉得热；严冬时分，赤身裸体，他也不会觉得冷。桓君山认为这是因为他本性就耐寒热。桓君山还认为王仲都并不会仙术，只是好奇的人才仿效他。此事前文已有记述。

◈释　读◈

相传刘根是长安人，一直隐居在嵩山修仙道术。世间流传着他能让人见到鬼神，还能炼制长生不老药的说法。虽然刘根为人低调，隐居不出，但还是有好事的人前来请求跟随他学习道术。当地的太守史祈听到了这件事，认为是刘根在妖言惑众，于是下令派人捉拿刘根入狱。第二天史祈升堂审理刘根，数落他说："你有什么真本事，在这里口出狂言迷惑百姓？如果你真的会什么神仙法术，不如使出来验证一番。"刘根回答说："我也没什么真本事，也就比较擅长让人看到鬼的法术。"史祈讥笑着说道："那你倒是把鬼召唤出来，让我这个太守也涨涨见识。"说着命人松开刘根。松绑后，刘根站起来放松了一下手臂、手腕，突然间大声呼啸，口中念念有词。不一会儿，只见史祈死去的祖父、父亲等数十人突然出现在大堂上，他们手臂被绳子绑在身后，一见到刘根就跪下不停地磕头，嘴中叨念着："史祈没见识，怀疑大人的道法，真是罪该万死。"说完回头瞪着史祈，呵斥他道："你作为我们的子孙，我们没有配享到祭祀，反而还要受到你的连累,被呼来唤去,受到侮辱!"史祈顿时惊惧悲哀,跪下磕头如捣蒜,额头血流不止,请求刘根责罚。然而刘根没有理会他,看了他一眼就突然原地消失了,没有人知道他去了哪里。

**⑮** 司马迁云:无尧以天下让许由事。扬雄亦云:夸大者为之。扬雄又云:无仙道。桓谭亦同。

◆译 文◆

司马迁说:"不存在尧把天下禅让给许由这件事。"扬雄也说:"这是夸大其辞的人编出来的。"扬雄又说:"没有什么成仙之道。"桓谭也这么认为。

◆释 读◆

许由,字武仲。相传他学识极为广博,《诗经》和《尚书》都有所缺失,对虞、夏的事情记述较少,但是许由却都知道。后来尧听闻了许由的事迹,打算把帝位禅让给他,谁知许由直接逃到颍水、箕山隐居。尧退而求其次,想请他出仕担任九州之长,许由不想听到尧说这句话,就跑到颍水岸边用河水洗自己的耳朵。这时候正好有个名为巢父的隐士牵着小牛犊前来饮水,看到了许由的举动,感到很奇怪,就问他为什么要洗耳朵。许由告诉巢父:"尧想要让我担任九州之长,我厌恶听到他说这样的话,所以来洗一洗耳朵。"巢父不屑地说:"你若是隐居在道路不通、没人往来的悬崖绝壁,谁能见到你?你故意在世间四处晃荡,不就是沽名钓誉吗?"巢父怕小牛犊喝了许由洗过耳朵的河水,脏了牛嘴巴,说完就牵着小牛犊往上游走去,去喝干净的河水。许由死后葬在箕山,所以人们也称呼箕山为许由山,此山距离洛州阳城县南面十三里。

【卷四·神仙方士】

· 服食 ·

❶ 左元放荒年法：择大豆粗细调匀，种之必生煮熟按之，令有光，烟气彻豆心内。先不食一日，以冷水顿服讫。其鱼肉菜果酒酱咸酢甘苦之物一不得复经口，渴即饮水，慎不可暖饮。初小困，十数日后，体力壮健，不复思食。

◆译 文◆

左慈发明了一种应对荒年的饮食法：选择大小均匀的大豆，吃豆前必须将生豆煮熟后用手将其反复搓揉，使它有光泽，并让手上的暖气透过豆心。先禁食一天，然后用冷水一次性送服。吃完后，就不能再吃鱼肉、蔬菜、水果等酸甜咸苦的东西。

感到口渴就马上喝水,但要注意不能喝热水。只吃大豆的前几天会略感困乏,但坚持十多天后,就会体力强健,不再有食欲了。

◈释 读◈

大豆是中国自古以来最重要的粮食之一,至今已有五千年的栽培历史,古人称之为菽。由于大豆含有丰富的蛋白质,营养价值极高,所以冠有"田中之肉""豆中之王"等称号。除了直接食用,大豆还能用来制作各种豆制品、榨取豆油、酿造酱油以及提取蛋白质。

❷ 鲛法服三升为剂,亦当随人先食多少增损之。盛丰欲还者煮葵子及脂苏,服肉羹渐渐饮之,须豆下乃可食。豆未尽而以实物,肠塞,则杀人矣。此未试,或可以然。【周日用曰:一说腊涂黏饼,炙饼令热,即涂之,以意量多少即食之,如常渴即饮冷水,忌热茶耳。】

◈译 文◈

服食大豆,一般以三升为一剂次,不过也应随人早先服食剂量的多少而适当增减。如果收成好想要恢复食欲,可以煮冬葵子和豆腐,肉羹逐渐增量服用,但必须大豆消化排泄了以后才可以吃。大豆没有消化排泄完就忙着进食,以致于肠道堵塞,会导致死亡。这个方法我没有试过,可能是这样的。【周日用说:"还有种做法是黏饼涂上蜜蜡,先将饼烤熟,再涂上蜜蜡,根据饭量多少吃饼,如果时常口渴就喝凉水,忌喝热茶。"】

### 释 读

脂苏就是豆腐。西汉时期豆腐就已经出现,相传是淮南王刘安在组织方士炼丹的过程中无意间产生的副产物。在炼丹的过程中,会用到各式各样的矿物和无机盐,这些物质都能使豆浆凝固成豆腐。《物性志》记载:"以豆为腐,传自淮南王以豆为乳,脂为酥。"

❸ 《孔子家语》曰:"食水者乃耐寒而苦浮,食土者无心不息,食木者多而不治,食石者肥泽而不老,食草者善走而愚,食桑者有绪而蛾,食肉者勇而悍,食气者神明而寿,食谷者智慧而夭,不食者不死而神。"《仙传》曰:"杂食者,百病妖邪之所钟焉。"

### 译 文

《孔子家语》说:"吃水的动物,耐寒且善于浮游;吃泥土的动物,没有心脏且不用呼吸;吃树木的动物,力气大而难以驯服;吃石头的动物,身躯肥润且不易衰老;吃草的动物,善于奔走且愚笨;吃桑叶的动物,能吐丝而化为飞蛾;吃肉的动物,勇猛凶悍;吞气的动物,圣明而长寿;吃谷物的动物,虽然聪明却寿命很短;不进食的动物,长生不老而羽化登仙。"《仙传》说:"什么都吃的,百种疾病、各种妖邪都喜欢往其身上聚集。"

### 释 读

食水者是指水中的鱼、鳖;食土者是指蚯蚓;食木者是指熊、犀牛；食石者是指吞服金丹的修士；食草者是指麋鹿；食桑者是指桑蚕；食肉者是指虎、狼、鹰等；食气者是指乌龟、蛇等有灵气的动物；食谷者是指普通人；不食者指专门修炼辟谷的方士。

❹ 西域有葡萄酒，积年不败，彼俗云："可十年饮之，醉弥日乃解。"

❀译 文❀

西域产葡萄酒，存放多年也不会变味，当地流传着这样一句话："可以把酒放十年再喝，喝醉后要过一天才解酒醒来。"

❀释 读❀

汉武帝时期张骞出使西域，除了打通丝绸之路以外，还把中亚各国的技术、植物种子带回长安，葡萄种子和葡萄酒酿造技术就是其中之一。自此葡萄就在东亚生根发芽，葡萄酒也成了中国人餐桌上经久不衰的佳酿。到了唐代，葡萄种植和葡萄酒酿造产业不断扩大，诗人王翰更是留下了"葡萄美酒夜光杯，欲饮琵琶马上催"这样脍炙人口的千古绝句。

❺ 所食逾少，心愈开，年愈益；所食逾多，心逾塞，年逾损焉。

◆译 文◆

吃得越少,心胸越是开朗豁达,年寿就能延长;吃得越多,心胸越是闭塞晦暗,年寿可能因此受损。

◆释 读◆

我国最早的医学专著《内经》上就有记载:"谷肉果菜,食养尽之,无使过之,伤其正也。""饮食自倍,肠胃乃伤。"孙思邈也在《千金要方》中提出:"食欲数而少,不欲顿而多。"可见古人很早就意识到了吃得太饱有害健康,饮食要营养均衡,搭配合理,这样才能身体健康,长命百岁。

[卷五·文化百科]

·器乐典籍·

**❶** 圣人制作曰"经",贤者著述曰"传",郑玄注《毛诗》曰"笺",不解此意。或云毛公尝为北海郡守,玄是此郡人,故以为敬。

**◆译 文◆**

圣人撰写的著作称为"经",贤人的著述称为"传",而郑玄注释《毛诗》却称为"笺",人们不解其中的意义。有人说毛公曾任北海郡太守,郑玄是当地人,所以使用"笺"这个名称来代指著作,表示他对毛公的敬意。

**◆释 读◆**

关于古籍的多种专业术语,其区别如下:

传:传述的意思,多指解释经文著作,在解释字句的同时更侧重于对思想的阐述。

笺：本来是对传的阐发和补充，后来只指注解的意思。

注：除对思想内容解释外，更侧重文字解释，以扫除文字认读障碍。

疏：是相对"注"而言，在注的基础上再进一步作注就叫作"疏"，即对经、传的进一步疏导说明，它的说明应该和经传的意义保持一致。

正义：是指意义最正确、被大众接受的注释。

集解：汇集众说并加上编者意见的一种注释，包括集注、集传、集释等。

章句：分析文字的章节与句读。分篇为章，析章为句。与传不同的是，其注释对象可为经以外的篇目，比如王逸所作的《楚辞章句》。

训诂：也叫"训故""故训""古训""解故""解诂"，用通俗的语言解释词义叫"训"；用当代的话解释古代的语言叫"诂"。

索隐：对古籍的注释考证。

纂图：指书中刻有与文字内容相关的插图。

互注：在一句话下将其他书中的相同的文字标注出来。

重言：在一句话下将同一部书中其他篇章的相同的文字标注出来。

重意：在一句话下将同一部书中其他篇章里与该句意思相近的句子标注出来。

**❷** 何休注《公羊传》，云"何氏学"。又不能解者。或答云：休谦词，受学于师，乃宣此义不出于己。此言为允。

◆译 文◆

何休注释《公羊传》，说是"何氏学"。但有人不明白为什么这样称呼。有的人解释说：这是何休的谦辞，他从老师那里受业，因此强调这书中的注释不是出于自己的观点。这样的解释是允妥的。

◆释 读◆

《春秋》是我国第一部编年体史书，也是先秦鲁国的国史，相传由孔子修订编纂而成。《春秋》语言极为精练，几乎每个句子、每个字词都暗含褒贬之意，导致难以理解阅读。所以不少人都对《春秋》的内容进行补充、解释、阐发，这些作品被称为"传"，最为著名的三部"传"分别是由左丘明编写的《春秋左氏传》、公羊高编写的《春秋公羊传》以及谷梁赤编写的《春秋谷梁传》，这三部"传"合称为《春秋三传》，被后世列为儒家经典。何休是研究《春秋公羊传》的大师，他心思敏捷但口舌木讷，不擅长口头讲学，学生向他提问，也往往以书面形式回答。他编纂的《春秋公羊传解诂》十二卷，流传至今。

**❸** 太古书今见存有《神农经》《山海经》，《山海经》，或云禹所作。《周易》，蔡邕云：《礼记·月令》周公作。【周日用曰：《礼记》疏云，第一是吕不韦《春

秋》，明吕氏所制。蔡邕云，周公，未之详也。】

◆译　文◆

太古的书现存的有《神农经》《山海经》，《山海经》有人说是夏禹所著。《周易》，蔡邕说："《礼记·月令》是周公写的。"【周日用说："《礼记》疏解记载：第一是吕不韦编纂的《吕氏春秋》，表明吕不韦也编写了《礼记·月令》。蔡邕曾说是周公撰写了《礼记·月令》，只是这个说法没有详细的记载。"】

◆释　读◆

《山海经》成书于战国时期至汉代初期，与《易经》《黄帝内经》并称为上古三大奇书。《山海经》由《山经》五卷、《海经》十三卷组成，共十八卷，保存了我国上古时代的神话、宗教、地理、物产、生物、矿产、民族、医药等丰富资料。

《礼记·月令》相传为周公所作，但是与《吕氏春秋》中的"十二纪"内容相同而异名。《月令》的思想渊源跨越了夏代和殷商等不同时期，郑玄注《礼记·月令》的时候开篇就说："名曰《月令》者，以其记十二月政之所行也。"显然在郑玄看来，《月令》是统治者治国理政的行政月令，相当于现在各公司、企事业单位在开展工作前制定的日常工作计划表。

❹　《谥法》《司马法》，周公所作。

**【译 文】**

《谥法》和《司马法》这两部著作都是周公写的。

**【释 读】**

谥法，是指追谥的准则。古代帝王、诸侯、文臣武将等死后，朝廷会根据其生前事迹及品德，给予一个评定性的称号以示表彰，相传是西周时期周公定下的取谥号准则。从东汉开始，门生故吏、亲族也能为逝去的长辈、老师取谥号，这种称为私谥。一开始的谥号都以一二个字组成，如汉景帝的"景"、汉光武帝的"光武"都是谥号。随着时间的推移，皇帝的谥号越来越长，唐玄宗就曾追谥其先祖李渊、李世民为"神尧大圣大光孝皇帝"和"文武大圣大广孝皇帝"（皇帝二字不算入谥号），谥号竟长达七个字。到了清代，更是把谥号加到二十五个字，清太祖爱新觉罗·努尔哈赤的谥号为"承天广运圣德神功肇纪立极仁孝睿武端毅钦安弘文定业高皇帝"，是中国历史上最长的谥号。

**❺** 余友下邳陈德龙谓余言曰：《灵光殿赋》，南郡宜城王子山所作。子山尝之泰山，从鲍子真学算，过鲁国而都殿赋之。还归本州，溺死湘水，时年二十余也。

**【译 文】**

我的朋友下邳人陈德龙告诉我：《灵光殿赋》是南郡宜城的王子山写的。王子山曾经到泰山跟随鲍子真学算术，经过鲁国时见到了灵光殿，就写下了这篇赋。他回本州时，在湘水溺亡，当时才二十多岁。

**《释读》**

南郡为战国秦昭襄王所设置，最先以楚国都城郢为治所，后来迁移到了江陵，大约在今天荆州一带。

**❻** 汉末丧乱无金石之乐。魏武帝至汉中得杜夔旧法，始复设轩悬钟磬，至于今用之，受于夔也。

**《译文》**

汉朝末年天下大乱，钟磬之乐一度失传。魏武帝到汉中，得到了杜夔继承古乐所创制的金石演奏方法，方才重新布置悬挂演奏的钟磬乐器，此法便是从杜夔那儿传来并流传至今的。

**《释读》**

杜夔，字公良，汉末魏初河南人。因为精通音律，汉灵帝时被任命为雅乐郎，创制了郊庙朝会的正乐。入魏后担任军谋祭酒，主要负责太乐方面的事物。史书上记载杜夔聪慧过人，善于重现已经失传的古乐，丝竹八音，各种乐器，只要是和音乐有关的，无一不会，唯独可惜的是他不会跳舞。相传嵇康所弹奏的《广陵散》就是从杜夔的儿子杜猛那里学会的。

**❼** 宝剑名：纯钩、湛卢、豪曹、鱼肠、巨阙，五剑皆欧冶子所作。龙泉、太阿、工布，三剑皆楚王令风胡子之吴，因吴王请干将、欧冶子作。干将阳龙文，莫邪阴漫理，此二剑吴王使干将作。莫邪，干将妻也。夫妻甚喜作

剑也。

❦译　文❧

宝剑的名字：纯钧、湛卢、豪曹、鱼肠，巨阙，这五把剑都是欧冶子铸造的。龙泉、太阿、工布，这三把剑都是楚王命令风胡子通过吴王的关系请干将和欧冶子铸造的。干将剑上有凸起的龟纹，莫邪剑上有凹下的不规则纹理，这两把剑都是吴王命令干将铸造的。莫邪，是干将的妻子。夫妻两人都喜欢铸剑。

❦释　读❧

欧冶子是春秋时越国人，是历史上著名的铸剑师，他也是同时期铸剑大师莫邪的父亲、干将的岳父。湛卢剑为五大名剑之首，相传得名于越王。鱼肠剑较为短小，一说得名于剑身上曲折婉转、凹凸不平像鱼肠一样的纹路。另一说得名于四大刺客之一的专诸。专诸为了报答吴公子光的知遇之恩，在吴王僚的宴会上扮成庖厨，把行刺的短剑藏在烤鱼肚子里，趁上菜的机会，抽出鱼肚中的短剑刺杀了吴王僚，于是后世就把这把宝剑称为鱼肠剑。

干将、莫邪既是人名，也是宝剑名。相传干将、莫邪夫妇是当时最有名的铸剑师，晋国国君听闻后就派人把干将、莫邪夫妇抓来替自己筑造最好的宝剑。无奈之下干将、莫邪夫妇花了三年时间铸造出了一雄一雌两把宝剑，分别以他们夫妇的名字命名。剑成之日，干将对已有身孕的妻子莫邪说："晋国国君向来残暴无道，虽然我们替他铸造了这两把宝剑，但是他为了不让我们再替其他人铸剑，一定会杀了我们。所以你赶紧逃，带上雄剑干将。我死后，如果你生下的是儿子，就把这一切告诉他，让他为父报仇。"果不其然，当干将把雌剑莫邪献给晋国国君后，立即就被处死了。后来，逃跑的莫邪生下了一个男孩，给他取名叫赤鼻。等赤鼻长大后，莫邪就把身世家仇都告诉了他。赤鼻根据母亲的话在家中的梁柱里面找到了雄剑干将，准备前往晋国为父报仇。谁知晋国国君当晚就梦到赤鼻拿着剑，说要给父亲干将报仇。晋国国君惊醒后，立即下令捉拿赤鼻。赤鼻在官兵的缉捕下躲进了朱兴山中，途中遇到一位侠士。这位侠士听了干将的故事后愿意代替赤鼻去刺杀晋国国君，于是赤鼻切下自己的头颅作为侠士进献、接近晋国国君的契机。侠士把赤鼻的头颅献给晋国国君后，建议用大锅把头颅煮烂，晋国国君同意了。谁知赤鼻的头颅在沸水中煮了三天都安然无恙，于是侠士哄骗晋国国君到大锅前注视，说一国之主的威严能压制死去的赤鼻。谁知当晋国国君刚到大锅边上，只见赤鼻的头颅突然间怒目圆睁，从沸水中跳起张嘴咬住晋国国君的脸不松口，侠士趁机拔剑砍下晋国国君的头颅，随后立即自刎。三颗脑袋撕咬着掉入沸水中，不一会就煮烂了，难以区分谁是谁。晋国大臣无奈之下只能分成三份来安葬，后世称这三座坟为三王冢。

**❽ 赤刀，周之宝器也。**

◆译 文◆

赤刀，是周朝的宝器。

◆释 读◆

汉代大儒郑玄说："赤红色的刀是周武王拿来诛杀纣王

的宝刀，赤色是后期加染的装饰色，周代以赤红色为正统的颜色。"

❾ 《止雨》祝曰：天生五谷，以养人民，今天雨不止，用伤五谷，如何如何！灵而不幸，杀牲以赛神灵；雨则不止，鸣鼓攻之，朱丝绳萦而胁之。

❀译 文❀

《止雨》祝辞文中写道：上天降下五谷来生养人民，现在大雨下个不停，因此伤了五谷，怎么办啊怎么办！祈求土地神为我们止雨，我们将宰杀牲畜来酬谢他；如果雨还不停止，我们就擂起鼓来讨伐他，还要用红丝绳把他捆绑起来胁迫他。

❀释 读❀

汉代大儒董仲舒提出"动阳以起阳，动阴以起阴，物类相召"的阴阳理论。他认为只要让属阴的妇女都躲起来，阳气旺盛的男人在大街上跑动，就能带动阳气的运行，这样大雨就能停了。相传黄帝和蚩尤大战的时候，蚩尤派出风伯和雨师作法，刮起狂风，降下暴雨以此来阻挡黄帝军队的攻势。黄帝于是派出自己的女儿旱魃参战。旱魃一到前线施法，狂风和暴雨就都停了。黄帝大军趁机掩杀，最终战胜了蚩尤。战争结束后，旱魃隐居在北方，所以北方干旱少雨。相传旱魃出现的地方，就会连年千里大干旱。

❿ 《请雨》曰：皇皇上天，照临下土。集地之灵，神

降甘雨。庶物群生，咸得其所。

◆译　文◆

《请雨》的辞文上写道：光明伟大的上天啊，照临着下面的大地。汇聚大地的灵气，天神降下甘霖。于是但凡是世间的万物，都各得其所。

◆释　读◆

俗话说："春雨贵如油。"雨水量往往决定着一年粮食的收成，所以我国自古就有各式各样的求雨方法，但无外乎巫师祝舞、祭拜龙王和燎祭三种。燎祭是古代祭祀仪式的一种，早在我国殷商时期就已经出现。最初的燎祭只是燃烧木材，后来逐渐开始燃烧布帛或是祭品。

⓫　《礼记》曰：孔子少孤，不知其父墓。母亡，问于邹曼父之母，乃合葬于防。防墓又崩，门人后至。孔子问来何迟，门人实对，孔子不应，如是者三，乃潸然流涕而止曰："古不修墓。"蒋济、何晏、夏侯玄、王肃皆云无此事，注记者谬，时贤咸从之。【周日用曰：四士言无者，后有何理而述之？在愚所见，实未之有矣。且徵在与梁纥野合而生，事多隐之。况我丘生而父已死，既隐何以知之？非问曼父之母，安得合葬于防也？】

◆译　文◆

《礼记》说：孔子很小的时候父亲就去世了，所以不知道父亲的墓地在哪里。母亲死后,他向邹人曼父的母亲打听清楚原委,才得以把父母合葬在防山。后来防山的坟墓又坍塌了,为此事,门人很晚才回来。孔子问:"怎么回来得这么晚?"弟子把坟坍塌的实情讲了,孔子不吭声。门人重复了三次,孔子才伤心地流下了眼泪,泪水止住后说:"古人是不堆坟造墓的!"蒋济、何晏、夏侯玄、王肃都说没有此事,是记录的人出错了,当时的贤人都认同此说。【周日用说:"说没有这件事的四个人,后面难道有给出理由证明吗?依我之见,此事也确实没有。况且颜徵在和叔梁纥不合礼法地生下了孔子,与他们有关的事情多有隐晦。更何况孔丘出生的时候,他的父亲就已经死了,既然孔子父母的事多有隐晦,他又是怎么知道的呢?如果不是询问了曼父的母亲,又怎么会把父母合葬在防山呢?"】

◆释 读◆

  远古时期,丧葬制度和今天不同,那时的人不立坟、不修墓,奉行简葬。《周易》记载上古的丧葬不封土不植树,只用木柴将去世的人包裹起来,埋葬在野外,并不会用土堆砌成一个小土丘,也不会在边上种上树。孔子合葬父母之后,在埋葬地堆砌了一个四尺高的坟头,这是因为孔子认为自己平时四处奔走,不能经常到埋葬地祭拜父母,为了防止找不到埋葬地的位置,就垒起一个坟头作为标识。父母的坟坍塌后,孔子泪流不止,虽然嘴里说的是"古不修墓",但其实孔子是在悲伤当时人对古制的违背,导致世风日下,礼崩乐坏。

**❷** 子路与子贡过郑神社,社树有鸟,神牵率子路,子

贡说之，乃止。

❝译　文❞

子路和子贡经过郑国的土地庙，庙旁树上有鸟，子路便去捕鸟，结果被土地神拽住了，经子贡劝说，土地神才松开子路。

❝释　读❞

子贡是孔子弟子中最能言善辩的人，是孔门四科"言语"科的佼佼者，多次依仗巧言善辩的能力解救他人于危难之中，但他也有失败的时候。相传孔子在周游列国的时候，有一次在路边驻足歇息，拉车的马挣脱了缰绳，跑进路边的田地吃了当地农民种的庄稼，农民就把这匹马抓住准备牵回家。子贡见状上前拦住农民，准备凭借自己的三寸不烂之舌说服农民归还马匹。结果想不到，任凭子贡在那里滔滔不绝地从天文说到地理，引经据史，旁征博引，说得是天花乱坠，那个农民都只是瞪着他，看他在那里"之、乎、者、也"，一句话也听不懂。最后实在是不耐烦了，就挥着拳头，舞着棍棒，做出要动武的样子，子贡这才悻悻地跑回孔子身边。这时，驾车的马夫上前对农民说："你从未离家到东海之滨耕作，我也不曾到过西方来，但两地的庄稼却长得一个模样，马怎知那是你的庄稼不该偷吃呢？"那农民一听，当下就释怀了，直接归还了马匹。事后孔子总结说："用别人听不懂的道理去说服他，就好比请野兽享用太牢，请飞鸟聆听《九韶》一样。这是我们的不对，并非这个农民的过错。"

**⓭**　《春秋》哀公十四年：春，西狩获麟。《公羊传》

曰："有以告者，孔子曰：'孰为来哉！孰为来哉！'"【卢氏曰：以其时非应，故孔子泣而感之。麟口吐三策，盖天使报圣人。】

◈译　文◈

《春秋·哀公十四年》记载：这一年的春天，鲁哀公西巡，捕获一匹麒麟。《公羊传》说："有人把获麟的消息告诉了孔子，孔子哀痛地说：'你是为谁而来的啊！你是为谁而来的啊！'"【卢氏说："因为它出现的不是时候，所以孔子为它感伤哭泣。这匹麒麟口吐三策，大概是上天派它来禀报圣人。"】

◈释　读◈

孔子认为麒麟是"仁兽"，只有在天下有道的时候才现世，现在天下无道，礼崩乐坏，它现在出现就会被没有德行或是微贱的人猎获，因此孔子伤感麒麟为谁而来。

❶　《左传》曰：叔孙氏之车子鉏商获麟，以为不祥。

◈译　文◈

《左传》上说：叔孙氏的车夫子鉏商捕获一头麒麟，被认为是不吉利的事。

◈释　读◈

麒麟是我国古代神话中的一种瑞兽。相传麒麟长着麋鹿的身体、狼的脖子、牛的尾巴、马的蹄子，全身覆盖着龙鳞。身上的毛发或白或黄，头顶很圆，上面长有一根或两根角，角的顶端长有肉尖。麒麟通常独来独往,它的叫声如同洪钟一样,行走起来文质彬彬,不会践踏小动物和草木,每走一步都会慎重选择落脚的地方,转弯的时候也中规中矩,不会操之过急。也有人说麒麟的脚像狼蹄,尾巴像龙尾。公麒麟的叫声像是在说"逝圣",母麒麟的叫声像是在说"归和";春天的叫声像是在说"扶幼",夏天的叫声又像是在说"养绥"。《淮南子》里记载:毛犊生了应龙,应龙生了麒麟,麒麟又生了普通的兽类,只要是长着毛的兽类,都是麒麟的后裔,所以麒麟统管着天下所有毛兽类。也有人说麒麟是龙和阳牛人的后代。古人认为麒麟非常长寿,能活两千年之久,主管和平与长寿,还能旺财、镇宅、化煞、旺人丁、求子、旺文等,与龙、凤、龟、貔貅并称为五大瑞兽。后世也多借麒麟之名以示祥瑞祝福,比如明代洪武年间规定麒麟为公爵、侯爵、驸马、伯爵的官服图案,被称为一品麒麟。又比如著名京剧表演艺术家周信芳艺名"麒麟童"。人们称呼生儿子为"喜得麟子",赠予婴幼儿佩戴的护身符名为"麒麟锁",以此保佑孩子长命百岁。

· 礼制服饰 ·

❶ 三让：一曰礼让，二曰固让，三曰终让。

❦译　文❧

谦让之礼有三种情况：第一种叫礼让，第二种叫固让，第三种叫终让。

❦释　读❧

三推三让之礼起源于尧、舜、禹禅让制度，后世接受禅让的人要三推三让之后才能接受帝位，以示谦卑之意，其中也切合"事不过三"的意思。

**❷** 汉丞秦，群臣上书皆曰"昧死言"。王莽盗位慕古，去"昧死"曰"稽首"。光武因而不改。

◆译　文◆

汉承秦制，大臣们向皇帝上奏章称"昧死言"。王莽窃取帝位后钦慕上古礼制，去掉"昧死"，改称"稽首"。东汉光武帝沿用这一做法，没有再次改变。

◆释　读◆

秦代认为大臣向皇帝上书劝谏是冒着死亡风险的，所以上书的时候要以"昧死言"开头。稽首是上古时期的一种跪拜礼，要求施礼的人两手撑地，脑袋向下叩到地面，是九拜中最恭敬的一种。九拜分别是：稽首、顿首、空首、振动、吉拜、凶拜、奇拜、褒拜、肃拜。

**❸** 肉刑，明王之制，荀卿每论之。至汉文帝感太仓公女之言而废之。班固著论宜复。迄汉末魏初，陈纪又论宜申古制，孔融云不可。复欲申之，钟繇、王朗不同，遂寝。夏侯玄、李胜、曹羲、丁谧建私议，各有彼此，多云时未可复，故遂寝焉。

◆译　文◆

肉刑是明君定下来的规章，荀子经常这样议论。到汉文帝时，文帝为太仓令淳于意的女儿淳于缇萦的话动了恻隐之心，便废除了肉刑。班固著文，主张恢复肉刑。至汉末魏初，陈纪又主张应该恢复古代的肉刑，孔融对此表示反对。陈纪想再次申述自己的主张，钟繇、王朗均不同意，恢复肉刑之议才平息下来。夏侯玄、李胜、曹羲、丁谧等人都曾对肉刑提出自己的看法，但观点不一，大多数人都认为时下不能恢复，所以此事便搁置不议了。

**❦释　读❦**

肉刑是直接摧残身体的刑罚，起源于"杀人者死，伤人者刑"的原始复仇论。一般指墨、刖、劓、宫、大辟五种。墨，在犯人脸上用刀或者针划出创口后涂上墨；刖，砍去双脚；劓，割鼻子；宫，破坏生殖器；大辟，死刑。西汉时期汉文帝废除肉刑，以剃头发、戴铁项圈的形式代替墨刑，以杖打三百下代替劓刑，宫刑、刖刑也各有代替。除了以上五种刑法，古代还有五马分尸、炮烙、腰斩、凌迟、剥皮、车裂、绞刑、锯刑、断椎、灌铅、抽肠、活埋、俱五刑、蒸煮、梳洗、枷刑等残酷的刑法。

❹　上公备物九锡：一、大辂各一，玄牡二驷。二、衮冕之服，赤舄副之。三、轩悬之乐，六佾之舞。四、朱户以居。五、纳陛以登。六、虎贲之士三百人。七、鈇钺各一。八、彤弓一，彤矢百，玈弓十，玈矢千。九、秬鬯一，卣珪瓒副之。

**❦译　文❦**

赏赐上赏的礼物有九件：一、大车、兵车各一辆，四匹黑色公马拉的车两辆。二、礼服、礼帽以及配套的红色礼鞋。三、悬挂的乐器，三十六人的舞队。四、朱红色的大门。五、在宫殿屋檐下凿出上朝专用台阶，使其可以不在露天登堂。六、虎贲勇士三百人。七、铡刀、大斧各一把。八、红色的弓一张，红色的箭一百支，黑色的弓十张，黑色的箭一千支。九、黑黍混合香草酿成的酒一坛，盛酒器贝和玉柄勺一把与之相配。

**释读**

九锡是古代天子赐给诸侯、大臣的九种器物，是一种最高规格的礼遇。原本是为了表彰有巨大功勋的诸侯大臣，但是自汉代开始，王莽、曹操、孙权、司马昭、石虎、桓玄、侯景、刘裕、萧道成、萧衍、陈霸先、杨坚、李渊等各朝各代权臣或开国皇帝都受过前朝天子赏赐九锡，所以九锡逐渐成了谋权篡逆的代名词。周朝属火德，崇尚红色，所以九锡中的服饰、大门和弓箭都是红色的。

**❺** 汉末丧乱，绝无玉佩，魏侍中王粲识旧佩，始复作之。今之玉佩，受于王粲。

**译文**

汉末时局动乱，玉佩绝迹，后来魏侍中王粲对当时传统的、古老的玉佩制作方法比较熟悉，这样人们才重新制作。现在玉佩的制作方法都是王粲传授的。

**释读**

君子以玉比德，所以古人在身上经常佩戴玉制品。东汉末年征战不断，社会环境恶劣，可能是怕被强盗觊觎，人们都不敢再佩戴贵重的玉佩，时间一久，玉佩的制作工艺就失传了。还好魏国的王粲还知道怎么制作玉佩，这王粲身为名门贵族，建安七子之一，除了有爱听驴叫的怪癖外，竟然还懂得工匠手艺活。古话"他山之石，可以错玉"揭示了古代玉制品加工的秘诀：用麻绳不断地来回锯玉石，加水的同时加入质地比玉石更为坚硬的宝沙、红沙等矿物细末，达到切割的目的，然后再进行精细的打磨。

❻ 古者男子皆丝衣，有故乃素服。又有冠无帻，故虽凶事，皆著也。

❦译　文❧

古代男子都穿丝制的衣服，有了丧事才穿白色的素服。古时只有帽子没有头巾，所以即使遇上丧事，男子也都戴着帽子。

❦释　读❧

素服是指白色或没有经过染色的衣服，古代多穿于丧礼或是向他人请罪等表示诚心实意的时候。

❼ 汉中兴，士人皆冠葛巾。建安中，魏武帝造白帢，于是遂废，唯二学书生犹著也。

❦译　文❧

汉朝中兴的时候，读书人都头戴葛布做成的头巾。东汉建安年间，魏武帝曹操创制了一种白帢帽，从此就没有人戴葛巾了，只有国学和太学的学生仍旧戴着它们。

◆释　读◆

汉末年间，社会上流行戴头巾，哪怕是武将也都盲从这种风气。曹操认为天下大乱，物资匮乏，制作头巾过于奢靡，于是他仿照古代皮弁的样式创造了样式简易、佩戴方便的恰帽，并用颜色来区分佩戴者的身份贵贱。

卷五·文化百科

## ·名马良犬·

❶ 古骏马有飞兔、腰褭。

《译 文》

飞兔、腰褭，都是古代有名的骏马。

《释 读》

飞兔也作飞菟，相传一日之内能行万里，奔驰起来如同飞兔一般。"褭"的原意是指用丝带系马，以示马的尊贵。

❷ 周穆王八骏：赤骥、飞黄、白蚁、华骝、骎耳、骊駠、渠黄、盗骊。

**译 文**

周穆王有八匹骏马：赤骥、飞黄、白蚁、华骝、騄耳、騧𫘧、渠黄、盗骊。

**释 读**

周穆王姓姬，名满。周昭王之子，西周第五位君主，在位五十五年。相传他乘坐由这八匹骏马拉的宝车西游昆仑山，与西王母宴饮于瑶池之上。

❸ 唐公有骕骦。

**译 文**

唐成公有一匹名叫骕骦的骏马。

**释 读**

唐国是春秋时期楚国的附庸小国，于楚昭王在位时灭亡，故国范围大致在今天湖北随县西北部的唐县镇。骕骦也作"肃爽""肃霜"。唐成公曾经乘坐由两匹骕骦马拉的宝车造访楚国。

❹ 项羽有骓。【周日用曰：曹公有流影，而吕有赤兔，皆后来之良骏也。】

**译 文**

项羽有匹名叫乌骓的骏马。【周日用说："曹操有骏马流影，吕布有骏马赤兔，都是后世有名的良马。"】

◆释 读◆

乌骓马通体如同黑色的绸缎一样,乌黑亮丽,唯有四个马蹄子白如雪,号称"天下第一骏马"。相传项羽兵败自刎于乌江边后,忠于主人的乌骓也自跳乌江而死。

赤兔也作"赤菟",相传赤兔马性烈如火而又具有灵性,只愿意让英勇无比的猛将骑乘。它的第一任主人是号称三国第一猛将的吕布,吕布死后赤兔马归于关羽,关羽败走麦城后赤兔马为吕蒙所得,但赤兔马拒绝为吕蒙所骑乘,最后绝食而死。

❺ 周穆王有犬名耗,毛白。

◆译 文◆

周穆王有条狗名叫耗,毛是白色的。

◆释 读◆

狗从古代开始就是人类的宠物、助手、食材。到了周朝专门设置了养狗的官职,《周礼·秋官》载:"犬人下,士二人,府一人,史二人,贾四人,徒十有六人。"一共二十五人专门负责养狗。在五行学说中,狗与秋季都属于金,所以狗通常用来做肉羹充当秋天的祭品。此外,周天子的狗也会参加狩猎,《穆天子传》中就说:"天子之狗,走百里执虎豹。"

❻ 晋灵公有畜狗,名獒。

◆译 文◆

晋灵公养了一条狗,名叫獒。

◆释 读◆

晋灵公,姬姓,名夷皋,晋文公之孙,晋襄公之子,在位十四年。晋灵公幼年继位,长大后荒淫无道,征重税来满足自己奢侈的生活,致使民不聊生。晋灵公非常喜欢狗,专门在曲沃修筑狗园,给养在园中的狗穿绣花绸缎的衣服,把上等的肉喂给狗吃,还下令所有人不得惊扰他养的狗,否则就要被砍去双脚。晋灵公还放纵他的狗随意撕咬市集中的羊、猪、鸡等牲畜,以此为乐。后来晋灵公听信谗言,以为赵盾伤害了他的狗,便下令捉拿击杀赵盾。赵盾、赵穿两兄弟无奈之下奋力反抗,在桃园杀死了晋灵公。狗园中的狗失去主人后四处逃窜,被愤怒的晋国人全部抓住后烹杀。

**❼** 韩国有黑犬,名卢。

◆译 文◆

韩国有一种黑毛狗,名叫卢。

◆释 读◆

《山海经》中也记载了一只名为祸斗的黑色神犬,相传这只神犬出没于厌火国,这里的国民长的像猿猴,皮肤黝黑如碳,口中能喷出火焰。祸斗也能口吐猛火,还以火焰为食,经常制造火灾。但是祸斗是火神的宠物,当地人都对它无可奈何。长久之后,祸斗就成了火灾的象征,甚至很多人认为火山喷发也是祸斗引起的。

❽ 宋有骏犬，曰猅。

❨译 文❩

宋国有一种良犬，名叫猅。

❨释 读❩

猅也作狣，专指宋国的良犬。

❾ 犬四尺为獒。

❨译 文❩

四尺高的狗名叫獒。

❨释 读❩

獒是狗的一个品种，身体高大，性情凶猛，多伴随人类打猎，也可以用于警戒。根据《书经》记载，春秋战国时期四面八方的诸侯及少数民族部落曾向周天子进贡獒犬。

【卷六·英雄传说】

❶ 昔夏禹观河,见长人鱼身出,曰:"吾河精。"岂河伯耶?

◆译 文◆

从前夏禹眺望黄河,看见一条长长的人鱼,它浮出水面,说:"我是河精。"难道这就是河伯?

◆释 读◆

河伯是中国古代神话中的黄河水神,原名冯夷,也被称为冰夷。相传应龙帮助黄帝与蚩尤大战取得胜利后,因为法力消耗过大,于是潜居在南方修养,同时广降甘霖。后来黄帝乘着应龙升上天界,应龙被册封为"司黄河、江、汉、淮、济之水"的大神。但是凡间的黄河河伯冰夷不服气,认为自己本事比应龙大,于是他上天挑战应龙,谁想他根本不是恢复法力后的应龙的对手。于是应龙名正言顺地成为了天下河神、水神之首。

❷ 冯夷，华阴潼乡人也，得仙道，化为河伯。岂道同哉？仙夷乘龙虎，水神乘鱼龙，其行恍惚，万里如室。

◈译 文◈

冯夷，华阴县潼乡人，他得道后成了河伯神。神仙之道莫非是相同的吗？仙人乘坐龙、虎，水神乘坐鱼、龙。他们行踪不定，出行万里如在室内行走一样自如。

◈释 读◈

相传冯夷在黄河中洗澡，不慎溺亡，被天帝封为管理黄河的水神。

❸ 夏桀之时，为长夜宫于深谷之中，男女杂处，三旬不出听政。天乃大风扬沙，一夕填此宫谷。又曰石室瑶台，关龙逢谏，桀言曰："吾之有民，如天之有日，日亡我则亡。"以为龙逢妖言而杀之。其后复于山谷下作宫在上，耆老相与谏，桀又以为妖言而杀之。

◈译 文◈

夏桀在位的时候，在深谷里建造了一座长夜宫，男女混杂着在宫内居住，夏桀在此玩乐，一连三十天都不上朝听政。上天便刮起一阵大风，尘土飞扬，一夜之间把长夜宫所在的山谷填平了。桀又在山洞里用玉石砌成一座瑶台，大臣关龙逢劝谏他，夏桀却说："我主宰百姓，就像天上有太阳一样，是天命所予，直到太阳消亡，我才会灭亡。"他把关龙逢的劝谏视为妖言，杀了他。后来，桀又在山谷下筑造宫殿，老臣们好言劝谏，桀依然认为都是妖言，于是把他们都杀了。

❦释 读❧

桀，姒姓，名癸，桀是他的谥号，所以也被称为夏桀。他是夏朝最后一任君主，统治期间荒淫无度，残暴不仁。于鸣条之战被商国君主成汤打败，被流放至南巢。

❹ 夏桀之时，费昌之河上，见二日：在东者烂烂将起；在西者沉沉将灭，若疾雷之声。昌问于冯夷曰："何者为殷？何者为夏？"冯夷曰："西夏东殷。"于是费昌徙，疾归殷。

❦译 文❧

夏桀统治时期，费昌来到黄河边上，看见空中有两个太阳：东面的太阳金光熠熠即将升起，西面的太阳光彩黯淡行将消亡，还发出霹雳般的声响。费昌问河神冯夷："哪个太阳代表殷？哪个太阳代表夏？"冯夷回答说："西边的代表夏，东边的代表殷。"于是费昌赶紧迁移，归附殷商。

❦释 读❧

费昌，嬴姓，费氏，名昌。本是夏朝人，是夏桀的宗族亲属，后来归附商国，在鸣条之战中为成汤驾车作战。他是秦始皇嬴政的先祖。

❺ 武王伐纣至盟津，渡河，大风波。武王操戈秉麾麾之，风波立霁。

❄译　文❄

周武王讨伐商纣王，当军队到达盟津，开始准备横渡黄河的时候，刮起了大风浪。周武王手持斧钺和大旗指挥它们，风浪立刻就停息了。

❄释　读❄

盟津即孟津，古黄河渡口之一，在今河南孟津东北和孟州西南交界处，由于黄河改道而消亡。

❻ 鲁阳公与韩战酣而日暮，授戈麾之日，日反三舍。

❄译　文❄

鲁阳公与韩国作战，战斗正激烈酣畅的时候，日暮将至，鲁阳公就拿起戈来指挥太阳，太阳随之往后退了三座星宿的位置。

❄释　读❄

古人为了观测日、月的运行，把天空分为二十八份，称之为二十八星宿。同时古人认为星宿是日、月运行时所处的"房舍"，如同地上的官吏待在邮亭、廨署中一样。随着时间的流逝，日、月会跑到下一座星宿的范围内。一宿是一舍，文中鲁阳公让太阳"反三舍"，言下之意就是让时间倒流，由黑夜变回到了白天，以方便继续和韩国作战。

❼　太公为灌坛令。武王梦妇人当道夜哭，问之，曰："吾是东海神女，嫁于西海神童。今灌坛令当道，废我行。我行必有大风雨，而太公有德，吾不敢以暴风雨过，是毁君德。"武王明日召太公，三日三夜，果有疾风暴雨从太公邑外过。

**译　文**

姜太公担任灌坛令的时候，一次周文王梦见一名妇人夜间在路中央哭泣，便问她缘由，她说："我是东海神的女儿，嫁给西海神的儿子。现在灌坛令当政，使我不能经行此地。我一走动，必然伴随有狂风暴雨，而姜太公有德，我不敢带着狂风暴雨经过灌坛，因为这样做有损他的德行。"第二天，文王召见了姜太公。这之后的三天三夜，果然有狂风暴雨从姜太公执掌的灌坛邑外经过。

**释　读**

灌坛原为地名，今天的方位不可考证，后世用"灌坛"代指有德行的地方官吏。

❽　晋文公出，大蛇当道如拱。文公反修德，使吏守蛇。吏梦天使杀蛇曰："何故当圣君道？"觉而视蛇，则

自死也。

**❧译　文❧**

　　晋文公外出，遇上一条大蛇拱起身子挡住去路。晋文公回去后修治自己的德政，同时派小吏守着大蛇。小吏梦见上天派遣使者来杀蛇，使者对蛇说："你为什么要挡圣君的路？"小吏醒来一看，蛇已经死了。

**❧释　读❧**

　　晋文公，姬姓，名重耳。年少时因骊姬之乱被迫流亡在外十九年，后来在秦国的帮助下回到晋国继承王位。在他的励精图治之下，晋国成了春秋五霸中的第二位，开创了晋国长达百年的霸业。晋文公重耳被迫流亡在外的时候，经常衣不蔽体，食不果腹。有一次重耳饿到快晕过去了，他的随从介子推割了一块自己腿上的肉，与野菜一同煮成汤给他充饥，当重耳知道介子推的所作所为后十分感动，立即发誓日后一定与介子推共享荣华富贵。后来重耳回到晋国继承王位成为晋文公，大肆封赏有功之臣的时候却忘记了介子推。介子推虽生性淡薄，不愿夸功争宠，但也感受到了晋文公为人凉薄，于是回到家中带着老母亲一起入绵山隐居。第二天晋文公发现介子推没来上朝，这才忆起自己食言了。于是亲自到绵山向介子推赔罪，请他出山担任高官。谁知介子推躲在山中不愿露面，情急之下晋文公命令手下放火烧山，企图用火势逼迫介子推下山。谁知介子推宁死不屈，与老母亲一同被烧死在一棵大柳树下。懊悔不已的晋文公为了纪念这位亦臣亦友的忠义之士，下令全国百姓不得在介子推逝去的这一天生火做饭，都必须吃冷食，这就是寒食节的由来。第二年晋文公率领群臣登绵山祭拜介子推，发现被烧死的大柳树死而复生，又长出了柳枝嫩叶，便赐名老柳树"清明柳"，并晓谕天下，把寒食节的后一天定为清明节。

❾ 齐景公伐宋，过泰山，梦二人怒。公谓太公之神，晏子谓宋祖汤与伊尹也。为言其状，汤晳容多发，伊尹黑而短，即所梦也。景公进军不听，军鼓毁，公恐，乃散军不伐宋。

◆译 文◆

齐景公发兵攻打宋国，经过泰山，夜晚梦见二人发怒。齐景公说发怒的是姜太公的神灵，而晏子说是宋国的先祖成汤和伊尹。晏子还对齐景公描述了二人的相貌：成汤皮肤白皙且毛发很多，伊尹皮肤黑而矮小，而齐景公梦到的正是这两个人。齐景公不顾规劝继续进军，突然军鼓锤坏了，他这才害怕起来，赶紧下令召回派去攻伐宋国的军队。

◆释 读◆

晏子原名晏婴，春秋时期齐国著名政治家、思想家、外交家。"子"是古人对有德行、有地位的人的尊称。晏婴历任齐灵公、齐庄公、齐景公三朝，辅政世间长达五十余年。他虽然身材矮小，但是聪慧机智，能言善辩。在外交场合，他在坚持原则的情况下灵活应对各种情况，捍卫了齐国的国威。其思想和轶事典故多见于《晏子春秋》一书，为后世留下了诸如折冲樽俎、晏子使楚、二桃杀三士、纪国金壶、智论生死、死马杀人、景公葬妾、烛邹养鸟、华而不实、景公嫁女、挂羊头卖狗肉等大量历史典故。

**❿**　《徐偃王志》云：徐君宫人娠而生卵，以为不祥，弃之水滨。独孤母有犬名鹄苍，猎于水滨，得所弃卵，衔以东归。独孤母以为异，覆暖之，遂孵成儿，生时正偃，故以为名。徐君宫中闻之，乃更录取。长而仁智，袭君徐国。后鹄苍临死生角而九尾，实黄龙也。偃王又葬之徐界中，今见有狗垄。偃王既袭其国，仁义著闻。欲舟行上国，乃通沟陈、蔡之间，得朱弓矢，以己得天瑞，遂因名为号，自称徐偃王。江淮诸侯皆伏从，伏从者三十六国。周王闻，遣使乘驷，一日至楚，使伐之，偃王仁，不忍闻言，其民为楚所败，逃走彭城武原县东山下。百姓随之者以万数，后遂名其山为徐山。山上立石室，有神灵，民人祈祷。今皆见存。

**❀译　文❀**

《徐偃王志》说：徐国国君的宫女怀孕后生下一枚卵，被认为是不祥之物，于是把卵扔到了水边。有个独居的老妇人养了一条名叫鹄苍的狗。一次狗在水边捕猎，发现了这枚卵，就衔着它回家了。老妇人觉得这枚卵来历非凡，便用身子捂暖它，不久就孵出了一个孩子，这孩子出生时正好是仰卧着的，所以取名为"偃"。徐国国君在宫中听闻这件事，就把孩子接回宫中抚养。孩子长大后仁慈、聪慧，继承了王位。后来鹄苍临死的时候长出了角和九条尾巴,才知这狗原来是黄龙。徐偃把它葬在徐国境内,现在还可以看见它的坟墓。徐偃继承王位后,以仁义闻名天下。他想乘船到其他国家去游览,就在陈国与蔡国之间开凿了一条运河,挖沟渠时挖到了红色的弓和箭,认为自己得到了祥瑞,便根据自己的名字取了号,自称为徐偃王。江淮一带的诸侯都服从他,臣服者多达三十六个国家。周穆王听说此事,派了使者乘着四匹马拉的车,一天功夫就到了楚国,传周天子令要求楚国国君征伐徐偃王。徐偃王仁爱,不忍心杀伐争斗,结果徐国人被楚军打败,逃到彭城武原县东山下。跟随徐偃王逃跑的百姓数以万计,后来人们便把这座山称为徐山。山上开凿有一个石室,其中供奉着偃王的神位,以供百姓祭拜祈祷,现在都还在。

**❖释　读❖**

　　早在4万年前,狗就已经被人类驯服,此后悠长的时间里,狗一直陪伴着人类,起到狩猎、警戒守护的作用。同时,狗也出现在了世界各民族的神话中,如古希腊神话中的地狱三头犬刻耳柏洛斯,北欧神话中的四眼魔犬加尔姆,中国古代神话中的哮天犬等,甚至有些民族奉狗为先祖。相传在帝喾时,有个老宫女身患耳疾,医生为她治疗的时候从耳朵里挑出一只大小如同蚕茧的硬壳虫。老宫女离开后,医生把这只硬壳虫放在瓠瓢中,谁知这只小虫一碰到瓠瓢就变成了一条身上长有五色花纹的狗,于是医生就叫他瓠瓢。当时戎吴部落兵强马壮,屡次侵犯中原,帝喾曾多次与之战斗,但都不能取得胜利。于是他昭告天下,能杀死戎吴部落首领的人将被封为诸侯,同时迎娶公主。没过几天,只见瓠瓢叼着戎吴部落首领的人头跑上朝堂。核对无误后,帝喾正要赏赐,这时大臣纷纷反对,说:"瓠瓢是一只牲畜,怎么能做诸侯并迎娶公主呢？"公主听了后说："父亲已经把我许诺给天下了。现在瓠瓠叼着首级来了，为国家除去了祸害，这是上天使它获得了这样的成功，怎么可能只是狗的智慧和力量。天子看重诺言，称霸的人讲究信用，您不可以因为我轻微的身躯，而在天下人面前违背了公开的誓约，这是国家的灾祸啊！"说完公主就跟着瓠瓠登上草木茂盛的南山，不一会儿就失去了踪影。三年后，瓠瓠和公主生下了六男六女。瓠瓠死后，六对孩子互相配偶结成夫妻。他们用树皮纺织，用草籽染色，身穿像瓠瓠毛色那样五彩的衣服，衣服后面还跟着一条尾巴。他们说起话来含混难辨，吃喝的时候总是蹲着。每当祭祀瓠瓠的时候，他们就把米饭和鱼肉混在一起，敲着木槽大声叫喊。直到现在还有人说："露着大腿，系着短裙的人是瓠瓠的子孙。"

**⓫** 澹台子羽渡河，赍千金之璧于河，河伯欲之，至阳侯波起，两蛟挟船，子羽左掺璧，右操剑，击蛟皆死。既渡，三投璧于河伯，河伯三跃而归之，子羽毁而去。

◈译 文◈

澹台子羽带着价值千金的玉璧渡过黄河，河神想要得到这块玉璧。这时波神掀起了大浪，命令两条蛟龙把船夹在中间。澹台子羽左手拿着玉璧，右手持剑攻击蛟龙，把它们全都杀死了。渡过黄河后，澹台子羽三次把玉璧扔进黄河送给河神，而河神则三次跃出水面把玉璧还给他，最后澹台子羽在黄河边毁掉玉璧后离开了。

◆释 读◆

澹台子羽，复姓澹台，名灭明，字子羽，春秋时鲁国人。由于长相丑陋，一开始孔子认为他没有什么才能。但是澹台子羽修行认真刻苦，与人亲和友善，能力优秀出众，闻名于诸侯之间。后来孔子自我检讨道："我曾经以貌取人，差点失去了子羽这样优秀的弟子。"

**⑫** 荆轲，字次非，渡，鲛夹船，次非不走，断其头，而风波静除。【周日用曰：余尝行经荆将军墓，墓与羊角哀冢邻，若安伯施云，昔安西左伯桃为荆将军所伐，乃在此也。其地在苑陵之源，求见其墓碑，将军名乃作"次非"字也。】

◆译 文◆

荆柯字次非，一次坐船渡河时，遇有蛟龙夹住船只，荆轲非但没有逃走，还挥剑斩断了蛟龙的头，河面于是恢复了平静。【周日用说："我曾经经过荆轲将军的坟墓，他的坟墓与羊角哀的坟墓相邻，正像安伯施所说的那样，左伯桃就是在这里被荆将军征讨的。这个地方在苑陵的源头，我想方设法见到了荆轲的墓碑，上面就是刻着他的字'次非'。"】

◆释 读◆

羊角哀是战国时燕国人。他和左伯桃是志趣相投的好朋友，他们听闻楚元王礼贤下士，心怀天下，于是结伴奔赴楚国，途中他们遭遇了大雪，携带的食物很快也将吃完。为了保全羊角哀能平安到达楚国都城,左伯桃故意支开羊角哀,趁机脱下自己的衣服,拿出自己的食物放在衣服边上。等羊角哀回来时,发现左伯桃浑身赤裸,已经冻得只剩最后一口气了。在左伯桃的催促下,羊角哀穿上左伯桃的衣服,拿起他的食物恸哭着继续上路。等到达楚国都城后,羊角哀做的第一件事就是雇人一同回去埋葬左伯桃。后来凭借出色的理政能力,羊角哀为楚元王赏识并被赐予了官职。后来有一天,羊角哀梦到左伯桃对他说:"我非常感激你能厚葬我,但是我的坟墓与荆轲的坟墓靠得太近了,他因为刺杀秦王失败而怨气冲天,每天都凶神恶煞地来辱骂我,说我是冻饿而死的孤魂野鬼,没有资格和他这样勇武的人埋葬在一起,如果我不迁坟,他就使用神通让我抛尸荒野。我实在受不了他的压迫了,请你帮帮我。"第二天羊角哀就来到左伯桃墓附近,询问过路的当地人,得知荆轲的坟墓的确在附近,当地人还建造了一座小庙供奉荆轲。于是他来到庙前,大骂荆轲道:"你荆轲原本不过是边陲小国燕国的一个匹夫,偶然间受到了燕太子丹的礼遇。你没有好好策划刺杀计划,贸然前往秦国莽撞行事,导致刺杀秦王失败,落得身死误国的下场,燕太子丹也因为你的失败而被自己的父亲杀死,头颅被割下来当作向秦国求和的诚意。你不在阴间好好反思自己的过错,反而跑到楚国来惊扰乡民,恐吓他们祭祀供奉你!而我的兄长左伯桃是当代有大德行的名士,为人仁义廉洁,你怎么敢对他恶言相向,甚至迫害他!你要是再敢这样做,我就拆了你的庙,挖了你的坟,永绝后患!"谁知当晚羊角哀又梦到左伯桃哭着前来诉说:"非常感谢贤弟为我做的一切,但是荆轲人多势众,今晚他要带着手下前来殴打我。请你用茅草扎成手持兵器的小人,在坟墓前烧给我。"羊角哀惊醒后立马命人连夜扎茅草人，直奔左伯桃墓前焚烧。谁知第三日羊角哀又梦到了左伯桃，左伯桃告诉他，荆轲请来了他的朋友高渐离，他们并肩作战打败了所有茅草人。现在已经无计可施了，请羊角哀尽快另择墓地安葬他。羊角哀醒来后悲愤交加，带着宝剑和随从来到荆轲墓前，怒目圆睁大声呵斥道："你荆轲有朋友相助，左伯桃也有朋友相助！"说完回头和随从说："把我埋葬在左伯桃边上！"还没等随从反应过来，羊角哀已经拔剑自刎，随从只能照做。当天晚上，此地风雨交加，雷鸣闪电，地动山摇，喊杀之声不绝于耳，当地人吓得紧闭门窗不敢窥视。等天亮后出门查看，发现荆轲的坟墓已经破开，尸骨散落一地，坟墓边上的松柏被连根拔起。供奉荆轲的小庙突然起火自燃，不一会儿就烧成了空地，一点痕迹都没留下。后世人们把左伯桃和羊角哀的友情称为"羊左之交"。

**⑬** 东阿王勇士有蓇丘䜣，过神渊，使饮马，马沉。䜣朝服拔剑，二日一夜，杀二蛟一龙而出，雷随击之，七日七夜，眇其左目。

**◈译 文◈**

东阿王麾下有个勇士名叫蓇丘䜣，他经过神渊的时候，放马饮水，结果马沉到水里去了。蓇丘䜣脱下朝服拔出剑跳进神渊寻觅，最后杀死了两头蛟和一头龙，过了两天一夜才浮出水面。此时雷电大作，击向蓇丘䜣，就这样持续了七天七夜，最终把他的左眼给震瞎了。

**释 读**

现代人都知道打雷是大气中异性电摩擦的结果,是一种很平常的自然现象。但古人不知道其中的科学原理,认为是有人在天上制造出巨大的声响和耀眼的光芒。早在《山海经》中,人们就想象出了一只名为雷神的怪物,称它住在雷泽中,长着龙的身体和人的脑袋,它一拍打自己的肚子雷声就轰轰作响。到了明清两代,受道教的再创作,雷神的外观发生了巨大的变化,变成了一个身强体壮,背插双翅,额头上长着第三只眼,脸红得像猴子,下颏又尖又长的形象。明代小说家许仲琳更是把这一形象赋予了《封神榜》一书中天雷将星下世的雷震子。自此雷公嘴、背生双翅,手持锤钉的雷神经典形象就在世人心中扎根了。

**⑭** 汉滕公薨,求葬东都门外。公卿送丧,驷马不行,踡地悲鸣,跑蹄下地得石,有铭曰:"佳城郁郁,三千年见白日,吁嗟滕公居此室。"遂葬焉。

**译 文**

汉滕公夏侯婴去世后,家人准备在东都门外找个地方安葬他。出殡时,前来送葬的公卿的队伍排到东都门外,此时拉棺椁的四匹马不再前行,站在原地用马蹄刨地,悲鸣不已。人们挖掘马蹄刨地处,挖出了一块大石头,上面刻有铭文:"墓地里昏暗,三千年才得以见到阳光。唉呀!滕公将要在这里安息。"家人因此把滕公夏侯婴下葬在此地。

### 释读

古代对不同身份地位的人死去有不同的称呼：帝王死去称为崩、升霞、星驾、登遐；诸侯死去称为薨；士大夫死去称为卒、不得、不禄；佛陀、僧侣死去称为涅槃、圆寂，只有平民百姓死去才称为死。此外对死亡的称呼还有逝世、谢世、长逝、百年、四游、登仙、作古、陨、羽化等词。

**❶⓹** 卫灵公葬，得石椁，铭曰："不冯其子，灵公夺我里。"

### 译文

卫灵公下葬的时候，发现地下有一口石头棺材，上面刻有铭文："这些子孙靠不住，灵公夺取我的墓地。"

### 释读

卫灵公是春秋时期卫国的第二十八任国君，他为人猜忌多疑，脾气暴躁，但是却知人善用，提拔了孔圉、祝、王孙贾三个能力优秀的人。

**❶⓺** 汉西都时，南宫寝殿内有醇儒王史威长死，葬铭曰："明明哲士，知存知亡。崇陇原亹，非宁非康。不封不树，作灵乘光。厥铭何依，王史威长。"

❦译　文❧

西汉建都长安时，南宫的宗庙里有一位纯粹的儒家学者，名叫王史威长。他去世时，在安葬的铭文上写道："明睿哲人，知晓存亡。陇山崇高，流水静淌，却没有宁静与安康。你死后既不起坟又不植树，可依然显灵发光。这铭文写的是谁，王史威长。"

❦释　读❧

王史是一个复姓，出自西周共王后裔太史馆姬宰，是以官职为姓。《风俗通》就有记载："周先王太史号王史氏。"

⑰　元始元年，中谒者沛郡史岑上书，讼王宏夺董贤玺绶之功。灵帝光和元年，辽西太守黄翻上言："海边有流尸，露冠绛衣，体貌完全，使翻感梦云：'我伯夷之弟，孤竹君之子也。海水坏吾棺椁，求见掩藏。'民有襁褓视，皆无疾而卒。"

❦译　文❧

汉平帝元始元年，中谒者沛郡人史岑上书，颂扬王宏从董贤手中夺回玉玺的功劳。汉灵帝光和元年，辽西太守黄翻上书说："海边漂来一具尸体，戴着镶玉的帽子，穿着深红色的衣服，体貌完好。死者托梦给我说：'我是伯夷的弟弟，孤竹君的儿子。海水把我的棺材侵蚀掉了，请你把我重新埋葬。'当时有百姓抱着婴儿跑来看热闹，没有施以援手，回到家中婴儿便无病夭折了。"

**释读**

董贤，字圣卿，汉哀帝刘欣的宠臣。史书记载董贤长得十分俊美，又兼具阴柔的女子气质，深受汉哀帝的宠爱。相传他曾经与汉哀帝在一张床上睡午觉，汉哀帝先醒来，发现自己的袖子被董贤压在身下，他不忍心因抽出袖子而把董贤吵醒，于是割断了自己的袖子。

**❶⓼** 汉末关中大乱，有发前汉时冢者，人犹活。既出，平复如旧。魏郭后爱念之，录著宫内，常置左右。问汉时宫中事，说之了了，皆有次序。后崩，哭泣过礼，遂死焉。

**译文**

汉末关中大乱，有人趁乱发掘了西汉时期的皇陵，竟然有一名陪葬的宫女还活着。此人出了墓穴，与常人无异。魏国的郭皇后爱怜她，将她收养在宫内，常常让她随侍在身边。问及西汉宫中之事，她都能说清，且很有条理。后来郭皇后死了，这个宫女痛哭不已，超越了应有的礼节，悲伤之下竟也死了。

**释读**

古人在坟墓等秘境发现死而复生的人并不是个例。西汉宣帝在位时，曾下令命人在上郡开凿磐石，谁知在开凿过程中发现了一个石室，打开石室后发现里面有一个披头散发、浑身赤裸，手被反绑的人，当场的人都不知道这是怎么回事，于是把石室中的人押送回长安向汉宣帝汇报，谁知朝廷大臣从未听过这等奇事。经过讨论后得出结论：这依旧是一具尸体，只是意识上受到了灵怪的操控，所以才会呈现如今的表象，不能以常理去推断，只能进一步观察。

**❶⑨** 汉末发范明友奴冢，奴犹活。明友，霍光女婿。说光家事废立之际，多与《汉书》相似。此奴常游走于民间，无止住处，今不知所在。或云尚在，余闻之于人，可信而目不可见也。

◆译 文◆

汉朝末年有人掘开范明友家奴的坟墓，发现陪葬的家奴还活着。范明友，是霍光的女婿。这个家奴讲起霍光的家事以及废立刘贺的情节，大多与《汉书》记载相似。这名家奴常常在民间游历，居无定所，现在已不知道他的所在。有人说他还活着，我从别人那里听说了这件事，觉得有关他的传说是可信的，但我也没有亲眼见过。

◆释 读◆

霍光，字子孟，河东郡平阳县（今山西省临汾市）人。西汉时期的权臣、政治家，大司马霍去病异母弟，名列"麒麟阁十一功臣"首位。相传霍光身材魁梧，皮肤白皙，眉目疏朗，胡须长美。他凭借门荫入仕，选为郎官，历任侍中、奉车都尉、光禄大夫。为人为政忠诚勤恳，持心公正，勤劳国家。汉武帝临终之时指定霍光为大司马、大将军，和金日䃅、上官桀、桑弘羊一同辅佐时年八岁的汉昭帝。汉昭帝死后，霍光迎立昌邑王刘贺为帝，二十七天后废刘贺，改立汉宣帝刘询。霍氏图谋造反，毒害许平君皇后母子事发，全族坐罪处死。范明友受霍家谋反案牵连，于府中自杀。

❷ 大司马曹休所统中郎谢璋部曲义兵奚侬恩女，年四岁，病没故，埋葬五日复生。太和三年，诏令休使父母同时送女来视。其年四月三日病死，四日埋葬，至八日同墟人采桑，闻儿生活。今能饮食如常。

◆译  文◆

魏国大司马曹休部下中郎将谢璋，他的部属武装中有个名叫奚侬恩的人，其女儿四岁时病故，埋葬五天后又活了过来。太和三年，魏明帝下诏命曹休派女孩的父母带着孩子觐见，想亲眼一见。这一年四月三日，女孩又病死了，四日埋葬，到了八日，同乡的人去采桑，听到小孩的声音，发现女孩又活了过来。现在这孩子饮食如常。

◆释  读◆

法医学上把生命特征比如呼吸、心跳、血压、脉搏等极其微弱，处于似乎已经死亡，但其实人还活着的状态称为假死真生。一般在窒息、昏迷、失血过多、药物作用等情况下，人容易出现假死状态。假死者经及时抢救，复苏的可能性极大，如果辨别不清患者状态，延误了最佳抢救时机，假死者就会真的死亡。

❷ 京兆都张潜客居辽东，还后为驸马都尉、关内侯，

表言故为诸生，太学时，闻故太尉常山张颢为梁相，天新雨后，有鸟如山鹊，飞翔近地，市人掷之，稍下堕，民争取之，即为一员石。言县府，颢令搥破之，得一金印，文曰"忠孝侯印"。颢表上之，藏于官库。后议郎汝南樊行夷校书东观，表上言尧舜之时，旧有此官，今天降印，宜可复置。

### 译文

京兆都张潜客居辽东，回到京城后被封为驸马都尉、关内侯。他给朝廷上奏章说，自己从前作为诸生在太学读书的时候，听说前任太尉常山人张颢担任梁相期间，在某一日天刚下过雨，有只像山鹊的鸟，贴地面飞翔，街市上的人朝它掷东西，鸟便慢慢坠落了下来，人们争着去捡这只鸟，它却变成了一块圆石。报告官府后，张颢下令把石头敲碎，得到一枚金印，上面有"忠孝侯印"四个字。张颢上书朝廷献上这方金印，金印便被收入了国库。后来，议郎汝南人樊行夷在东观校勘图书时，上书皇帝说，尧舜的时候原本有忠孝侯这样的官职，现在上天降下这方印章，应当恢复这一官职。

### 释读

驸马都尉最开始是汉武帝时期设置的官职，负责在皇帝出行时驾驭副车，跟在皇帝乘坐的正车后面。直到三国时魏国何晏、西晋杜预、王济都以帝婿的身份被赐予驸马都尉这一官职，后世才开始以"驸马"代指帝王的女婿、公主的丈夫。

**㉒** 大姒梦见商之庭产棘，乃小子发取周庭梓树，树之于阙间，梓化为松柏棫柞。觉惊以告文王，文王曰：慎勿言。冬日之阳，夏日之阴，不召而万物自来。天道尚左，日月西移；地道尚右，水潦东流。天不享于殷，自发之未生于今六十年，禹羊在牧，水潦东流，天下飞蝗满野，日之出地无移照乎？

### 译文

太姒梦见商朝庭院里长满荆棘，小儿子姬发取来周国庭院中的梓树，把它种在空缺的地方，梓树不久后就变成了松树、柏树、棫树、柞树。太姒从梦中惊醒，把做的梦告诉了周文王。周文王说：小心，这件事不要讲出去。冬天的太阳，夏天的阴凉，不召而万物都会自发前来。天道尚左，因此日月向西移动；地道尚右，因此积水东流。上天不受享殷商奉上的祭品，从姬发出生到现在已六十年了，禹羊在牧野现身，积水向东倾泄，蝗虫布满田野，太阳难道不会从升起的地方转移，照耀其他地方吗？

### 释读

禹羊即夷羊，《国语·周语上》中记载商朝的兴旺与两种神兽息息相关："商之兴也，梼杌次于丕山；其亡也，夷羊在牧。"古人认为禹羊是土神的化身。

梼杌别名傲狠，是一种凶兽。据说它住在离中原大地很远的西方，脸有点像人，身子像老虎，毛发像长毛犬；嘴巴长着和野猪一样的獠牙，光尾巴就长达八尺。梼杌勇猛好斗，称霸了整个西方。另一种说法，梼杌是颛顼的儿子，从小就不听从长辈的教诲，顽劣不堪，甚至颠覆纲常伦理。后来人们把帝鸿氏的儿子浑沌、少皞氏的儿子穷奇、缙云氏的儿子饕餮和梼杌合称为"上古四凶"。

**㉓** 武王伐殷，舍于戚，逢大雨焉。衰舆三百乘，甲三千，一日一夜，行三百里以战于牧野。

**◆译 文◆**

周武王攻伐商纣王，驻扎在戚地，遇上了大雨。于是周武王率领三百辆战车、三千名甲兵，一天一夜行军三百里，奔袭到牧野与纣王决战。

**◆释 读◆**

牧野在今天的河南省卫辉市、新乡市一带。史书记载商朝自商汤建立六百多年后，商纣王帝辛继位，为商朝第三十一位国君。帝辛身材高大，聪慧敏捷，膂力过人，能空手与猛兽搏斗。刚继位时他也能听从贤臣的进谏，做到励精图治，但是他逐渐沉溺于酒色淫乐，宠信宠妃妲己以及恶来、飞廉等佞臣，耗费巨资修建鹿台，建造酒池肉林，致使国库空虚，民不聊生。他甚至妄杀冒死进谏的叔父比干，囚禁叔父箕子，随意欺凌诸侯，掠夺百姓的生命和财产。与商纣王有着杀兄辱父之仇的周武王姬发趁着商朝军队主力远征东夷，与庸、卢、彭、濮、蜀、羌、微、髳等部族会师于孟津，起誓共同讨伐商纣王。第二天联合军冒雨疾行，直捣商朝都城朝歌。情急之下商纣王只能组建由奴隶和俘虏组成的临时军队，与联合军在牧野大战。谁知商朝的临时军队一击即溃，纷纷倒戈投降，商纣王仓皇逃回朝歌，登上鹿台自焚而死。史称"牧野之战",自此商朝灭亡。

❷ 成王冠,周公使祝雍曰:"辞达而勿多也。"祝雍曰:"近于民,远于佞,近于义,啬于时,惠于财,任贤使能。陛下摛显先帝光耀,以奉皇天之嘉禄钦顺仲春之吉日,遵并大道,郊域康阜,万国之休灵,始明元服,推远童稚之幼志,弘积文武之就德,肃勤高祖之清庙,六合之内,靡不蒙德,岁岁与天无极。"右孝昭、周成王冠辞。

#### 译 文

周成王行冠礼时,周公让祝雍献颂辞时对他说:"言辞达意就行,不要太多。"于是祝雍颂道:"希望大王亲近百姓,疏远小人,靠近道义,按时耕种,广施钱财,任用贤能。陛下彰显先王的光辉,承受上天赐予的洪福,敬顺仲春吉日,教化臣民尊崇大道,使天下安康富庶,万国和乐太平。今日吾皇戴上冠冕,推广童年时候的高远志向,广积文王、武王的美德,勤勉恭敬地祭祀祖先宗庙,八方天下,无不蒙受皇帝德行的滋润,愿吾皇永世长存,与天地同岁。"以上是汉昭帝和周成王行冠礼时的祝辞。

#### 释 读

古代男子在二十岁的时候会举行结发戴冠的冠礼仪式,表示已经成人自立,可以婚娶,并作为族群的一个成年人参加各种活动,这是很重要的仪式。不同身份的人举行冠礼仪式所要准备的服饰、头冠、物品都不一样。女子成年举行的仪式叫笄礼,俗称上头、上头礼，笄就是发簪。自周朝起，礼制规定一般女子在十五岁时举行成人仪式，而贵族女子要在订婚之后，出嫁之前举行笄礼，如果女子一直待嫁未许人，可以推迟到二十岁再行笄礼。

**㉕** 燕太子丹质于秦，秦王遇之无礼，不得意，思欲归。请于秦王，王不听，谬言曰："令乌头白，马生角，乃可。"丹仰而叹，乌即头白；俯而嗟，马生角。秦王不得已而遣之，为机发之桥，欲陷丹。丹驱驰过之，而桥不发。遁到关，关门不开，丹为鸡鸣，于是众鸡悉鸣，遂归。

**译　文**

燕太子丹在秦国作人质，秦王待他无礼，太子丹心里很不如意，想回到燕国。他请求秦王放他回国，秦王不准，还开玩笑地说："如果乌鸦的头变白，马头上长出角，就放你回国。"太子丹仰天长叹，结果乌鸦的头马上变白了；他又低头嗟叹，马头随之长出了角。秦王不得已，只好让他回国，但故意设置了一座布有陷阱的桥，想陷害太子丹。太子丹乘马飞奔过桥时，桥上的机关并没有触发。太子丹一路遁逃到函谷关，看到大门关着，于是他模仿鸡叫，别的鸡也都跟着叫了起来，守关的士兵以为到了开门的时辰，就把关门打开了，至此太子丹才得以回到燕国境内。

**❖释　读❖**

燕太子丹姓姬名丹，燕王姬喜的儿子。年少时曾和秦始皇嬴政一同在赵国做人质，当时两人相谈甚欢。后来太子丹又以人质的身份居住在秦国都城咸阳，但是继位后的嬴政不念旧情，对其多有羞辱。太子丹不堪忍受百般羞辱，暗自逃回燕国。此时秦国已经攻灭韩、赵等国，大军锋芒直指燕国，心怀国仇私恨的太子丹策划暗杀秦王嬴政来阻挡秦国的兼并之势，于是派出了荆轲与秦舞阳。事情败露后燕王姬喜下令赐死太子丹，用他的头颅向秦国求和。

❷❻　詹何以独茧丝为纶，芒针为钩，荆筱为竿，割粒为饵，引盈车之鱼于百仞之渊，汩流之中，纶不绝，钩不申，竿不挠。

**❖译　文❖**

詹何用单个蚕茧上抽下来的丝作钓丝，用尖细的针作钓钩，用柔嫩的荆条作钓竿，切割饭粒作诱饵，在百丈的深渊处放下钓钩，从激流中钓起了一条可以装满一车的大鱼，然而钓丝没有断，鱼钩没有被拉直，钓竿没有变形。

**❖释　读❖**

詹何，楚国人，是战国时期的哲学家。他继承了杨朱的"为我"思想，认为"重生"必然"轻利"，反对纵欲自恣的行为，主张以轻御重的治国方式。相传他坐在家中就能知道门外牛的颜色。

**㉗** 薛谭学讴于秦青，未穷青之旨，于一日遂辞归。秦青乃饯于郊衢，抚节悲歌，声震林木，响遏行云。薛谭乃谢求返，终身不敢言归。秦青顾谓其友曰："昔韩娥东之齐，遗粮，过雍门，鬻歌假食而去，余响绕梁，三日不绝，左右以其人弗去。过逆旅，凡人辱之，韩娥因曼声哀哭，一里老幼悲愁，垂泪相对，三日不食。遽尔追之，娥还，复为曼长歌，一里老幼喜欢抃舞，弗能自禁，乃厚赂而遣之。故雍门人至今善歌哭，效娥之遗声也。"

**◆译 文◆**

薛谭跟随秦青学习唱歌，还没完全学到秦青的精义，在某一天就准备告辞回家了。秦青在城郊道旁为他饯行，打着拍板悲歌，声响振动林木，仿佛遏制住了飘浮的行云。薛谭向秦青道歉，请求随他回去继续学习，终其一生也不敢提起回家的事。秦青回头对他的友人说："从前韩娥向东到了齐国，半路上粮食匮乏，经过雍门的时候，靠卖唱换取食物，而后行路。她走后，余音在屋梁上久久萦绕，三天都没有断绝，附近的人还以为她人没有离去。她经过旅店时，遭遇到人的侮辱，于是拖着声调哀泣。当地的男女老幼受到哭声的感染也为之悲愁流涕，他们垂泪相对，三天吃不下饭。为了恢复正常的生活，村里人急忙将她追回来。韩娥回来后，又放声高歌，唱起了欢快的乐曲，全乡的男女老幼欢喜地鼓起掌、跳起舞，停都停不下来。唱罢，大家赠送给她许多礼物，送她继续赶路。所以齐国雍门一带的人至今还擅长唱歌和哀哭，这是因为他们模仿了韩娥遗留下来的声音曲调啊。"

### 释 读

春秋时期流行一种叫"成相"的歌唱表演方式。"相"是一种击节乐器,其形制有两种说法:一说为舂牍,古时候谷物去皮时把谷物放在一个石臼里,用木杵反复冲击。民间从事这种劳动时,常常三五人围着石臼各拿一根木杵轮流冲击。在协作劳动时为了鼓舞士气,往往跟随着杵的节奏歌唱,这种艺术形式被称为"相"。在《礼记》中就有记载说"邻有丧,舂不相",意思是说如果邻居有丧事,舂米的时候就不能唱歌。另一说为搏拊,搏拊是一种类似小鼓的乐器,用双手击打的同时跟随节奏歌唱,是一种用于宫廷的雅乐。《荀子》中有《成相》篇,从行文字词上可以看出全文由六句组成一章,每句依次为三、三、七、四、四、三字,其中第四、第五句不押韵。清人卢文弨评价《成相》是"后世弹词之祖",可见《成相》这种表演形式可能是弹词、说唱等演唱艺术的源头。

❷❽ 赵襄子率徒十万狩于中山,藉芳燔林,扇赫百里。有人从石壁中出,随烟上下,若无所之经涉者。襄子以为物,徐察之,乃人也。问其奚道而处石,奚道而入火,其人曰:"奚物而谓石?奚物而谓火?"襄子曰:"而向之所出者,石也;而向之所涉者,火也。"其人曰:"不知也。"魏文侯闻之,问于子夏曰:"彼何人哉?"子夏曰:"以商所闻于夫子,和者同于物,物无得伤阂者,游金石之间及蹈于水火皆可也。"文侯曰:"吾子奚不为之?"子夏曰:"刳心知智,商未能也。虽试语之,而即

暇矣。"文侯曰："夫子奚不为之？"子夏曰："夫子能而不为。"文侯大悦。

### 译文

赵襄子带领十万徒众在中山国打猎，践踏焚烧山林，火势汹汹，蔓延百里。有个人从石壁中钻出来，随着烟火上下飘动，好像没有石壁、火焰阻碍一样。赵襄子以为这是什么怪物，仔细察看，发现原来是个人。赵襄子问他施展了什么道术以至于能出入石壁，又施展了什么道术能出入火中安然无恙。那人说："什么东西叫作石壁？什么东西叫作火？"襄子说："刚才你钻出来的地方正是石壁，而包围在你身边的正是火。"那人回道："我不知道这两样东西。"魏文侯听了这件事，问子夏："他到底是什么人？"子夏回答说："我从孔夫子那里听说，和气之人，身心与万物相融合，任何外物都不能伤害他，能在金属、石头中穿行，也能在水火中自由活动。"魏文侯又问："您为什么不这样做呢？"子夏答道："剔净内心，抛去自以为的智慧，我还做不到。不过试着阐释一下这其中的道理，我还是可以做到的。"魏文侯又问："那么孔夫子为什么不这样做呢？"子夏回答说："夫子能做到，但不愿意这样做。"魏文侯听了十分高兴。

### 释读

子夏原名卜商，春秋卫国人，比孔子小44岁，是孔子晚年的弟子，名列"孔门十哲"之一，擅长"文学"科。他全面继承了孔子的教育思想，曾提出"仕而优则学，学而优则仕"的观点。魏国著名改革家李悝、军事家吴起以及魏国的建立者魏文侯都是他的弟子。

❷❾ 更羸谓魏王曰："臣能射，为虚发而下鸟。"王曰："然可试于此乎？"曰："可。"间有鸟从东方来，羸虚发而下之也。

◆译 文◆

更羸对魏王说："我擅长射箭，能拉空弓把鸟射下来。"魏王说："果真如此，能演示一下吗？"更羸说："行。"不一会儿有鸟从东方飞来，更羸只是拉动弓弦，就把鸟射下来了。

◆释 读◆

更羸能做到仅拉动弓弦就打下飞鸟，是因为他通过观察发现东面飞来的这只鸟缓慢且叫声悲切。根据他丰富的经验，他知道这只鸟飞得慢是因为旧伤复发，叫声悲切是因为脱离了鸟群感到害怕，身负旧伤且心存惊惧，一听见弓弦的声音就会吓得拼命煽动翅膀往上飞，剧烈地煽动翅膀使它的旧伤破裂从而掉落下来。

❸⓿ 澹台子羽子溺水死，弟子欲收而葬之，灭明曰："此命也，与蝼蚁何亲？与鱼鳖何仇？"遂不使葬。

◆译 文◆

澹台子羽的儿子溺水而亡，弟子们打算把他收葬了。澹台子羽说："这是他的命，与地下的蝼蚁有什么亲故，与水中的鱼鳖有什么仇？"于是不让收葬自己的儿子。

**❀释　读❀**

　　蝼蚁是指蝼蛄和蚂蚁两种生物。蝼蛄善于掘土，生活在泥土中，昼伏夜出，以农作物的嫩茎为食，别名土狗子、拉拉蛄。可以入药，具有消水肿，利尿通便的功效。

**❸❶**　《列传》云：聂政刺韩相，白虹为之贯日；要离刺庆忌，彗星袭月；专诸刺吴王僚，鹰击殿上。

**❀译　文❀**

　　《史记·刺客列传》说：聂政刺杀韩相的时候，一道白色的虹霓直冲太阳；要离刺杀庆忌的时候，彗星扫过了月亮；专诸刺杀吴王僚的时候，老鹰在宫殿上空搏击。

**❀释　读❀**

　　聂政是中国古代四大刺客之一。相传他年轻的时候为人侠义刚烈，杀了为害乡里的恶霸后带着母亲和姐姐逃到齐国避难，操持屠宰事业糊口。韩国大夫严仲子与韩国的相国侠累因政治斗争而结仇，落败后出逃濮阳。他听当地人说聂政为人侠义，于是送上一大笔财宝作为聂政母亲的寿礼，想趁这个机会与聂政结为好友，并请求聂政为他报仇。聂政等母亲去世并守孝三年后，感念严仲子的知遇之恩，孤身一人前往韩国都城阳翟。到了阳翟后，他直奔相府，以白虹贯日之势杀死了侠累。他怕连累与自己长相相似的姐姐聂嫈，于是用剑划花自己的脸，挖出自己的眼睛后剖腹自杀。官府把聂政的尸体扔在街上，企图以此为诱饵抓住他的同伙。聂嫈听闻这件事后，为了不让弟弟的名字被埋没，毅然前来认领尸体，当她看到弟弟面目全非的尸体时，忍不住伏尸痛哭直至悲伤过度，暴死于聂政尸旁。

**㉜** 齐桓公出，因与管仲故道，自敦煌西涉流沙往外国。沙石千余里，中无水，时则有伏流处，人莫能知，皆乘骆驼，骆驼知水脉，过其处辄停不肯行，以足蹋地，人于其蹋处掘之，辄得水。

◆译 文◆

齐桓公出游，与管仲一起沿着旧路走，从敦煌向西穿过沙漠到达外国。沙漠方圆一千多里，途中没有水，虽然偶尔会有地下河，但人们并不知道它的方位所在。他们都骑着骆驼，而骆驼清楚水脉的走向，经过有地下河的地方就会停下，不肯继续前进，还会用脚踩踩地面，人们在它踩踩过的地方进行挖掘，就能找到地下水。

◆释 读◆

骆驼在古代被称为橐驼，意思是长有口袋的驼，古人认为骆驼背部的驼峰是个大口袋，装着它们穿越沙漠所需的食物和水。我国最早并没有骆驼栖息，但在周代，西北的少数民族就向中原王朝进贡橐驼、骡马等特产。到了唐代，随着中亚、西亚的胡商往来于西域各国和长安之间，骆驼早已不是稀罕物，出土的唐三彩中就有不少是以骆驼为原型所塑造的。

**㉝** 楚熊渠子夜行，射寝石以为伏虎，矢为没羽。

❮译 文❯

楚国人熊渠子夜间赶路，把路边一块横放着的石头认作伏卧着的老虎，连忙张弓一箭射去，后来发现箭深深插入石头，连尾部的羽毛都隐没在石头中了。

❮释 读❯

熊渠子即熊渠，楚国始封国君熊绎的五世孙。熊渠继位后，趁周王室衰弱和中原大国互相攻伐之际，相继攻打楚国周围的鄂国、庸国、扬越等小国，将楚国国土扩张至汉江平原，为楚国的兴盛打下了基础。按照西周礼制，只有周天子能称王，各诸侯按照公、侯、伯、子、男的爵位等次自称，当时熊渠继承先人子爵的爵位，却自称为公，占领周围小国后又僭越周礼分封长子熊毋康为句亶王，次子熊挚红为鄂王，少子熊执疵为越章王，让他们分别镇守楚国的三个要地。直到以暴虐著称的周厉王继位，熊渠害怕受到周天子与其他诸侯的征讨，才取消三个儿子的王号。熊渠去世后次子熊挚红继承王位，但不久后少子熊执疵发动政变，弑兄代立为君，史称熊延。

历史上另外一位把箭射入石头的是西汉有着飞将军之称的李广，他也在夜色下把卧石看成老虎，激奋之下射出的箭没入石头中。后世把此类事件称为"没石饮羽"。

**㉞** 汉武帝好仙道，祭祀名山大泽以求神仙之道。时西王母遣使乘白鹿告帝当来，乃供帐九华殿以待之。七月

七日夜漏七刻，王母乘紫云车而至于殿西，南面东向坐，头上戴玉胜，青气郁郁如云。有三青鸟，如乌大，使侍母旁。时设九微灯，帝东面西向，王母索七桃，大如弹丸，以五枚与帝，母食二枚。帝食桃辄以核著膝前，母曰："取此核将何为？"帝曰："此桃甘美，欲种之。"母笑曰："此桃三千年一生实。"唯帝与母对坐，其从者皆不得进。时东方朔窃从殿南厢朱鸟牖中窥母，母顾之，谓帝曰："此窥牖小儿，尝三来盗吾此桃。"帝乃大怪之。由此世人谓方朔神仙也。

### 译文

汉武帝崇尚神仙道术，他祭祀名山大泽访求成仙的办法。西王母派遣使者乘着白鹿前来，告诉汉武帝她将要到访，汉武帝就在承华殿设下宴席，等待她的到来。七月七日晚上七时，西王母乘着紫云车到了承华殿西，入殿后在南面朝东坐了下来，只见她头上戴着玉制的首饰，秀发浓密如乌云。有三只乌鸦大小的青鸟，在西王母两旁侍候着。宫殿里燃烧着九微灯，汉武帝坐东朝西。西王母取来七个仙桃，每个仙桃都像弹丸般大小，西王母分了五个给汉武帝，自己吃了两个。汉武帝吃完桃子，就把桃核放在膝前，西王母问："您留下桃核干什么？"汉武帝回答说："这桃子水润甘甜，我想留下桃核种植它。"西王母笑着说："这种桃树三千年才结一次果。"当时只有汉武帝与西王母相对而坐，其他侍从没有命令都不能入内。这时，东方朔悄悄地在殿南厢房雕刻着朱鸟的窗户处偷窥西王母。谁知西王母回头瞟了他一眼，对汉武帝说："这个在窗外偷看的小子，来我这里偷了三次桃子。"汉武帝听了十分吃惊。从此世人都说东方朔是神仙。

◆释 读◆

西王母是中国神话里掌管罚恶、预警灾厉、生育万物的长生女神,与东王公相对,是女仙之首。又名王母、金母、西姥、瑶池金母、金母元君、王母娘娘、太华西真万炁祖母元君等。在早期的神话中,西王母住在昆仑山的山洞中,她披散着头发,露出老虎一样的利齿,身后长着一条豹子尾巴,身上佩戴着美玉,十分擅长呼啸。她住的昆仑山上还有其他珍奇异物,有身形像羊却长着四只角的吃人怪兽土蝼;有一种鸳鸯大小,身怀剧毒名为钦原的蜜蜂;有吃了就能让人不再溺水的沙棠果;还有不死树、玉树、碧树、瑶树、凤凰、鸾鸟等。

后来,西王母的模样逐渐柔和,变成一位雍容的女帝王,与长生、赐福保佑等元素有了关联。西王母的模样虽然变得柔和典雅,但似乎更钟爱雄才大略、崇尚武力的皇帝。在汉代谶纬神学的书籍中,多次记载西王母显圣遣使下凡,派她的徒弟九天玄女,帮助黄帝打败蚩尤。也有她亲自前往东周都城,与东征北伐的周穆王畅谈契阔,并邀请周穆王西行游玩的记载。这次,她主动派遣信使前往长安,告知汉武帝她即将拜访的消息。宴会上,她拿出象征着长寿的千年仙桃,与汉武帝分食。在后世的文学传说中,西王母又以严厉的形象出现在《天仙配》《牛郎织女》等神话故事中。

**㉟** 君山有道与吴包山潜通,上有美酒数斗,得饮者不死。汉武帝斋七日,遣男女数十人至君山,得酒,欲饮

之，东方朔曰："臣识此酒，请视之。"因一饮致尽。帝欲杀之，朔乃曰："杀朔若死，此为不验。以其有验，杀亦不死。"乃赦之。

### 译 文

君山有一条密道与吴地包山相通，君山上还有美酒数斗，喝了这些酒的人可以长生不死。汉武帝曾斋戒七天，派了几十名男女到君山取得美酒回来，正准备喝时，东方朔说："我能辨别这酒，请让我看看。"汉武帝准许了，于是东方朔端起酒，一饮而尽。汉武帝想要杀了他，东方朔狡辩说："如果我被杀死了，说明这酒喝了没效果；如果这酒真的能让人不死，那我也是杀不死的。"汉武帝只好赦免了他。

### 释 读

东方朔，字曼倩，西汉武帝时期大臣、辞赋家。他自幼失去父母，由兄嫂抚养长大，少时聪慧早知，饱读诗书，文武兼备。汉武帝继位后，广招四方能人异士，东方朔上书自荐，拜为常侍郎中、太中大夫等职。他性格诙谐、思维敏捷、见识广博，常劝谏汉武帝于谈笑取乐之中。但也因为东方朔好开玩笑，汉武帝始终视他如同俳优，并未委以重任。在后世的文学创作中，东方朔常常被塑造成星辰下凡，放荡不羁，游历人间的形象。他为后世留下了割肉遗妻、劫火余灰、怪哉怪哉、骆牙归义、大隐于朝、善哉瞿所等趣味典故。又因其滑稽多智的人物特质，后世相声从业者尊东方朔为祖师爷。

**㊱** 思士不妻而感，思女不夫而孕。后稷生乎巨迹，伊尹生乎空桑。

◆译 文◆

思念女子的男子不婚娶也能与女子感应交合；思念男子的女子不出嫁也能怀孕。后稷的母亲踩踏了巨人足迹后生下了他，伊尹是从母亲变的空心桑树中出生的。

◆释 读◆

伊尹是商初重臣之一，原名伊挚，尹为官名。相传伊尹的母亲居住在伊水边上，有一天梦中神仙对她说："如果你看到臼中流出水来，就往东面走，千万不要回头。"第二天，臼中果然流出水来，伊尹的母亲看到后听从了梦中神仙的话，一直往东走了十里，实在走不动了，心中也好奇身后究竟发生了什么，于是回头瞄了一眼，发现原先住的村庄已经被大水淹没了，霎那间自己竟然也逐渐变成了一棵空心桑树，生下了一个孩子。后来一个厨师路过树下，发现了这个孩子，心生怜悯，便把这个孩子带回家抚养，并给他起名伊挚。长大后的伊挚贤明仁爱，他痛恨夏桀的残暴统治。他听闻有莘国君有贤德，为了能接触到有莘国君劝说他出兵灭夏，他自堕奴籍，成为了有莘国君的御厨。商汤听闻了伊挚的贤名，想要让他为己所用，但是有莘国君不肯。于是商汤就取了有莘国君的女儿，指名要求伊挚作为陪嫁一同前往。等伊挚一到商国，商汤就免去了伊挚奴隶的身份，任命他为右相，辅佐自己攻伐夏桀。因为伊尹曾为厨师的养子，学得了一身烹饪技术，后世人们便尊他为中华厨祖。

**❸❼** 箕子居朝鲜，其后燕伐之王朝鲜，亡入海为鲜国。雨师妾墨色，珥两青蛇，盖勾芒也。

**❖译　文❖**

箕子封国在朝鲜，后来燕国征讨朝鲜，统治了当地。箕子的后裔逃到海岛上，在那里重建了朝鲜国。雨师妾国的人浑身都是黑色，耳朵上挂着两条青蛇作为耳环，他们大概就是句芒。

**❖释　读❖**

箕子是商纣王帝辛的叔叔，在殷商末年与微子、比干齐名，并称"殷末三仁"。他的封地位于蛮荒之地，这里的人粗野无礼，生产力也十分落后。但是在箕子的治理下，这里的人学会了养蚕织布，学会了以礼待人。

**❸❽** 汉兴多瑞应，至武帝之世特甚，麟凤数见。王莽时，郡国多称瑞应，岁岁相寻，皆由顺时之欲，承旨求媚，多无实应，乃使人猜疑。

**❖译　文❖**

汉兴之时，多有祥瑞，到汉武帝时，祥瑞更是层出不穷，麒麟和凤凰多次出现。王莽建立新朝的时候，郡国上奏提到的祥瑞事迹也不少，年年都有，然而这不过是为了顺从时局的需求，对王莽献媚巴结，所以这时期的祥瑞大多没有应验，徒使人怀疑这些事迹的真伪。

**释　读**

祥瑞是指吉祥的征兆，古人认为凡是有祥瑞现世，必定会有好事发生。古代祥瑞种类繁多，但凡是不常见的事物，甚至是想象出来的东西都能被认作是祥瑞。古人甚至还对祥瑞的品种和优劣进行了归类分级，大致可以分为六个等级：第一等的祥瑞被称为嘉瑞，是王者专属，专指麒麟、凤凰、龟、龙、白虎五种灵兽。第二等为大瑞，所有天象都算此类。第三等是上瑞，包含了颜色罕见的走兽，比如白色的狼、红色的兔子、白色的鹿等。第四等是中瑞，以各种飞禽为主，比如苍鸟、赤雁。第五等是下瑞，以奇花异草和各种嘉禾为主，比如并蒂莲、连理枝。等次最末的是杂瑞，主要包括了后世发现的玳瑁、珊瑚、玉瓮等，甚至连比目鱼都曾被视为祥瑞。

**❸❾** 子胥伐楚，燔其府库，破其九龙之钟。

**译　文**

伍子胥攻伐楚国，烧了楚国的钱粮仓库，破坏了雕刻有九条龙的大钟。

**释　读**

子胥即伍子胥，名员，春秋时期楚国人。楚平王听信谗言，下令诛灭伍氏全族，伍子胥的父亲伍奢、哥哥伍尚都被杀害。伍子胥趁乱逃出，悲伤之下一夜之间白了头。之后伍子胥逃亡吴国，取得吴王信任后带领吴军伐楚，攻入楚国都城郢都，为了报杀父杀兄之仇，他挖出楚平王的尸首，连续鞭打三百多下。

后来，吴王也听信谗言，下令赐伍子胥自杀，伍子胥在自刎前告诉门客："我死后把我的眼睛挖出来，悬挂在都城的东门，我要看着吴国灭亡。"不久后，果然吴国都城被攻破，最终被越国所灭。

**❹⓿** 蓍一千岁而三百茎，其本以老，故知吉凶。蓍末大于本为上吉，筮必沐浴斋洁烧香，每朔望浴蓍，必五浴之。浴龟亦然。《明夷》曰："昔夏后筮乘飞龙而登于天。而枚占皋陶，陶曰：'吉。'昔夏启筮徙九鼎，启果徙之。"

**❀译 文❀**

蓍草生长到一千年，一条根上就会长出三百条茎杆，因为年岁老，所以能预知吉凶。蓍草末梢壮于根，是最适合用来占卜的。用蓍草占卜前必须先沐浴、斋戒、烧香。每月初一、十五浸洗蓍草，一定要浸洗五遍。若用龟壳占卜，也要如此浸洗龟壳。《明夷》记载："从前夏朝君王启占卜乘飞龙而登天之事，向皋陶问卜，皋陶的卜辞说：'吉。'昔日夏启曾占卜迁移九鼎的事，后来果然迁移了九鼎。"

**❀释 读❀**

用蓍草占卜的过程是：用50根蓍草表示占筮之数，分出1根代表天，其余的49根任意分为两份来象征天地两仪，任选1根悬挂于左手小拇指和无名指之间以象征天地人三才，每4根一组揲算蓍草，用以象征四季。把揲算剩余的蓍草归附夹勒在左手无名指和中指之间，用来象征闰月，由于五年后再出现闰月，于是再把左侧揲算剩余的蓍草夹勒在左手中指和食指之间，而后另起一卦反复揲算。天的数字象征有一、三、五、七、九等五个奇数，地的数字象征有二、四、六、八、十等五个偶数，五个奇偶数互相搭配而各能和谐，五个天数和是25，五个地数和是30，天地的象征数一共是55。

**❹❶** 昔舜筮登天为神，枚占有黄龙神曰："不吉。"武王伐殷而枚占耆老，耆老曰："吉。"桀筮伐唐，而枚占荧惑曰："不吉。"昔鲧筮注洪水，而枚占大明曰："不吉，有初无后。"

◈译 文◈

从前舜用筮草占卜登天成仙的事，黄龙神说："不吉。"周武王讨伐殷商前问卜于久习占卜的老人，老人说："吉。"夏桀攻伐陶唐氏前问卜于荧惑星，荧惑星说："不吉。"过去鲧占卜治水的事，占辞说："不吉，有始无终。"

◈释 读◈

荧惑星就是火星，得名于其隐现不定，令人迷惑。

传说三国时期吴国初创之时，人心不定。为了稳固军心，戍守边疆的将士妻儿都被移居在建业当作人质，这些家庭的小孩经常在一起嬉戏玩耍。有一天，孩子们如同往常一样在玩耍时，突然出现一个陌生的小孩，只见这个孩子六七岁左右，身高四尺，穿着一件绿衣服，两眼闪烁着强烈的光芒，令人不能直视。

孩子们感到很害怕，就问他是谁。这个陌生的小孩告诉他们，他是火星，下凡来告诉人们魏、蜀、吴三国终为司马家所灭，说完便蜷曲身子向空中一跃，化为一块白布，缓缓地朝天空中飞去，不一会就失去了踪迹。二十多年后，正如自称火星的孩童所言，司马炎称帝，建立了西晋。

【卷七·历史百科】

## ·帝王名士·

❶ 昔彼高阳,是生伯鲧。布土,取帝之息壤,以堙洪水。

**译 文**

从前有个高阳氏,大儿子叫鲧。鲧治水时向水中扔土,这些土是取自天帝的神土息壤,他想用此来堵住洪水。

**释 读**

息壤是传说中能不断生长、膨胀的神土。

❷ 殷三仁:微子、箕子、比干。

### 译文

殷商的微子、箕子、比干并称"三仁"。

### 释读

微子启是商纣王的胞兄,多次劝谏商纣王不成后逃亡他国。

箕子和比干都是商纣王的叔叔,箕子多次劝谏纣王无果后披发佯狂,被商纣王降为奴隶,囚禁在牢中。比干因多次上书劝谏而触怒商纣王,商纣王以想看看圣人的心脏是否真的有七个孔窍为由杀了比干,并且剖出他的心脏。

❸ 文王四友:南宫括、散宜生、闳夭、太颠。仲尼四友:颜渊、子贡、子路、子张。

### 译文

周文王四友是:南宫括、散宜生、闳夭、太颠。孔子四友是:颜渊、子贡、子路、子张。

### 释读

南宫括、散宜生、闳夭、太颠四人都是西周的开国功臣,在讨伐商纣王的时候或是带兵冲锋,或是执剑护卫周文王姬昌。西周建立后他们也尽职尽责地辅佐周文王、周武王,后世称呼他们为"文王四友"。

颜渊、子贡、子路、子张是孔子最为得意的四位弟子,或德行优秀,或善于经商、从政。

❹ 曹参字敬伯。

◈译 文◈

曹参,字敬伯。

◈释 读◈

曹参是西汉重要的开国元勋,在汉惠帝时期接任萧何担任丞相,他主张清静无为、与民休养生息的政策。史书上记载曹参担任丞相之职后,一天到晚请人喝酒,对于政务并不上心。汉惠帝感到很奇怪,于是趁机让曹参的儿子曹窋回去询问曹参对于如何治理天下的想法。谁知曹窋回家后刚开口询问,曹参就大发脾气,大骂曹窋并告诉他没有资格参与制定治国方策,让他尽到中大夫的职责,伺候好皇上就行。一边骂还一边用竹板把儿子狠狠地打了一顿。汉惠帝听到这件事后就更感到莫名其妙了,于是第二天早朝后,他把曹参单独留下,问他为什么要责打曹窋。曹参没有直接回答,反而问汉惠帝与汉高祖相比谁更贤明,而他和萧何相比谁能力更强。汉惠帝笑说他们两个都不如先人。这时曹参才摘下帽子,正式跪拜,向汉惠帝进谏说:"陛下说得非常正确。既然您的贤能不如先帝,我的德才又比不上萧相国,那么先帝与萧相国在统一天下以后,就陆续制定了许多明确而又完备的法令,在执行中又都是卓有成效的,难道我们还能制定出超过他们的法令规章来吗?"接着他又诚恳地对惠帝说:"现在陛下是继承守业,而不是在创业,因此,我们这些做大臣的,就更应该遵照先帝遗愿,谨慎从事,恪守职责。对已经制定并执行过的法令规章,就更不应该乱加改动,而只能是遵照执行。"汉惠帝对他的话大为赞同,于是按照曹参的方法治理国家,经济得到了发展，人民生活水平也日渐提高。后世把这个典故称为"萧规曹随"。

**❺** 蔡伯喈母，袁公妹曜卿姑也。

❀译 文❀

蔡邕的母亲，是袁滂的妹妹、袁涣的姑母。

❀释 读❀

蔡邕，字伯喈，东汉文学家、书法家。他擅长篆书、隶书，所创飞白体对后世影响很大。此外蔡邕还制作了"焦尾"，并与齐桓公的"号钟"，楚庄王的"绕梁"，司马相如的"绿绮"合称为四大古琴。董卓专权时蔡邕被委以重任，担任侍御史一职，故又称"蔡中郎"。董卓伏诛后，蔡邕受到诛连，死于狱中。

**❻** 古之善射者甘蝇，蝇之弟子曰飞卫。

❀译 文❀

古代有个善于射箭的人名叫甘蝇，甘蝇的弟子名叫飞卫。

❀释 读❀

相传甘蝇的射箭技术练到了出神入化的境界，甚至不需要用箭，只需要瞄准猎物，松开弓弦的一瞬间猎物就会应声而倒，因此他被冠以"无射之射"的称号。

**❼** 平原管辂善卜筮，解鸟语。

◈译 文◈

平原郡人管辂善于用龟甲、兽骨和蓍草占卜，能听懂鸟叫声。

◈释 读◈

管辂，字公明，三国时期魏国人。他精于《周易》，擅长占卜、相术之道，能根据鸟的叫声来卜凶吉。相传有一天他到郭恩家做客，看到一只飞鸠停在屋檐上，叫声非常悲戚。管辂侧耳听了一会儿，告诉郭恩："明天会有故友从东方而来，他会带着一头猪，一壶酒。虽然是喜事，但还是会有一点小变故。"第二天，正如管辂所言，郭恩很久没见的朋友带着猪和酒从东方赶来拜会。郭恩想起管辂昨天说的话，劝说客人少喝酒，少吃猪肉，注意火炭使用安全。但是太久没见朋友了，郭恩十分开心，于是准备亲自射鸡备食，谁知明明是瞄准鸡的箭却穿过树林的缝隙，射中了一个妙龄女子的手，伤口不大，但是却血流不止。还有一次管辂拜访安德县令刘长仁，交谈之间飞来一只喜鹊，停在阁楼上急促地鸣叫着。管辂稍作倾听，就告诉刘长仁说："喜鹊告诉我，东北方向有个妇人杀了自己的丈夫，还诬告邻居。大概在今天黄昏的时候就会来告官。"果不其然，到了日暮西山时，只听东北方向吵吵嚷嚷的，几个平民押着一个妇女前来，跪拜刘长仁后说："她杀了自己的丈夫，还企图诬告是邻居和丈夫起了冲突，不慎失手杀了自己的丈夫。"

**❽** 蔡邕有书万卷，汉末年载数车与王粲。粲亡后，相国掾魏讽谋反，粲子与焉。既被诛，邕所与粲书，悉入粲族子业字长绪，即正宗父，正宗即辅嗣兄也。初粲与族兄凯避地荆州依刘表。表有女，表爱粲才，欲以妻之，嫌其形陋通率，乃谓曰："君才过人而体貌躁，非女婿才。"凯有风貌，乃妻凯，生业，即女所生。

◆译　文◆

蔡邕藏有一万卷书，在东汉末年装了好几车，全都送给了王粲。王粲死后，丞相属吏魏讽谋反，王粲的儿子也参与其中。王粲的儿子被诛后，蔡邕送给王粲的书全都归王粲侄儿王业所有。王业，字长绪，是王宏的父亲，王宏就是王弼的哥哥。最初，王粲与族兄王凯为躲避战乱前往荆州依附刘表。刘表有个女儿，因他爱慕王粲的才华，想把女儿嫁给他，但又嫌他容貌丑陋、行为放荡，就对他说："你才华过人，但外貌性格都一般，不是我女婿的人选。"王凯长得很英俊，刘表就把女儿许配给了他。王凯的儿子名叫王业，正是刘表女儿所生。

◆释　读◆

虽然自孔子开私学之风，底层老百姓有了接受教育的机会。但是古代生产力底下，科技不发达，在书籍未以刻本传播之前，书籍的传播仅靠人手工抄录于竹简、木牍、帛布等书写材料上。当时像这类书籍的传播方式既耗钱也耗时，一般老百姓根本无力承担。所以在一定程度上，书籍是门阀贵族乃至皇室独有的奢侈品。为了保证家族后代能够接受足够的教育，从而继续稳固家族的阶级地位，书籍往往会作为贵重的遗产在贵族之间一代代传承，如果藏书丢失，也往往象征着一个家族已经无力负担后代的教育，家族的衰落也就相当于是迫在眉睫的事了。南朝梁元帝萧绎被围江陵时，就烧毁了自己十四万卷的藏书，折断了自己的宝剑以示他作为帝王的文武之道已经走到了尽头。

**❾** 太丘长陈寔，寔子鸿胪卿纪，纪子司空群，群子泰，四世于汉、魏二朝有重名，而其德渐小减，故时人为其语曰："公惭卿，卿惭长。"

◈译　文◈

太丘长陈寔，他的儿子是鸿胪卿陈纪，陈纪的儿子是司空陈群，陈群的儿子是陈泰，陈家四世在汉、魏两朝都有盛名，但德行却一代不如一代，所以当时的人就说："司空愧对鸿胪卿，鸿胪卿愧对太丘长。"

◈释　读◈

从汉武帝独尊儒术，并增加举孝廉这一人才引荐政策后，的确提拔了很多有真本事的人才，打破了原有公亲贵戚对官职的垄断。但到了东汉中晚期，举孝廉这一制度的执行力和监管力度都大不如从前，慢慢地成了世家大族交换利益，互相推举自家子弟，稳固政治地位的工具。曹丕篡汉建立魏国后，采用陈群的举官政策，颁布了"九品中正制"，通过考察家世、道德、才能三个方面把人分为：上上、上中、上下、中上、中中、中下、下上、下中、下下九个等第，所有人以等第入仕。但由于充当中正者一般是二品，二品又有参与中正推举之权，而获得二品者几乎全部是门阀世族，所以门阀世族就完全把持了朝廷官吏选拔的权力。于是在实施中正品第的过程中，才德标准逐渐被忽视，家世则越来越重要，甚至成为九品中正制的主要标准。到了西晋时形成了"上品无寒门，下品无士族"的局面，九品中正制也沦为了维护和巩固门阀统治的工具。到了晋朝，门阀士族权势达到了顶峰，最有名的门阀就是以王导、王敦兄弟为代表的琅琊王氏，甚至与司马皇室平起平坐，民间流传着"王与马，公天下"的说法。直至隋唐，出自琅琊王氏的王氏子孙依旧出将入相或有王氏女子嫁入皇家为后。

❿ 周自后稷至于文、武，皆都关中，号为宗周。秦为阿房殿，在长安西南二十里。殿东西千步，南北三百步，上可以坐万人，庭中受十万人。二世为赵高所杀于宜春宫，在杜城南三里，葬于旁。

### 译文

周从后稷到周文王、周武王，都把都城设在关中，称为"宗周"。秦朝建造的阿房宫，在长安西南二十里。大殿东西长一千步，南北宽三百步，殿内可以容纳上万人，庭院中能容纳十万人。秦二世在宜春宫被赵高所杀，此地在杜城南三里处，秦二世就葬在旁边。

### 释读

步是古代长度计量单位之一，但是每个朝代的标准都不同。周代以八尺为一步，秦朝以六尺为一步。

**❶❶** 周时德泽盛，蒿大以为宫柱，名曰"蒿宫"。

◆译 文◆

周朝时帝王对百姓的德泽很多，蒿草高大得可以作宫殿的柱子，以蒿草为柱子的宫殿就名为"蒿宫"。

◆释 读◆

蒿是一种艾类蒿属的草本植物，有青蒿、白蒿等品种，最高能长到1.5米，多分布于东亚和东南亚低海拔、湿润的区域，有清热、解暑、祛风、止痒的功效。

**❶❷** 姜嫄嗣祠在墉城，长安西南三十里。

◆译 文◆

姜嫄后嗣的宗庙在墉城，位于长安西南方三十里处。

◆释 读◆

姜嫄，一名姜原，邰氏之女，是上古五帝之一帝喾的妻子。相传有一天她到荒野去玩，途中偶然发现在湿地上有一个巨大的脚印，她感到震撼之余又觉得好玩，一个箭步踏进巨大的足迹。当她的脚刚与足迹接触时，就感到身体随之一颤。回家后，姜嫄就发现自己怀孕了。十个月后，姜嫄生下了一个男孩，由于是未婚先孕，不知道父亲是谁，她就把孩子丢弃在了田野，企图让孩子饿死。可是田野上的动物都来保护这个孩子，雌性动物还会轮流给他喂乳。姜嫄见他不死，又把他抛弃在结了冰的河床上，可是姜嫄还没走远，天上的鸟就飞下来，张开翅膀为他遮挡风寒。姜嫄终于察觉到自己的孩子不是普通人,于是把孩子抱回去好好抚养。因为这个孩子多次被抛弃,姜嫄就给他起名为"弃"。弃果然不是普通人,长大后创立了周朝,也就是周天子的祖先后稷。

**❸** 盗跖冢在大阳县西。

◆译 文◆

盗跖的坟墓位于大阳县的西面。

◆释 读◆

盗跖,姬姓,展氏,又名柳下跖、柳展雄,传说是春秋时期率领数千盗匪的强盗首领。相传他带领着手下的强盗横行天下,侵略诸侯国,毁坏宫殿民居,掠夺妇女财宝,甚至不顾念父母兄弟,也从来不祭祀祖先。司马迁《史记》中记载他每天都要杀害无辜的人,食用人的肝和肉,所到之处无不关门闭户,严阵以待。

**❹** 赵鞅冢在临水县界,冢上气成楼阁。

◆译 文◆

赵鞅的坟墓在临水县境内,坟墓上的气幻化成阁楼的形状。

❦释　读❧

赵鞅即赵简子，也称作赵孟，是春秋末晋国赵氏的首领。相传有一次赵简子统兵出征，闲暇时带着随从到附近的山中去打猎，在草丛中发现了一匹毛发蹭亮的狼，随从告诉他这狼名为中山狼，除了外形健美以外，还会说人话。于是，赵简子悄悄地搭弓瞄准射击，一箭就射中了中山狼的后腿。中山狼负伤而走，途中碰到了远近闻名的老好人——东郭先生。东郭先生看中山狼拖着伤腿逃命，于心不忍，就把中山狼装到随身的袋子里，并告诉它在袋子里不要动。当赵简子沿着血迹找来的时候，他告诉赵简子中山狼已经向远处逃走。等赵简子走后，东郭先生就把中山狼从袋子中放出来，谁知中山狼一出袋子，就想吃了东郭先生。东郭先生急忙说道："我救了你，你怎么还要吃我？"中山狼强词夺理地说："你是救了我，我也很感谢你。但是现在我肚子饿了，不如你好人做到底，把你宝贵的身子借给我咬几口吧！"说着就向东郭先生扑过去。谁知已经远去的赵简子发现前方的地面上都没有血迹，心生疑窦，就按原路返回，正好看见这一幕。于是他再次搭弓射箭，一箭就射中了中山狼的心脏，救了东郭先生一命。

❺　始皇陵在骊山之北，高数十丈，周回六七里。今在阴盘县界。北陵虽高大，不足以销六丈水，背陵障，使东西流。又此山有土无石，运取大石于渭北诸山，故歌曰："运石甘泉口，渭水为不流。千人唱，万人歌，金陵余石大如塸（土屋）。"其余功力皆如此类。【卢氏曰：秦氏

奢侈，自知葬用珍宝多，故高作陵园山麓，从难发也，高则难上，固则难攻，项羽争衡之时发其陵，未详其至棺否？】

### 译文

秦始皇陵在骊山的北面，高数十丈，方圆六七里，现今行政区划为阴盘县境内。帝陵虽然高大，但并不能消解六丈高的水势，于是在背对陵墓的地方垒起屏障，让水向东西分流。秦始皇陵所在的山只有泥土，没有石头，因此要从渭水北岸的大山上运来大石头。所以歌谣唱道："从甘泉山口运大石头，渭水因此不流动。千人唱，万人歌，建造帝陵剩下的石头大如土屋。"为了建造皇陵，其他方面花费的功夫也如此浩大。【卢氏说："秦皇崇尚奢侈，自知陪葬的珍宝很多，所以建造了高耸险峻的陵园山麓，难以发掘；陵墓高峻，难以上去；建造得很坚固，很难攻进去。项羽、刘邦相争时，曾发掘秦陵，不知道有没有找到秦始皇的棺材？"】

### 释读

相传秦始皇陵内随葬的珍奇异宝，数不胜数，楚霸王项羽击败秦军入关后曾发动三十万人发掘秦始皇陵，在他们挖掘的过程中，有一只金雁从墓中飞出，如同一颗星星一样向南面的天空划去。到了三百年后的三国时期，日南郡太守张善收到一只金子做的雁形摆饰，他从金雁身上雕刻的小篆推断此物原本是秦始皇陵的陪葬品。

**❶⑥** 旧"洛"阳字作"水"边"各",汉火行也,忌水,故去"水"而加"隹"。又魏于行次为土,水得土而流,土得水而柔,故复去"隹"加"水",变"雒"为"洛"焉。

❀译 文❀

旧时洛阳的"洛"字是"水"字旁加个"各",汉五行属火,对水犯忌,所以去掉"水"字旁加个"隹",变为"雒"字。魏五行属土,水有了土才能流动,土有了水才变得柔和,所以又去掉"隹"加上"水"字旁,把"雒"字改为了"洛"。

❀释 读❀

有学者提出"洛""雒"二字改来改去和王朝五行说并无关系,因为汉朝国号本身就带"氵",根本没忌讳水克火的说法。清代学者段玉裁认为"洛水""雒水"原本是两条河:一条是北洛河,是渭河的一条支流,位于陕西省境内;另一条是南洛河,流经河南,最后注入黄河。他认为这两条河在汉代还没混淆,但是到了三国魏国时期,"洛""雒"二字开始混用,导致后人分辨不了它们的区别。

**❶⑦** 洞庭君山,帝之二女居之,曰湘夫人。又《荆州图经》曰:"湘君所游,故曰君山。"

❀译 文❀

洞庭湖边的君山,是尧帝两个女儿的居所,她们又被称为湘夫人。《荆州图经》说："湘水之神湘君曾在此游历，所以名叫君山。"

❧释读❧

相传尧的两个女儿叫娥皇和女英，同时嫁给了舜，舜在南巡的时候死在了苍梧，二妃听到这个消息后悲痛不已，一起投入湘水而死，所以后世人们称呼她们为湘夫人。

**⓲** 《南荆赋》：江陵有台甚大而唯有一柱，众梁皆拱之。

❧译 文❧

《南荆赋》写道："江陵有一座十分宽大的高台，却只有一根柱子，所有的屋梁都拱靠着它。"

❧释 读❧

中国古代将地面上的夯土高墩称为台，台上的木构房屋称为榭，两者合称为台榭。春秋至汉代的六七百年间，台榭是宫室、宗庙中常用的一种建筑形式。最初的台榭是在夯土台上建造的有柱无壁、规模不大的敞厅，供眺望、宴饮、行射之用。

卷七·历史百科

· 名人记事 ·

❶ 张骞使西域还,乃得胡桃种。

【译文】

张骞出使西域后回国,带回了胡桃种子。

【释读】

胡桃,俗称核桃,原生长于海拔400米—1800米之山坡及丘陵地带。具有极高的营养价值和经济价值,果实可以食用、榨油,木材可用于打造家具、摆件。古人往往用"胡"字命名来自于少数民族或是其他国家地区的物品,比如胡麻、胡桃、胡萝卜、胡瓜、胡椒、胡床、胡琴等。

**❷** 孔子东游，见二小儿辩斗。问其故，一小儿曰："我以日始出时去人近，而日中时远也。"一小儿曰："以日出时远，而日中时近。"一小儿曰："日初出大如车盖，及日中时如盘盂，此不为远者小而大者近乎？"一小儿曰："日初出沧沧凉凉，及其中而探汤，此不为近者热而远者凉乎？"孔子不能决，两小儿曰："孰谓汝多知乎？"亦出《列子》。【周日用曰：日当中向热者，炎气直下也，譬犹火气直上而与旁暑，其炎凉可悉耳。是明初出近而当中远矣，岂圣人肯对乎？】

### 译 文

孔子在东方游历，看见路旁有两个小孩在争辩，就问他们争论的原因。一个小孩说："我认为太阳刚出来时离人近，到了中午时则离人远。"另一个小孩说："我认为太阳刚出来时离人远，而中午时则离人近。"前一个小孩说："太阳刚出来时有车盖那么大，到中午时却只有盘盂那么大，这不是远小近大造成的吗？"后一个小孩说："太阳刚出来时天气凉爽，到中午热得像把手探进汤锅里，这不是远凉近热导致的吗？"孔子不能判定谁是谁非，两个小孩说："谁说你多智慧啊？"这件事亦出自《列子》。【周日用说："太阳处在天空正中时，是一天最热的时候，原因在于此时热气垂直向下，正如火气直着往上窜，受此影响周围就会很炎热一样。日出和日中时天气凉热的道理就可以全知道了。这就是太阳刚出来离人近，中午时离人远的缘由所在了，圣人难道会不知道吗？"】

❧释　读❧

　　早晨的太阳看上去比中午的大，是因为早晨阳光进入大气层的折射角比较大，地面上的人看到的是放大了的太阳的成像。再加上人在观察物体大小的时候会寻找参照物，太阳初升的时候，与地平线上的树木、房屋齐平，自然看上去比较大；到了中午，能对比的只有大片云彩和一望无际的天空，就会给人太阳变小了的视觉效果。

　　人体感到中午比早晨热，是因为中午太阳光直射在地面上，太阳光直射时，地面接受到的辐射热最多。再加上太阳初升时，地面经过一晚上的热量流失，温度较低，会先吸收一部分热量升温。所以人会觉得太阳初升时虽然大，但是温度却比较低。


**❸**　黄帝治天下百年而死，民畏其神百年，以其教百年，故曰黄帝三百年。中古男三十而妻，女二十而嫁。曾子曰："弟子不学古知之矣，贫者不胜其忧，富者不胜其乐。"

❧译　文❧

　　黄帝治理天下一百年后才死去，此后人民又敬畏他的神灵一百年，继续沿用黄帝之制一百年，所以人们说黄帝一共治理了天下三百年。中古时，男子三十岁娶妻，女子二十岁出嫁。曾子说："学生尚未读书就知道这样的道理，贫困的人经受不起忧患，富贵的人经受不起逸乐。"

**释 读**

曾子名参,字子舆,春秋末年鲁国人,与其父亲曾点同为孔子的弟子。他倡导以"孝恕忠信"为儒家思想的核心,以"修齐治平"为政治观,以"内省慎独"为修养观,以"孝为本"为孝道观。曾子除了在儒学发展史上占有重要的地位,被后世儒学家尊为"宗圣"外,也是一名优秀的教育家。相传有一次曾子和妻儿一同去赶集,途中儿子哭闹不止,曾子的妻子就哄骗说:"你只要乖乖的不哭不闹,回去就杀猪炖肉给你吃。"得到母亲许诺的儿子立马止住了啼哭。回到家后,曾子的妻子却反悔了,告诉儿子等过年了再杀猪。曾子听了当即抓了一头猪拖去宰杀,妻子拦住他说:"我就和小孩子开玩笑,你别当真。"曾子回答说:"小孩子不懂事,凡事都会观察父母的言行,品行都依赖父母的教导。现在你欺骗他一次,也是在教会他欺骗,他不但以后再也不会相信你,也可能会成长为一个骗子。"说完,曾子马上就把猪杀了煮肉给儿子吃。

❹ 昔西夏仁而去兵,城廓不修,武士无位,唐伐之,西夏亡。昔者玄都贤鬼神道,废人事天,其谋臣不用,龟策是从,忠臣无禄,神巫用国。

**译 文**

从前西夏国施行仁政,削减武备,不修整城墙防御设施,武士在该国没有地位。后来唐尧攻伐西夏,西夏无力抵抗直接灭亡了。从前玄都国崇尚鬼神之道,废弃政务,一心祭祀上天,有谋臣不用而以占卜决事,忠臣没有俸禄,反而任用神巫治理国家。

❀释　读❀

从前的西夏国在今天湖北鄂州一带，距离阳纡古泽二千五百里，周穆王游历天下的时候曾路过。

**❺** 榆炯氏之君孤而无使，曲沃进伐之以亡。

❀译　文❀

榆州国的国君炯氏众叛亲离，没有忠臣良将可以使用，遭受晋国出兵攻打，很快就灭亡了。

❀释　读❀

晋国曾经以曲沃为都城，从晋成侯徙都曲沃开始，一共经历了成公、厉、靖、鳌、献五代。榆州国历经黄帝、颛顼、夏、商、周五个时代，国祚约两千一百年，是中国古代历史上存在最长的国家或氏族。榆州国的后裔在夏朝时被称为"易"，殷商时被称为"戎"，西周时被称为"赤狄"，最后被晋国所灭。

**❻** 昔有巢氏有臣而贵任之，专国主断，已而夺之。臣怒而生变，有巢以亡。昔者清阳强力，贵美女，不治国而亡。

❀译　文❀

从前有巢氏有几个出身高贵的臣子，操纵国政，专断独裁。不久，有巢氏收回了权力。这几个臣子愤怒之下发动叛乱，有巢氏因此而灭亡。从前清阳国国力强盛，但是国君迷恋美色，荒废国政，导致国家灭亡。

◆释　读◆

上古时期人类少而禽兽多，人类日夜都受到野兽的攻击，时刻都有伤亡的危险。有巢氏教导人民如何在树上修筑住处，以此来躲避野兽的攻击，又能遮风挡雨。至此人类不用再过担惊受怕的日子，得以休养生息壮大族群。后来，有巢氏被誉为华夏"第一人文始祖"。

❼　昔有洛氏宫室无常，囿池广大，人民困匮。商伐之，有洛以亡。

◆译　文◆

从前有洛氏随意营造宫殿，无有定准，园林水池占地极其广大，导致人民生活困苦匮乏。商朝出兵讨伐，有洛氏因此灭亡。

◆释　读◆

有洛氏是上古时期的国家之一，位置大约在今天河南洛宁县一带。

❽　曾子曰："好我者知吾美矣，恶我者知吾恶矣。"

❦译 文❧

曾子说:"喜欢我的人知道我的优点,厌恶我的人知道我的缺点。"

❦释 读❧

曾子比孔子小四十六岁,是孔子道统的继承人之一。与复圣颜回、述圣孔伋、亚圣孟轲一起并称为"四配"。

## 图书在版编目（CIP）数据

博物志/(西晋)张华著;夏汇丰译注. — 成都：巴蜀书社, 2022.11（2024.11重印）

ISBN 978-7-5531-1791-1

Ⅰ.①博…Ⅱ.①张…②夏…Ⅲ.①笔记小说—小说集—中国—晋代②《博物志》—注释Ⅳ.①I242-1

中国版本图书馆CIP数据核字（2022）第176709号

BOWU ZHI

## 博物志

张 华 著 夏汇丰 译注

| | |
|---|---|
| 出 品 人 | 王祝英 |
| 策　　划 | 远涉文化 |
| 出版统筹 | 罗婷婷　庄本婷 |
| 策划编辑 | 石　婷 |
| 责任编辑 | 肖　静　沈泽如　邱沛轩 |
| 责任印制 | 田东洋　谷雨婷 |
| 出版发行 | 巴蜀书社 |
| | 四川省成都市锦江区三色路238号新华之星A座36楼　邮编：610023 |
| | 总编室电话：（028）86361843 |
| | 发行科电话：（028）86361852 |
| 网　　址 | www.bsbook.com |
| 排　　版 | 四川胜翔数码印务设计有限公司 |
| 印　　刷 | 成都东江印务有限公司 |
| | 电话：（028）82601551 |
| 版　　次 | 2022年11月第1版 |
| 印　　次 | 2024年11月第9次印刷 |
| 开　　本 | 145mm×210mm |
| 印　　张 | 10.25 |
| 字　　数 | 220千 |
| 书　　号 | ISBN 978-7-5531-1791-1 |
| 定　　价 | 59.80元 |

本书若出现印装质量问题，请与工厂联系调换。